Das 10. Gebot

JAMES
PATTERSON
MIT MAXINE PAETRO

DAS 10. GEBOT

Thriller

Aus dem Amerikanischen
von Leo Strohm

Weltbild

Die amerikanische Originalausgabe erschien 2011 unter dem Titel
10th Anniversary
bei Little, Brown and Company,
a division of the Hachette Book Group, Inc., New York.

Besuchen Sie uns im Internet:
www.weltbild.de

Genehmigte Lizenzausgabe für Verlagsgruppe Weltbild GmbH,
Steinerne Furt, 86167 Augsburg

Published by arrangement with Linda Michaels Limited,
International Literary Agents

Übersetzung: Leo Strohm
Umschlaggestaltung: Jarzina kommunikationsdesign, Holzkirchen
Umschlagmotiv: Jarzina kommunikationsdesign, Holzkirchen
Gesamtherstellung: GGP Media GmbH, Pößneck
Printed in the EU
ISBN 978-3-95569-001-4

2016 2015 2014 2013
Die letzte Jahreszahl gibt die aktuelle Lizenzausgabe an.

Für Isabelle Patterson
und Madeline Paetro

Prolog

Mit Glockengeläut

1

Heute war der Tag meiner Hochzeit.

In unserer Suite im Ritz in Half Moon Bay herrschte das Chaos. Meine besten Freundinnen und ich hatten uns bis auf die Unterwäsche ausgezogen und unsere Alltagskluft großflächig über die Möbel verteilt. Von den Fenster- und Türrahmen hingen Kleider in zarten Sorbetfarben.

Das Ganze sah aus wie ein Gemälde von Degas – Ballerinas kurz vor dem Öffnen des Vorhangs – oder vielleicht auch wie die romantisierte Vorstellung eines Bordells im Wilden Westen. Es wurden Witze gerissen. Sorglose Leichtigkeit lag über allem – und dann ging die Tür auf, und meine Schwester Catherine trat ein. Sie hatte ihre tapfere Miene aufgesetzt: ein schmales Lächeln, doch der Schmerz war in den Augenwinkeln erkennbar.

»Was ist denn los, Cat?«, fragte ich sie.

»Er ist nicht da.«

Ich blinzelte, versuchte, das scharfe Stechen der Enttäuschung zu ignorieren. Dann sagte ich sarkastisch: »Ich bin schockiert.«

Cats Bemerkung galt unserem Vater, Marty Boxer, der uns verlassen hatte, als wir noch Kinder waren, und sich nicht einmal hatte blicken lassen, als meine Mom im Sterben lag. Ich hatte ihn während der letzten zehn Jahre nur zweimal gesehen und ihn nicht vermisst, aber nachdem er Cat versichert hatte, er würde zu meiner Hochzeit kommen, hatte ich mir Hoffnungen gemacht.

»Er hat doch *gesagt*, dass er kommt. Er hat es *versprochen*«, sagte Cat.

Ich bin sechs Jahre älter als meine Schwester und hundert Jahre abgebrühter. Ich hätte es wissen müssen. Ich nahm sie in den Arm.

»Vergiss es«, sagte ich. »Er kann uns nicht wehtun. Er bedeutet uns nichts.«

Claire, meine allerbeste Busenfreundin, setzte sich auf, schwang die Beine über die Bettkante und stellte ihre nackten Füße auf den Boden. Sie ist dick, schwarz und witzig – zum Brüllen komisch. Wenn sie nicht Gerichtsmedizinerin wäre, sie könnte ohne Weiteres als Stand-up-Comedian auftreten.

»Dann übergebe *ich* dich eben deinem Ehemann«, sagte sie. »Aber danach will ich dich wieder zurück.«

Cindy und ich brachen in schallendes Gelächter aus. Da meldete sich Yuki zu Wort. »Ich weiß genau, wer das übernehmen kann. Marty ist so ein Idiot!« Sie streifte das pinkfarbene Seidenkleid über ihren unfassbar zierlichen Körper und zog den Reißverschluss zu. Dann sagte sie: »Bin gleich wieder da.«

Dinge zu erledigen war Yukis Spezialität. Wenn sie einmal Fahrt aufgenommen hatte, durfte man ihr auf keinen Fall in die Quere kommen. Selbst dann nicht, wenn es eindeutig in die *falsche* Richtung ging.

»Yuki, warte«, rief ich ihr nach, als sie schon zur Tür hinausrauschte. Ich drehte mich zu Claire um und sah, dass sie etwas in die Höhe hielt. Früher hätte man Mieder dazu gesagt. Es war mit Stäbchen verstärkt und sah ziemlich furchterregend aus.

»Ich habe ja nichts dagegen, in einem Kleid herumzulaufen, in dem ich wie ein Napfkuchen aussehe, aber wie zum Teufel soll ich da reinkommen?«

»Ich liebe mein Kleid«, sagte Cindy und strich zärtlich über das pfirsichfarbene, seiden schillernde Organza-Gewebe. Vermutlich war sie die erste Brautjungfer weltweit, von der man je eine solche Äußerung zu hören bekommen hatte, aber Cindy war zurzeit schwer verliebt. Sie wandte mir ihr hübsches Gesicht zu und sagte träumerisch: »Du solltest dich langsam mal fertig machen.«

Zwei Meter cremefarbener Satin glitten aus der Kleiderhülle. Ich schlängelte mich in das trägerlose Vera-Wang-Hochzeitskleid und stellte mich zusammen mit meiner Schwester vor den bodenlangen, frei stehenden Spiegel – zwei groß gewachsene, braunäugige Blondinen, die ihrem Dad sehr ähnelten.

»Grace Kelly hat nie so gut ausgesehen«, sagte Cat, und die Tränen schossen ihr in die Augen.

»Dreh mal den Kopf nach vorn, Schönheit«, sagte Cindy.

Sie legte mir ihre Perlenkette um den Hals.

Ich vollführte eine kleine Pirouette, und Claire nahm mich bei der Hand und ließ mich unter ihrem Arm hindurchdrehen. Sie sagte: »Ist es denn zu glauben, Linds? Ich werde tatsächlich auf deiner Hochzeit tanzen.«

Sie sagte nicht »endlich«, aber sie dachte es, und das war auch richtig so. Schließlich hatte sie alles hautnah miterlebt: meine Fernbeziehungs-Achterbahn mit Joe, die mit seinem Umzug nach San Francisco geendet hatte, weil er ganz in meiner Nähe sein wollte, den Brand meiner Wohnung, diverse Nahtod-Erfahrungen sowie den enormen Verlobungsring, den ich fast ein Jahr lang in einer Schublade versteckt hatte.

»Danke, dass du nie den Glauben verloren hast«, sagte ich.

»Glauben ist vielleicht nicht der richtige Ausdruck«, erwiderte sie trocken. »Ich hätte ehrlich nicht gedacht, dass ich mal ein *Wunder* miterleben würde, und erst recht nicht, dass ich dabei *mitmachen* darf.«

Ich verpasste ihr spielerisch einen Haken auf den Oberarm.

Sie duckte sich weg und fintierte. Die Tür ging auf, und Yuki kam herein, in der Hand meinen Brautstrauß: ein üppiges Bouquet aus Pfingstrosen und Rosen, das von himmelblauen Girlanden zusammengehalten wurde.

»Das Taschentuch hier hat meiner Großmutter gehört«, sagte Cindy und steckte mir ein kleines Spitzentuch ins Dekolleté. Dann zählte sie an den Fingern ab: »Etwas Altes, etwas Neues, etwas Geborgtes und etwas Blaues. Alles da.«

»Ich habe die Musik angestellt, Linds«, sagte Yuki. »Es ist so weit.«

Mein Gott.

Joe und ich würden wirklich und wahrhaftig heiraten.

2 Jacobi erwartete mich in der Hotellobby. Er streckte mir den Ellbogen entgegen und lachte schallend los. Yuki hatte recht gehabt. Jacobi war der perfekte Ersatzvater. Ich hakte mich bei ihm unter, und er küsste mich auf die Wange.

Eine Premiere.

»Du siehst wunderschön aus, Boxer. Du weißt schon, noch schöner als sonst.«

Noch eine Premiere.

Jacobi und ich hatten so viele Stunden zusammen im Streifenwagen verbracht, dass wir beinahe die Gedanken des anderen lesen konnten. Aber um die tiefe Zuneigung in seinem Blick zu erkennen, brauchte ich keine Hellseherin zu sein.

Ich grinste. »Danke, Jacobi. Vielen Dank.«

Dann drückte ich seinen Oberarm, und wir schritten über eine riesige Marmorfläche und durch hohe Glastüren meiner Zukunft entgegen.

Jacobi hinkte und litt unter ständiger Atemnot, beides Andenken an eine Schießerei im Tenderloin District vor etlichen Jahren. Damals hatte ich gedacht, dass unser letztes Stündlein geschlagen hatte. Aber das war damals.

Jetzt umhüllte mich warme, salzige Luft. Herrliche Wiesen umgaben den leuchtend weißen Pavillon und erstreckten sich bis hinunter zur Steilküste. Die Pazifikwellen schlugen donnernd gegen die Klippen, und die untergehende Sonne tauchte die Wolken in einen gold-rosafarbenen Schimmer, den kein

Regisseur der Welt auf Zelluloid hätte bannen können. Noch nie hatte ich einen schöneren Ort gesehen.

»Ganz locker bleiben«, sagte Jacobi. »Nicht, dass du jetzt anfängst zu rennen. Immer schön im Takt, Schritt für Schritt.«

»Wenn es sein muss«, erwiderte ich und lachte.

Die Stühle zu beiden Seiten des Mittelgangs waren zum Pavillon hin ausgerichtet. Gelbes Absperrband sorgte dafür, dass der Weg frei blieb. POLIZEILICHE ERMITTLUNGEN. BETRETEN VERBOTEN.

Das Absperrband musste Conklins Idee gewesen sein. Ich fing einen Blick von ihm auf, dazu ein breites Grinsen und zwei nach oben gereckte Daumen, und war mir ganz sicher. Als der Hochzeitsmarsch einsetzte, hüpften Cats kleine Töchter den Mittelgang entlang und streuten Rosenblätter auf den Rasen. Meine besten Freundinnen nahmen rechtzeitig ihre Positionen ein, und ich ging hinter ihnen her.

Lächelnde Gesichter wandten sich mir zu. Charlie Clapper saß auf der linken Seite ganz am Rand, zusammen mit vielen anderen Kollegen sowie neuen und alten Freunden. Zu meiner Rechten saßen fünf von Joes Brüdern, äußerlich kaum zu unterscheiden, mit ihren Familien. Joes Eltern in der ersten Reihe hatten sich umgedreht und strahlten mich an.

Jacobi führte mich die Stufen des Pavillons hinauf bis zum Altar. Dann ließ er meinen Arm los, und ich betrachtete meinen wundervollen, attraktiven, zukünftigen Ehemann. Unsere Blicke trafen sich, und ich wusste ohne jeden Zweifel, dass die Achterbahnfahrt sich gelohnt hatte. Ich kannte diesen Mann so gut. Unsere lang und oft geprüfte Liebe war groß und tief und fest.

Reverend Lynn Boyer, eine langjährige Freundin der Familie, legte unsere Hände zusammen, sodass Joes Hand auf meiner lag, und flüsterte so laut, dass jeder es hören konnte: »Genieße diesen Moment, Joseph. Das ist das letzte Mal, dass du die Oberhand hast.«

Fröhliches Lachen erklang und verstummte wieder. Unter den Schreien der Möwen versprachen Joe und ich uns gegenseitig, dass wir uns lieben und ehren und achten würden, an guten wie an schlechten Tagen, in Krankheit und Gesundheit, bis dass der Tod uns scheidet.

Willst du diesen Mann zu deinem Ehemann nehmen?

Ja, ich will. Ich will es unbedingt.

Ein paar nervöse Lacher waren zu hören, als Joes Ehering mir aus der Hand fiel. Wir bückten uns und griffen gleichzeitig danach, hielten ihn gemeinsam fest.

»Ganz ruhig, Blondie«, sagte Joe. »Von jetzt an kann es nur noch besser werden.«

Ich lachte, und nachdem wir uns wieder aufgerichtet hatten, steckte ich den goldenen Ring auf Joes Finger. Reverend Boyer sagte zu Joe, dass er die Braut jetzt küssen könne, und mein Ehemann legte seine Hände auf meine Wangen.

Wir küssten uns und dann gleich noch einmal. Und noch einmal. Und noch einmal.

Tosender Applaus brandete auf, und donnernde Musik setzte ein.

Es war wirklich wahr. Ich war jetzt Mrs Joseph Molinari. Joe nahm mich an der Hand, und dann schritten wir grinsend wie kleine Kinder in einem Regen aus Rosenblättern den Mittelgang entlang.

Erstes Buch

Kleiner Junge vermisst

1

Mit nichts als einem neongrünen Plastikumhang bekleidet stolperte das Mädchen eine dunkle Straße entlang. Sie hatte Todesangst und grässliche Schmerzen, Krämpfe, die wie ständig wiederkehrende Schläge auf ihre Eingeweide einprasselten und immer schlimmer wurden. Sie verlor Blut, schon seit einer ganzen Weile, ein unablässiges, warmes Rinnsal, das ihr die Beine hinunterlief.

Was hatte sie getan?

Immer wieder bekam sie zu hören, dass sie ein kluges Kind war, aber – und das war eine Tatsache – sie hatte einen furchtbaren Fehler begangen, und wenn sie nicht bald Hilfe bekam, würde sie sterben.

Aber wo war sie?

Sie hatte das Gefühl, als würde sie immer nur im Kreis gehen. Tagsüber ging es in dem Gebiet rund um den Lake Merced sehr lebhaft zu – Jogger, Radfahrer und zahlreiche Autos bevölkerten die Straße rund um den See. Aber bei Nacht war hier niemand mehr. Die Dunkelheit war schon schlimm genug, und jetzt zog auch noch Nebel auf. Sie konnte nur wenige Meter weit sehen.

Und sie hatte große Angst.

Hier in der Gegend waren schon etliche Menschen spurlos verschwunden. Es waren sogar *Morde* geschehen. Ziemlich viele.

Ihre Füße waren schwer wie Blei. Sie konnte sie kaum mehr heben, und dann spürte sie, wie sie langsam das Bewusstsein verlor, wie sie einfach ihren Körper verließ. Sie streckte die Arme aus, um sich abzustützen, und erwischte einen Baumstamm. Sie packte ihn mit beiden Händen und hielt sich an der rauen Rinde fest, bis sie wieder festen Boden unter den Füßen hatte. So stand sie in der schwarzen, mondlosen Nacht.

Oh mein Gott! Wo bin ich denn hier?

Zwei Autos waren bereits an ihr vorbeigefahren. Sie überlegte ernsthaft, ihren Plan fallen zu lassen und in das Haus zurückzukehren, anstatt zu versuchen, ein Auto anzuhalten. Die anderen waren jetzt weg. Sie konnte sich schlafen legen. Vielleicht würden die Blutungen ja aufhören, sobald sie sich hingelegt hatte. Aber sie hatte sich verlaufen. Sie wusste überhaupt nicht, in welche Richtung sie sich wenden sollte.

Das Mädchen stolperte vorwärts, auf der Suche nach Licht, nach irgendeinem Licht.

Das Blut lief immer schneller aus ihrem Körper, tropfte ihre Beine entlang, und ihr war so schwindelig, dass sie sich kaum mehr aufrecht halten konnte.

Trotzdem zwang sie sich, weiterzugehen, bis sie mit der Fußspitze an etwas Hartes, Unnachgiebiges stieß, eine Wurzel oder einen Stein vielleicht, und nach vorn kippte. Sie streckte die Hände aus.

Mit dem Kinn, den Knien und den Handflächen fing sie den Großteil des Sturzes ab, blieb unverletzt. Keuchend vor Schmerz rappelte sie sich erneut auf.

Hoch oben erkannte sie die Gipfel der Eukalyptusbäume und Kiefern, die den Straßenrand säumten. Grashalme streiften ihre Arme und Beine, während sie vorwärtsstolperte.

Sie malte sich aus, was wäre, wenn ein Auto anhalten oder ein Haus in Sicht kommen würde. Wie sie die Geschichte erzählen würde. Ob sie überhaupt noch Gelegenheit dazu bekäme? Bitte. Sie durfte jetzt nicht sterben. Sie war doch erst fünfzehn.

In der Ferne bellte ein Hund. Das Mädchen änderte die Richtung, ging auf das Geräusch zu. Wo ein Hund war, da war auch ein Haus, ein Telefon, ein Auto, ein Krankenhaus.

Sie dachte an ihr Zimmer und wie sicher sie sich dort fühlte. Sie sah ihr Bett vor sich, ihren Schreibtisch, die Bilder an den Wänden und ihr Handy – oh Mann, wenn sie doch bloß ihr Handy bei sich hätte – und blieb im selben Augenblick mit dem Fuß irgendwo hängen, verdrehte sich den Knöchel und schlug erneut der Länge nach zu Boden. Der Aufprall war hart und kostete sie eine Menge Haut.

Das war zu viel. Zu viel.

Dieses Mal blieb sie liegen. Alles tat ihr weh, so schrecklich weh. Sie legte die Arme zusammen und bettete den Kopf darauf. Vielleicht, wenn sie ein kleines Nickerchen machte. Ja, genau, vielleicht brauchte sie ja einfach nur ein bisschen Schlaf und dann, am Morgen … wenn die Sonne aufging …

Es dauerte einen langen Augenblick, bis sie begriff, dass das gedämpfte Licht, das da im Nebel immer größer wurde, ein Scheinwerferpaar war, das direkt auf sie zuhielt.

Sie hob den Arm. Reifen quietschten.

Eine Frauenstimme ertönte: »O Gott! Sind Sie verletzt?«

»Helfen Sie mir«, sagte sie. »Ich brauche Hilfe.«

»Wach bleiben«, sagte die Frau. »Nicht einschlafen, junge Dame. Ich rufe Hilfe. Sieh mich an. Lass die Augen offen.«

»Ich habe mein Baby verloren«, sagte das Mädchen.

Und dann spürte sie gar keine Schmerzen mehr.

2

Der Regen prasselte auf das Dach und rann in Strömen über die Windschutzscheibe meines betagten Ford Explorer, während ich auf den Parkplatz des Gerichtsmedizinischen Instituts in der Harriet Street, gleich hinter der Hall of Justice, fuhr. Die Flitterwochen waren vorbei, und ich kehrte wieder an meinen Arbeitsplatz zurück. Ich war ziemlich aufgeregt.

In wenigen Minuten musste ich mich über die laufenden Ermittlungen informieren, und dann war da noch etwas, womit ich zurechtkommen musste.

Ich würde einen neuen Vorgesetzten haben.

Ich war darauf vorbereitet – so gut es eben ging.

Ich schlug den Kragen meines ziemlich abgetragenen blauen Blazers hoch und rannte im strömenden Regen zum Hintereingang der Hall of Justice, jenem grauen Granitgebäude, in dem die Justizbehörde, der Strafgerichtshof, zwei Gefängnisse sowie die Wache Süd des San Francisco Police Department untergebracht waren.

An der Tür zeigte ich Kevin meine Dienstmarke und lief die Treppe hinauf in den zweiten Stock. Dort betrat ich die Räume der Mordkommission und gelangte schließlich durch die Klapptür mit den Doppelscharnieren in den Bereitschaftsraum.

Es herrschte das reinste Chaos.

Ich begrüßte Brenda, die sofort aufsprang, mich umarmte und mir ein Papierhandtuch in die Hand drückte.

»Ich wünsche dir alles Glück dieser Erde«, sagte sie.

Ich bedankte mich, versprach ihr ein paar Hochzeitsfotos und wischte mir das Gesicht und die Haare trocken. Dann sah ich mich um. Ich wollte wissen, wer an diesem Morgen um 7.45 Uhr bei der Arbeit war.

Es war ein einziges, unüberschaubares Gewusel.

Die Nachtschicht packte gerade ihre Sachen zusammen, warf Abfall in die Mülleimer, während mehrere Beamte der Tagschicht darauf warteten, dass ihre Schreibtische frei wurden. Als ich das letzte Mal hier gewesen war, hatte Jacobi noch in dem drei mal drei Meter großen Glaskasten mit Blick auf den James Lick Freeway gesessen, den wir augenzwinkernd das Eckbüro nannten.

Mittlerweile war Jacobi jedoch die Karriereleiter hinaufgehievt und zum Polizeichef befördert worden, während der Neue, Jackson Brady, den Stuhl des Lieutenants erobert hatte.

Mit Brady verband mich eine kurze gemeinsame Geschichte. Erst vor einem Monat war er aus Miami hierher nach San Francisco versetzt worden. In seinen ersten Dienstwochen als Springer hatte er sich geradezu heroisch verdient gemacht. Ich hatte mit ihm zusammen in einem aufsehenerregenden Fall einen Mann zur Strecke gebracht, der mehrere Mütter und ihre Kinder kaltblütig ermordet hatte. Dadurch war er ein ernsthafter Kandidat für Jacobis Nachfolge geworden.

Mir hatten sie den Job auch angeboten – recht herzlichen Dank auch. Und ich hatte abgelehnt. Ich habe schon früher einmal ein paar Jahre lang im Eckbüro zugebracht, aber irgendwann hatte ich die Nase voll von dem ganzen Verwaltungskram: Etats, Gehälter, Sitzungen mit allen und jedem und dazu jede Menge bürokratischer Blödsinn.

Von mir aus konnte Brady den Job gerne haben.

Blieb nur zu hoffen, dass er mich auch meinen machen ließ.

Ich sah ihn hinter der Glaswand sitzen. Er hatte die hellblonden Haare zu einem Pferdeschwanz zusammengebunden, und über dem gestärkten blauen Baumwollhemd, das sich um seinen mächtigen Brustkorb spannte, trug er ein Schulterhalfter.

Er hob den Kopf und winkte mich in sein Büro. Als ich eintrat, legte er den Telefonhörer auf die Gabel. Er reichte mir über meinen ehemaligen Schreibtisch hinweg die Hand und gratulierte mir.

»Wie soll ich Sie ansprechen? Mit Boxer oder Molinari?«, wollte er wissen.

»Boxer.«

»Also gut, nehmen Sie Platz, Sergeant Boxer«, meinte er dann und bot mir den Stuhl vor seinem Schreibtisch an. »Vor zehn Minuten habe ich einen Anruf aus dem Dezernat für Kapitalverbrechen bekommen. Die sind knapp besetzt und haben uns um Unterstützung gebeten. Ich möchte, dass Sie sich zusammen mit Conklin darum kümmern.«

»Geht es um einen Mord?«, erkundigte ich mich.

»Schon möglich. Vielleicht auch nicht. Im Augenblick ist das ein offener Fall. *Ihr* offener Fall.«

Was sollte denn der Blödsinn?

Da ist man ein paar Wochen nicht da, und der einzige offene Fall war ein Überbleibsel aus einer anderen Abteilung? Oder wollte Brady mich auf die Probe stellen? Management im Alphatierchen-Stil?

»Conklin hat die Fallakte«, sagte Brady. »Halten Sie mich auf dem Laufenden. Und, Boxer, herzlich willkommen.«

Herzlich willkommen, ganz genau.

Als ich den Glaskasten verließ und mich auf die Suche nach meinem Partner machte, spürte ich alle Augen der Truppe auf mir ruhen.

3

Frau Dr. Ari Rifkin wirkte hoch engagiert und sehr beschäftigt, zumindest dem permanenten Summen ihres Piepsers nach zu urteilen. Trotzdem wollte sie es sich offensichtlich nicht nehmen lassen, mir und meinem Partner Richard Conklin alias Inspektor Hottie Auskunft zu geben. Conklin schrieb alles mit, was sie sagte.

»Sie heißt Avis Richardson und ist fünfzehn Jahre alt. Gestern Abend ist sie mit starken Blutungen in die Notaufnahme eingeliefert worden«, sagte die Ärztin und putzte mit dem Mantelsaum ihre weiß umrandete Brille.

»So wie es aussieht, hat sie vor maximal sechsunddreißig Stunden ein Kind entbunden. Anschließend ist sie gelaufen und gestürzt, was zu ernsthaften Komplikationen geführt hat – die Anstrengung war einfach zu groß, so kurz nach der Geburt.«

»Wie ist sie denn hierhergekommen?«, erkundigte sich Conklin.

»Ein Ehepaar… äh, hier stehen die Namen… John und Sarah McCann… hat sie auf der Straße gefunden. Sie dachten zuerst, das Mädchen sei angefahren worden. Gegenüber der Polizei haben sie ausgesagt, dass sie sie vorher noch nie gesehen haben.«

»War Avis bei Bewusstsein, als sie eingeliefert worden ist?«, fragte ich Dr. Rifkin.

»Sie stand unter Schock. War immer wieder bei Bewusstsein und dann wieder nicht – eigentlich überwiegend nicht. Wir haben ihr ein Beruhigungsmittel und eine Bluttransfusion verabreicht und ihre Gebärmutter ausgeschabt. Im Augenblick liegt sie auf der Intensivstation. Ihr Zustand ist aber mittlerweile stabil.«

»Wann können wir mit ihr reden?«, wollte Conklin wissen.

»Einen Augenblick bitte«, erwiderte die Ärztin.

Sie schlüpfte hinter den Vorhang des Patientenabteils. Ich konnte erkennen, dass das Mädchen jung und weiß war, mit glatten braunen Haaren. In ihrem Arm steckte eine Infusionsnadel, und ein blinkender Monitor neben dem Bett zeigte ihre Vitalwerte an.

Dr. Rifkin wechselte ein paar Worte mit ihrer Patientin, dann kam sie wieder heraus. »Sie sagt, dass sie ihr Baby verloren hat. Aber bei ihrem Zustand lässt sich nicht sagen, ob das bedeutet, dass das Baby tot ist, oder ob sie nur vergessen hat, wo es ist.«

»Hat sie eine Handtasche dabeigehabt?«, wollte ich wissen. »Irgendeinen Ausweis?«

»Bis auf einen dünnen Plastik-Poncho, wie man sie in jedem Ramschladen bekommt, hatte sie nichts am Leib.«

»Den Poncho brauchen wir«, sagte ich. »Und eine Aussage von ihr.«

»Versuchen Sie Ihr Glück, Sergeant«, antwortete Dr. Rifkin.

Avis Richardson wirkte viel zu jung, um Mutter zu sein. Außerdem sah sie aus, als sei sie hinter einem Lastwagen hergeschleift worden. Sie hatte Prellungen und Kratzer an den Armen, auf der Wange, an den Händen und am Kinn.

Ich zog einen Stuhl heran und berührte sie am Arm.

»Hallo, Avis«, sagte ich. »Ich heiße Lindsay Boxer. Ich bin von der Polizei. Kannst du mich hören?«

»Mm-hmm«, sagte sie. Sie öffnete ihre grünen Augen einen Spalt weit und klappte sie wieder zu.

Ich flehte sie im Flüsterton an, bitte wach zu bleiben. Ich

musste erfahren, was ihr zugestoßen war. Brady hatte uns diesen Fall übergeben und hatte uns damit gleichzeitig auch den Auftrag gegeben, das Baby zu finden.

Avis schlug die Augen wieder auf, und ich stellte ihr ein Dutzend Standardfragen: Wo wohnst du? Wie lautet deine Telefonnummer? Wie heißen deine Eltern? Aber ich hätte genau so gut mit einer Schaufensterpuppe reden können. Avis Richardson nickte immer wieder ein, und ich bekam keine einzige Antwort. Als eine halbe Stunde verstrichen war, stand ich auf und überließ Conklin meinen Platz.

Wer behauptet, dass mein Partner mit Frauen umgehen kann, hebt viel zu sehr auf seinen Charme und sein gutes Aussehen ab und spielt damit seine echte Gabe, Menschen dazu zu bringen, ihm zu vertrauen, herunter.

Ich sagte: »Rich, du bist am Zug. Leg los.«

Er nickte, setzte sich und sagte mit seiner tiefen, ruhigen Stimme: »Ich heiße Rich Conklin. Ich bin ein Kollege von Sergeant Boxer. Wir müssen unbedingt dein Baby finden, Avis. Jede Minute, die wir verstreichen lassen, vergrößert die Gefahr, in der sich das Kleine womöglich befindet. Bitte, sprich mit mir. Wir brauchen wirklich deine Hilfe.«

Der Blick des Mädchens wurde unruhig. Sie schaute abwechselnd zu Conklin, zu mir, zur Tür, zu der Infusionsnadel in ihrem Arm. Dann sagte sie: »Vor ein paar Monaten … hab ich die Nummer angerufen. Hilfe für schwangere Mädchen? Ein Mann … Er hatte einen Akzent. Einen französischen Akzent. Aber … er war nicht echt. Ich habe sie getroffen … vor meiner Schule …«

»Sie?«

»Zwei Männer. Mit einem blauen Auto. Viertürig? Und als ich aufgewacht bin, lag ich in einem Bett. Das Baby war da«, sagte sie, und ihre Augen wurden feucht, bis ihr die Tränen über die Wangen liefen. »Es war ein kleiner Junge.«

Und das brach mir das Herz.

Mit welchem Verbrechen hatten wir es hier zu tun? Babyschmuggel? Das war unglaublich. Eine *Sünde*. Oder besser: viele Sünden. Ich hatte in Gedanken bereits zwei schwere Fälle von Kindesentführung aufgelistet, noch bevor wir das Schicksal des Babys kannten.

Conklin sagte: »Ich möchte gern, dass du mir die ganze Geschichte erzählst, von Anfang an. Erzähl mir alles, was du noch weißt, okay, Avis?«

Gut möglich, dass Avis Richardson mit sich selbst sprach. Sie sagte: »Ich habe mein Baby gesehen… Und dann war ich auf der Straße. Alleine. Es war dunkel.«

4

Die folgenden acht Stunden verbrachte ich neben Avis Richardsons Bett, immer in der Hoffnung, dass sie richtig wach werden und mir erzählen würde, was ihr und ihrem Neugeborenen zugestoßen war. Die Zeit verging. Ihr Schlaf wurde immer tiefer. Und mit jeder Minute, die verstrich, wurde ich sicherer, dass wir das Baby dieses Mädchens nicht lebend wiederfinden würden.

Ich hatte nach wie vor keine Ahnung, was eigentlich geschehen war. Hatte sie das Baby alleine zur Welt gebracht und es auf irgendeiner Raststättentoilette zurückgelassen? War ihr Kind entführt worden?

Wir konnten nicht einmal das FBI einschalten, solange wir nicht wussten, ob überhaupt ein Verbrechen vorlag.

Während ich an Avis' Bett saß, fuhr Conklin zurück ins Büro und machte sich an den praktischen Teil der Ermittlungen. Er durchsuchte die verschiedenen Vermissten-Datenbanken nach Avis Richardson beziehungsweise nach weißen jungen Mädchen, deren Beschreibung auf Avis passte.

Er befragte das Ehepaar, das Avis ins Krankenhaus gebracht hatte, und ermittelte zumindest ungefähr die Stelle, an der sie sie gefunden hatten: am Lake Merced, unweit des Brotherhood Way.

Zusammen mit einer Hundestaffel durchkämmte er das Gelände. Sie suchten nach der Blutspur, die Avis Richardson hinterlassen haben musste. Wenn sie das Haus fanden, in dem die Geburt stattgefunden hatte, dann würden sie dort auch weitere Indizien finden, vielleicht sogar die Wahrheit.

Während die Hunde also den Duftspuren folgten, analysierte das Labor den Plastikumhang, den Avis getragen hatte. Dass darauf Fingerabdrücke zu finden sein würden, stand außer Frage. Allein im Krankenhaus hatten ein Dutzend Menschen den Poncho angefasst. Aber warum hatte sie zwar einen Regenumhang, aber keinerlei Kleidung getragen? Dafür gab es keine Erklärung.

Noch so ein Mysterium.

Also wachte ich über eine schlafende Avis. Je länger ich saß, desto deprimierter wurde ich. Wo waren ihre besorgten Freunde, ihre Eltern? Warum suchte niemand nach diesem jungen Mädchen?

Ihre Augenlider zuckten.

»Avis?«, sagte ich.

»Hmm«, kam als Antwort. Dann machte sie die Augen wieder zu.

Gegen vier Uhr nachmittags gestattete ich mir eine kleine Pause, steckte ein paar Dollarscheine in einen Automaten und aß etwas, das Erdnussbutter und Haferflocken enthielt. Spülte es mit einem Becher bitterem Kaffee hinunter.

Ich rief ein Dutzend Krankenhäuser an und erkundigte mich, ob dort ein elternloses Baby eingeliefert worden war. Außerdem setzte ich mich mit dem Child Protective Service, der staatlichen Kinderschutzbehörde, in Verbindung. Aber außer einem großen Berg an Frustration kam dabei nichts heraus.

Ich borgte mir Dr. Rifkins Laptop und loggte mich in die FBI-Datenbank VICAP ein, das sogenannte Violent Crime Apprehension Program. Hier werden zahlreiche Daten über alle bekannten Gewaltverbrechen in den USA gesammelt. Ich wollte wissen, was dort über entführte Schwangere zu finden war.

Zwar entdeckte ich ein paar Fälle, in denen schwangere Frauen Opfer eines Verbrechens geworden waren, aber in der

Regel handelte es sich dabei um innerfamiliäre Gewalttaten. Jedenfalls war nichts dabei, was diesem Fall hier ähnelte.

Nach meinem fruchtlosen Ausflug ins Internet ging ich zurück auf die Intensivstation, ließ mich in den großen Liegesessel mit den Vinylpolstern neben Avis' Bett sinken und schlief ein. Ich wachte erst wieder auf, als sie in ein Einzelzimmer verlegt wurde.

Dann rief ich Brady an, um ihm zu sagen, dass wir noch keinen Schritt weiter waren. Sogar in meinen eigenen Ohren klang es wie eine Rechtfertigung.

»Irgendwas über das Baby?«

»Brady, das Mädchen gibt keinen Mucks von sich.«

Kaum hatte ich aufgelegt, rief Conklin an.

»Was gibt's?«

»Die Hunde haben eine Fährte aufgenommen.«

Sofort spürte ich so etwas wie Hoffnung aufkeimen. Ich packte mein kleines Handy so fest, dass ich es beinahe zerquetscht hätte.

»Sie hat ungefähr eineinhalb Kilometer zu Fuß zurückgelegt. Dabei hat sie die ganze Zeit geblutet«, sagte Conklin. »Sie ist im Kreis gelaufen, an der äußersten südlichen Spitze des Lake Merced.«

»Das klingt ja fast so, als hätte sie Hilfe gesucht. Voller Verzweiflung.«

»Die Hunde sind immer noch dran, Lindsay, aber wir haben das Suchgebiet erweitert. Sie durchkämmen jetzt systematisch den Golfplatz. Als Nächstes kommt der Schützenverein dran. Das kann noch Jahre dauern.«

»Ich habe bei den Vermisstenmeldungen nachgesehen, aber nichts gefunden.«

»Ich auch nicht. Ich sitze jetzt im Auto und rufe alle Leute in San Francisco mit Nachnamen Richardson an. Das Verzeichnis hat über vierhundert Einträge.«

»Ich helfe dir. Du fängst vorn an, bei A. Richardson. Ich hinten bei Z. Wir treffen uns dann bei M.«

Als mein Gespräch mit Richie beendet war, schlug Avis ihre hübschen grünen Augen auf und sah mich an.

»Hey«, sagte ich. »Wie fühlst du dich?«

Dabei klammerte ich mich an das Gestänge ihres Betts, so fest, dass meine Knöchel ganz weiß wurden.

»Wo bin ich?«, fragte das Mädchen. »Was ist denn passiert?«

Ich verkniff mir die Worte: »Ach, du Scheiße«, und erzählte Avis Richardson alles, was ich wusste.

»Wir versuchen gerade, dein Baby zu finden«, sagte ich.

5

Ich steckte den Schlüssel in das Schloss unserer Wohnungstür. Im selben Augenblick fiel mir ein, dass ich Joe nicht angerufen hatte, um ihm zu sagen, dass ich zum Abendessen nicht nach Hause kommen konnte. Um genau zu sein, ich hatte seit zwölf Stunden nicht mehr mit ihm gesprochen.

Ganz toll gemacht, Lindsay. Großartig.

Meine Hündin Martha, ein Border Collie, hörte mich, bellte, kam mit klackernden Krallen über den Holzfußboden auf mich zu und sprang an mir hoch.

Ich raunte ihr ein paar Schmeicheleien zu, kraulte ihr die Ohren und entdeckte Joe schließlich im Wohnzimmer. Er saß in einem Sessel, hatte die Leselampe eingeschaltet und acht verschiedene Zeitungen um sich herum auf dem Fußboden verteilt, nach Themen sortiert.

Er blickte mich vorwurfsvoll an.

»Verzeih mir, Joe. Ein neuer Fall …«

»Wir wollten doch heute Abend meine Eltern zum Essen einladen.«

»O Gott! Es tut mir schrecklich leid.« Mir wurde ganz schlecht. Joe hatte gesagt, dass wir die beiden auf ein erstklassiges Steak bei Harris einladen würden, um ganz bewusst noch ein bisschen Zeit mit ihnen zu verbringen. Ich hatte diese Information irgendwo in meinem Hinterkopf abgelegt und mich nie wieder darum gekümmert.

»Jetzt sind sie auf dem Rückflug nach New York.«

»Liebling, ich rufe sie morgen gleich an und entschuldige

mich bei ihnen. Das ist ja schrecklich. Und das, wo sie immer so nett zu mir sind.«

»Sie wollen uns eine Hochzeitsreise spendieren. Eine kleine Luxushütte auf Hawaii. Sobald wir Zeit dafür haben.«

»Ach, du Scheiße. Das haben sie gesagt? Da fühle ich mich gleich noch ein bisschen schlechter. Wir haben ein vermisstes Baby …«

»Hast du schon was gegessen?«, wollte er wissen.

»Bloß Automatenfraß. Und das ist schon ziemlich lange her.«

Joe ging in die Küche. Ich folgte ihm wie ein Hündchen, das ein Malheur auf dem Teppich hinterlassen hat. Er nahm eine Hühnerbrust aus einer Schale mit Marinade, stellte eine Pfanne auf den Herd und entzündete die Gasflamme.

»Das kann ich doch auch machen«, sagte ich.

»Erzähl mir was über deinen Fall.«

Ich schenkte mir ein großes Glas Merlot ein und ließ die Flasche auf der Theke stehen. Dann zog ich mir einen Hocker heran und sah Joe beim Kochen zu. Das war eine meiner Lieblingsbeschäftigungen.

Ich erzählte ihm von dem jungen Mädchen, das nach einer Entbindung wie ein überfahrenes Tier mit schweren Blutungen am Straßenrand gelegen hatte und fast verblutet wäre. Dass sie immer noch kaum ansprechbar war und ich deshalb die letzten zwölf Stunden damit verbracht hatte, die Vermisstenlisten sämtlicher Bundesstaaten durchzugehen.

»Alles, was wir wissen, ist, dass sie Avis Richardson heißt. Conklin und ich haben ungefähr zweihundert Richardsons im Großraum San Francisco angerufen. Bis jetzt ohne Erfolg. Ich verstehe einfach nicht, wieso sie nicht schon längst als vermisst gemeldet worden ist.«

»Ob sie vielleicht entführt worden ist? Unter Umständen stammt sie gar nicht aus unserer Gegend.«

»Guter Einwand«, sagte ich. »Aber trotzdem … Die VICAP-

Suche hat keinen einzigen Treffer ergeben.« Ich widmete mich meinem in Butter gedünsteten Hühnchen. Schlürfte dazu ein bisschen Rotwein. Irgendwie hoffte ich, dass mir zwischen der Nahrungsaufnahme und Joes FBI-gestählten Gedankengängen eine Erleuchtung kam.

Irgendwo da draußen gab es ein Neugeborenes. Es lag im Sterben oder war bereits tot oder unterwegs in ein anderes Land. Dr. Rifkin meinte, dass Avis Richardsons Gedächtnislücke mit den Medikamenten zusammenhing, die sich noch in ihrem Körper befanden, aber dass sie nicht sagen konnte, was oder wann sie die eingenommen hatte. Wir mussten sogar mit der Möglichkeit rechnen, dass ihr über das wenige hinaus, was sie uns schon erzählt hatte, gar nichts mehr einfiel. Vor allem, wenn sie im Verlauf ihrer traumatischen Erfahrung bewusstlos gewesen war.

Meine Hoffnung war, dass ihr Körper sich an die Geburt erinnern konnte und dass sie sich auf emotionaler Ebene über ihren schrecklichen Verlust bewusst war. Dass diese körperliche Erinnerung unter Umständen eine geistige auslösen konnte und dass ihr, wenn wir ihr genügend Zeit ließen, etwas Entscheidendes einfiel.

»Mir ist schon klar, dass ihr in der letzten Zeit viel Schreckliches zugestoßen ist, aber trotzdem … Warum sagt sie uns nicht, wie wir ihre Eltern erreichen können? Kann sie nicht? Oder will sie nicht?«

»Vielleicht hat sie ja auf der Straße gelebt«, meinte Joe.

»Als sie gefunden wurde, da war sie praktisch nackt. Mit nichts als einem Regenumhang für zwei Dollar am Leib. Du könntest recht haben.«

Joe nahm meinen leeren Teller, räumte nach einem System, das er selbst entwickelt hatte, die Spülmaschine ein und schob mir eine Schale mit Pralineneiscreme und einen Löffel hin. Ich stand auf und schlang ihm die Arme um den Hals.

»Ich habe dich gar nicht verdient«, sagte ich, »aber ich liebe dich mehr als mein Leben.«

Er gab mir einen Kuss und sagte: »Hast du's mal auf Facebook probiert?«

»Facebook?«

»Vielleicht hat Avis ja eine Seite. Und jetzt noch ein Vorschlag. Komm ins Bett.«

6

»Ich komme gleich«, sagte ich, als Joe bereits auf dem Weg ins Schlafzimmer war.

Dann schnappte ich mir meinen Laptop, zog mich aufs Sofa zurück und legte den Kopf auf die Armlehne. Martha machte es sich quer über meinen Füßen bequem.

Ich öffnete einen Facebook-Account und suchte nach Avis Richardson. Nach ein paar Fingerübungen landete ich auf ihrer Seite, die öffentlich gestellt war. Ich las die Nachrichten an ihrer Pinnwand, überwiegend harmlose Sprüche und Berichte von irgendwelchen Partys. Ich konnte damit nichts anfangen. Aber immerhin erfuhr ich, dass Avis die Brighton Academy besuchte, ein teures Internat unweit des Presidio.

Gegen Mitternacht rief ich Conklin an, um ihm zu sagen, dass wir unbedingt mit dem Direktor des Internats sprechen mussten, landete aber nur auf seiner Mailbox. Ich hinterließ ihm eine Nachricht und sagte: »Ruf mich jederzeit an. Ich bin wach.« Dann machte ich mir einen Kaffee und ging auf die Webseite der Brighton Academy.

Sie war dazu gedacht, die Schule für Schüler und Eltern attraktiv zu präsentieren, und wenn man den Jubelarien und den Fotos glauben konnte, dann war die Brighton Academy ein kleines Paradies auf Erden. Die Schüler – allesamt gut aussehend und gepflegt – wurden beim Lernen, bei Theateraufführungen in der großen Aula oder auf dem Fußballfeld gezeigt. Auf etlichen dieser Fotos war auch Avis zu sehen.

Ein glückliches Kind, das nichts mit der jungen Frau gemein hatte, die im Augenblick in einem Bett im Krankenhaus lag.

Auch etliche der anderen Gesichter erkannte ich. Ich hatte sie auf Avis' Facebookseite gesehen.

Ich machte mir eine Liste mit ihren Namen.

Und dann hörte ich ein Baby weinen.

Als ich die Augen aufschlug, lag ich immer noch auf dem Sofa, den Laptop zugeklappt, während Martha neben mir auf dem Boden lag. Sie jaulte leise im Schlaf.

Laut der Digitalanzeige auf dem Festplattenrekorder war es kurz vor sieben Uhr morgens. Die Erkenntnis traf mich wie ein Schlag in die Magengrube. Unsere zweite Nacht als Ehepaar in unserer gemeinsamen Wohnung, aber das erste Mal überhaupt, dass ich zwar im gleichen Haus, aber nicht im gleichen Bett wie Joe übernachtet hatte.

Ich schüttete etwas Trockenfutter in Marthas Napf und steckte vorsichtig den Kopf zur Schlafzimmertür hinein. Joe schlief. Ich sagte seinen Namen und streichelte ihm sanft über das Gesicht, aber er drehte sich auf die Seite und verkroch sich noch tiefer in den Schlaf. Leise duschte ich, zog mich an und ging mit Martha die Lake Street hinauf und hinunter. Dabei dachte ich die ganze Zeit an Joe und unser Eheversprechen und überlegte, was es bedeutete, Teil eines Teams zu sein.

Ich musste unbedingt mehr Rücksicht nehmen.

Ich durfte nicht vergessen, dass ich nicht mehr Single war.

Aber schon einen Augenblick später war ich mit den Gedanken wieder bei Avis Richardson und ihrem vermissten Baby.

Dieses Kind. Dieses Kind. Wo war dieses Baby?

Lag es irgendwo im kalten Gras? Oder hatte man es in einen Koffer gesteckt, der jetzt im Frachtraum irgendeines Schiffs lag?

Um halb acht rief ich Conklins Handynummer an, und dieses Mal erreichte ich ihn.

»Avis Richardson geht auf die Brighton Academy. Das ist eines von diesen Internaten, wo Eltern, die weit weg wohnen, ihre Kinder parken.«

»Das könnte eine Erklärung sein, wieso niemand sie vermisst«, sagte Conklin. »Ich habe gerade mit der Hundestaffel telefoniert. Die Hunde verfolgen eine kreisförmige Spur.«

»Mist«, sagte ich. »Dann kann sie das Baby also überall zur Welt gebracht haben. Anschließend hat man sie einfach am See ausgesetzt, und niemand kennt den Ausgangspunkt.«

»Genau das denke ich auch«, meinte Conklin.

»Wir treffen uns in einer Viertelstunde im Krankenhaus«, sagte ich. »Uns bleibt nur Avis Richardsons Erinnerung. Das ist alles, was wir haben.«

Als wir Avis Richardsons Zimmer betraten, war es leer, genau wie ihr Bett.

»Was ist denn jetzt los? Ist sie etwa *tot*?«, sagte ich zu meinem Partner, ohne mit meiner Verärgerung hinter dem Berg zu halten.

Von hinten näherte sich auf Kreppsohlen eine Krankenschwester. Sie war winzig mit sehr muskulösen Armen und einem wilden grauen Haarschopf. Ich hatte sie schon am Abend zuvor kennengelernt.

»Ich kann nichts dafür, Sergeant. Ich habe nach Ms Richardson gesehen, dann war ich für fünfzehn Sekunden am anderen Ende des Flurs«, sagte die Krankenschwester. »Ihr Schützling ist abgehauen, kaum dass ich ihr den Rücken zugekehrt hatte. Anscheinend hat sie ein paar Sachen von Mrs Klein aus dem Nachbarzimmer angezogen. Und dann muss sie, so schnell sie nur konnte, von hier verschwunden sein.«

7

Am selben Morgen um 8.30 Uhr saß Yuki Castellano am Eichentisch eines kleinen Konferenzzimmers im Büro der Staatsanwaltschaft auf der siebten Etage der Hall of Justice.

Sie war nervös, und das war auch nicht anders zu erwarten. Im Augenblick war die Nervosität noch nicht besonders groß, doch je näher der Prozessbeginn rückte, desto mehr würde sie von ihr Besitz ergreifen.

Heute war ein großer Tag. Es stand eine Menge auf dem Spiel.

Sie hatte ein ganzes Jahr in diesen Fall investiert, und jetzt war der Zeitpunkt gekommen, an dem ihre Arbeit sich auszahlen sollte. Keine halbe Stunde mehr, dann würde das Gericht zusammentreten. Frau Dr. Candace Martin würde wegen vorsätzlichen Mordes der Prozess gemacht werden, und Yuki war die Vertreterin der Anklage.

Yuki kannte jeden Aspekt dieses Falles, jeden Zeugen, jedes noch so kleine Beweisstück, jedes Indiz.

Die Angeklagte war schuldig, und Yuki musste dafür sorgen, dass sie hinter Gittern landete, um ihres Ansehens in der Behörde und um ihres Glaubens an sich selbst willen.

Mit der Auswahl der Geschworenen war sie zufrieden. Die Dateien und Ordner auf ihrem Laptop waren in der perfekten Reihenfolge gespeichert. Außerdem hatte sie einen Ziehharmonikaordner mit verschiedenen Beweisstücken sowie einen kleinen Stapel mit Karteikarten dabei, für den Fall, dass sie während ihres Eröffnungsplädoyers ins Stocken geriet.

Sie hatte ihre Ansprache etliche Tage lang geprobt, sowohl mit ihrem Chef als auch mit ein paar ihrer Kollegen. Und dann noch einmal mit ihrem Stellvertreter und Beisitzer, Nick Gaines.

Sie beherrschte das Plädoyer perfekt, und danach würde der Prozess wie von selbst laufen.

Jetzt trat Nick ins Zimmer. Er hatte zwei Kaffeebecher in der Hand und lächelte. Seine Haare hingen ihm ungekämmt über den Hemdkragen.

»Scharf siehst du aus«, sagte er.

Yuki winkte ab. Sie hatte sich für eine eher feierliche Prozessaufmachung entschieden: eine durchgeknöpfte weiße Bluse aus Seidenmischgewebe, die Perlenkette ihrer verstorbenen Mutter, ein marineblauer Nadelstreifenanzug und Schuhe mit niedrigen Absätzen. Eine magentafarbene Strähne durchzog ihr schulterlanges schwarzes Haar.

»Ich möchte *cool* aussehen«, sagte sie. »Unerschütterlich. Auf alles vorbereitet. Und ich will die Verteidigung in Angst und Schrecken versetzen.«

Gaines lachte, und Yuki fiel ein.

»Was meinst du, Nicky? Wollen wir vornedran sein?«, fragte sie.

Die beiden Staatsanwälte gingen durch das Labyrinth aus Büroabteilen hinaus in den Flur und nahmen den Fahrstuhl hinunter in den zweiten Stock mit dem breiten Korridor, von dem links und rechts die Eingänge zu den Gerichtssälen abzweigten.

Yuki nahm ihre Umgebung gar nicht wahr. Sie war hoch konzentriert und sagte sich immer wieder, dass sie ihren Beruf leidenschaftlich liebte. Dass sie klug war. Sie war bestens vorbereitet und wusste genau, was sie sagen würde.

Und jetzt kam das Schwierigste.

Sie musste den letzten Rest Zweifel in hohem Bogen aus ihren Gedanken vertreiben.

8

Gaines hielt Yuki die Tür auf und folgte ihr in den holzgetäfelten Gerichtssaal. Der Tisch der Verteidigung war nicht besetzt. Auf den Zuschauerbänken verloren sich nur wenige Menschen.

Sie richteten sich hinter der Schranke am Tisch der Staatsanwaltschaft ein. Yuki zog ihr Jackett gerade und fuhr sich noch einmal durch die Haare, dann richtete sie ihr Notebook parallel zur Tischkante aus.

»Für den Fall, dass ich stecken bleibe, lächelst du mich einfach an«, sagte Yuki zu ihrem Beisitzer.

Gaines grinste und reckte ihr den gestreckten Daumen entgegen. »Hast du mal *Der Unbeugsame* gesehen? Mit Paul Newman? Wenn du dieses Zeichen hier siehst, dann bedeutet das: *Die Unbeugsame.*«

»Danke, Nicky.«

Yuki war immer gut vorbereitet, aber sie hatte auch schon etliche Fälle verloren, die zu Beginn eigentlich sehr gut ausgesehen hatten. Diese Niederlagenserie hatte ihr Selbstbewusstsein ein wenig erschüttert. Ihren letzten Prozess hatte sie zwar gewonnen, aber ihr Gegenspieler hatte sich mit einem Giftpfeil von ihr verabschiedet, der immer noch Wirkung zeigte.

»Helfen Sie mir mal auf die Sprünge, Yuki«, hatte der Mistkerl gesagt. »Wann war das letzte Mal, dass Sie vor Gericht etwas gerissen haben?«

Aber hier und heute war Philip Hoffman ihr Gegner. Gegen ihn hatte sie schon einmal verloren. Hoffman war kein Mistkerl. Ganz im Gegenteil, er war ein Gentleman. Er war nicht theatralisch. Er machte keine verächtlichen Bemerkungen. Er war ein ernsthafter Mensch und Partner in einer der angesehensten Kanzleien, spezialisiert auf die Strafverteidigung einer wohlhabenden Klientel.

Hoffmans Mandantin, Dr. Candace Martin, war eine bekannte Herzchirurgin, die ihren nichtsnutzigen, untreuen Ehemann ermordet hatte.

Candace Martin plädierte auf nicht schuldig. Sie behauptete, Dennis Martin nicht getötet zu haben, aber das war eine gewaltige Lüge. Die Beweislast war so groß, dass es für mehr als nur eine Verurteilung gereicht hätte. Und, ja, die Vertretung der Anklage konnte sogar auf die Tatwaffe zurückgreifen.

Yukis Nervosität löste sich in Luft auf.

Sie wusste, was sich abgespielt hatte. Und sie hatte alle Indizien, die notwendig waren, um es zu beweisen.

9

Cindy Thomas war eine von zwei Dutzend Teilnehmern und Teilnehmerinnen an der Redaktionskonferenz im großen Sitzungssaal der *San Francisco Chronicle.* Die Konferenz hatte vor einer Stunde begonnen, und es sah so aus, als würde sie mindestens noch einmal so lange dauern.

Früher hatte bei diesen Sitzungen eine kollegiale und lockere Atmosphäre geherrscht. Alle möglichen Sprüche und freundschaftliches verbales Geplänkel waren an der Tagesordnung gewesen. Aber seit dem Einsetzen des wirtschaftlichen Abschwungs und dem Aufkommen des Internets, das jederzeit eine Fülle an kostenlosen Informationen bereithielt, fanden die Redaktionskonferenzen vor einem eher beklommenen Hintergrund statt.

Wer würde seinen Job behalten?

Wer würde in Zukunft für zwei arbeiten müssen?

Und würde sich die Zeitung noch ein Jahr halten können?

Außerdem saß jetzt ein neues Gesicht mit am Tisch: Lisa Greening, die als neue geschäftsführende Redaktionsleiterin direkt dem Chefredakteur unterstellt war. Lisa brachte acht Jahre Erfahrung in diesem Bereich mit: zwei bei der *New York Times*, drei bei der *Chicago Tribune* und drei bei der *L. A. Times.*

Mit einer investigativen Reportage für die Letztgenannte war sie aus dem Schatten ins Rampenlicht getreten. Darin war es um den PC-Killer gegangen, einen geschickten Betrüger mit einem Fußfetisch, der die gesamte Pazifikküste in Angst und

Schrecken versetzt hatte, indem er Frauen angelockt, sie umgebracht und ihre Füße als Trophäen in seiner Tiefkühltruhe aufbewahrt hatte.

Für diese Geschichte hatte Greening den Pulitzerpreis erhalten, um ihn anschließend mit ihrer neuen Stelle bei der *Chronicle* zu versilbern.

Als Kriminalreporterin der *Chronicle* fühlte Cindy sich ganz besonders unter Druck. Lisa Greening kannte sich in diesem Bereich genau so gut aus wie sie – wahrscheinlich sogar besser –, und wenn sie nicht sehr hohen Ansprüchen genügen konnte, dann, das war Cindy klar, würde sie schnell einer leider notwendigen Sparmaßnahme zum Opfer fallen. Greening würde ihren Bereich übernehmen, und Cindy durfte sich dann als freie Mitarbeiterin mit den paar Brosamen zufriedengeben, die von ihrem Tisch fielen.

Die Hälfte der Redakteure hatte bereits ihren Bericht abgegeben, und jetzt war Abadaya Premawardena an der Reihe, der Reiseredakteur.

Es ging um Kreuzfahrtreisen und Sonderkonditionen bei Fahrten nach Fiji und Samoa. Cindy stand auf und füllte an der Rückwand des Saals ihren Kaffeebecher auf.

Ihre letzte große Geschichte über Hello Kitty, einen Juwelendieb, der es ausschließlich auf die Reichen und Berühmten abgesehen hatte, war ein großer Erfolg gewesen. Der Dieb hatte entweder die Stadt verlassen oder sich zur Ruhe gesetzt, höchstwahrscheinlich als direkte Folge von Cindys Recherchen. Aber das war alles Schnee von gestern, und die nächste große Geschichte, mit der man Zeitungen verkaufen konnte, musste erst noch gefunden werden.

Cindy setzte sich gerade wieder auf ihren Platz, als Prem seinen Bericht beendete. Lisa Greening blickte Cindy mit stechenden grauen Augen an.

»Cynthia, was haben Sie uns in dieser Woche zu bieten?«

»Der Abschluss meiner Geschichte über den Bankautomatenknacker«, sagte Cindy. »Fast noch ein Kind. Er sitzt mittlerweile in Haft und wird auch nicht auf Kaution freikommen.«

»Das stand gestern schon in ihrer Kolumne, Cynthia. Was gibt es heute Neues?«

»Ich verfolge da ein paar Ideen«, erwiderte Cindy.

»Sagen Sie Bescheid, wenn Sie Unterstützung brauchen.«

»Ich komme klar«, meinte Cindy. »Kein Problem.«

Sie lächelte Greening charmant und selbstbewusst zugleich an, und die geschäftsführende Redakteurin wandte sich dem nächsten Kandidaten zu. Über die nun folgende Stunde hätte Cindy nicht das Geringste berichten können.

Nur, dass sie endlich zu Ende war.

10

Mit flatternden Nerven kam Cindy aus der Redaktionssitzung. Sie ging den Flur entlang bis zu ihrem Büro und rief, noch bevor sie sich hingesetzt hatte, bei Hai Nguyen an, ihrem Kontaktmann im Raubdezernat.

»Gibt es was Neues über den Automatenknacker?«, wollte sie wissen.

Nguyen erwiderte: »Tut mir leid, Cindy, aber im Augenblick kein Kommentar.«

Cindy war überzeugt, dass Nguyen ihr geholfen hätte, wenn er gekonnt hätte, aber von hätte, wenn und falls konnte sie sich nichts kaufen. Während die Polizei und der Geldräuber damit beschäftigt waren, einen Deal auszuhandeln, musste Cindy immer noch eine Zwanzig-Zentimeter-Spalte füllen, und zwar bis 16.00 Uhr.

Wie sollte sie das schaffen?

Sie hängte ihren Mantel auf den Kleiderbügel an ihrer Bürotür. Da klingelte das Telefon auf ihrem Schreibtisch. Die Anruferkennung zeigte: »Metro Hospital, Notaufnahme.«

Sie griff nach dem Hörer und sagte: »Kriminalredaktion, Thomas.«

»Cindy, ich bin's, Joyce.«

Joyce Miller war Krankenschwester in der Notaufnahme und außerdem klug, mitfühlend und umgänglich. Sie und Cindy hatten früher einmal im gleichen Haus gewohnt und sich bei Mädels-Abenden mit billigem Bordeaux und Frauenfilmen angefreundet.

»Joyce. Was gibt's?«

»Meine Cousine Laura benimmt sich sehr merkwürdig. Wie nach einem Ausflug in ein anderes Universum. Du hast sie an meinem Geburtstag kennengelernt. Sie arbeitet in einer Rechtsanwaltskanzlei. Und sie findet dich *ganz toll.* Hör zu, ich habe sie dazu überredet, zu mir in die Notaufnahme zu kommen, indem ich ihr ein starkes Schlafmittel versprochen habe, aber sie will sich auf keinen Fall untersuchen lassen, und sie will auch nichts mit der Polizei zu tun haben.«

»Was soll das heißen, sie ›benimmt sich sehr merkwürdig‹?«

»Sie muss irgendwie unter Drogen gesetzt worden sein. Und ich glaube, dass etwas passiert ist, während sie betäubt war. *Acht Stunden* lang. Danach ist sie im Gebüsch neben ihrer Haustür aufgewacht. Das habe ich mit dem merkwürdigen Benehmen gemeint. Ich hab sie wahnsinnig gern, Cindy. Kannst du vielleicht herkommen, während sie hier ist? Ich glaube, gemeinsam würden wir sie dazu bringen zu reden.«

»Jetzt sofort?« Cindy blickte auf die Uhr. Noch sechs Stunden, bis der Hammer fiel. Sie hatte Lisa Greening eine Zwanzig-Zentimeter-Spalte versprochen, aber bis jetzt gähnte dort ein Abgrund voller Leerzeichen.

»Sie ist für mich wie eine Schwester, Cindy«, sagte Joyce mit brüchiger Stimme.

Cindy seufzte. Dann stellte sie ihr Telefon auf die Telefonzentrale um und verließ das Redaktionsgebäude, fuhr mit der BART zur 24th Street und legte die vier Blocks bis zum Metropolitan Hospital an der Kreuzung 26th Street und Valencia Street zu Fuß zurück. Vor der Einfahrt zur Notaufnahme nahm Joyce sie in Empfang. Die beiden Freundinnen umarmten sich, und dann führte Joyce Cindy durch das Gedränge und Gewusel in der Notaufnahme.

11

Laura Rizzo saß auf der Kante eines Krankenbetts in der Notaufnahme. Sie war um die fünfunddreißig, also ungefähr so alt wie Cindy, hatte schwarze Haare, eine sportliche Figur und trug eine Jeans sowie ein dunkelblaues Sweatshirt mit dem Wappen der Boston University. Ihre Bewegungen waren seltsam ruckartig, und sie hatte die Augen so weit aufgerissen, dass das Weiße rund um ihre Pupillen zu erkennen war. Sie sah aus, als hätte man sie an eine Steckdose angeschlossen.

»Laura«, sagte Joyce. »Erinnerst du dich an Cindy Thomas?«

»Ja … Hallo. Wieso … Wieso bist du hier?«

Joyce meinte: »Cindy hat Ahnung von solchen Sachen. Erzähl ihr doch mal, was passiert ist.«

»Hör mal, es ist bestimmt total nett, dass du extra hergekommen bist, aber was soll denn das, Joyce? Ich hab dir das bestimmt nicht erzählt, damit du gleich Verstärkung anschleppst. Mir geht es *gut*. Ich brauche nur was zum *Schlafen*.«

»Hör zu, Laura. Nimm endlich Vernunft an, bitte! Ja? Du hast mich angerufen, weil du total durcheinander bist, und zwar mit vollem Recht! Dir ist irgendetwas zugestoßen. Etwas *Schreckliches*.«

Laura starrte Joyce wütend an, dann wandte sie sich an Cindy. »Ich muss gestehen, dass ich mich an überhaupt nichts erinnern kann. Gestern Abend bin ich von der Arbeit nach Hause gefahren. Ich weiß noch, dass ich mir überlegt habe, eine Pizza und eine Flasche Wein zu besorgen. Dann bin ich gegen zwei Uhr morgens in den Hortensien vor meinem Haus aufgewacht. Keine Pizza. Kein Wein. Und ich habe keine Ahnung, wie ich da hingekommen bin.«

»Großer Gott«, sagte Joyce und schüttelte den Kopf. »Und dann bist du einfach aufgestanden und reingegangen?«

»Was hätte ich denn sonst machen sollen? Meine Tasche war noch da. Alles war noch drin, also bin ich offensichtlich nicht beraubt worden. Ich bin nach oben gegangen und habe geduscht. Dabei ist mir aufgefallen, dass ich wund war …«

»Wo genau? So wie nach einem Kampf?«, wollte Cindy wissen.

»Hier.« Laura deutete auf ihren Schoß.

»Du bist vergewaltigt worden?«

»Ja. In der Richtung. Und wie ich so unter der Dusche stehe, da kann ich mich ganz vage an die Stimme eines Mannes erinnern. Irgendwas von einem Batzen Geld, den er in der Lotterie gewonnen hat. Aber *ich* habe garantiert nicht das Gefühl, als hätte ich irgendwas gewonnen.«

»Bist du nach der Arbeit noch irgendwo anders gewesen? In einer Bar oder auf einer Party?«

»Ich bin keine Partygängerin, Cindy. Ich lebe wie eine Nonne. Ich bin einfach nur nach Hause gegangen. Irgendwie, ich … Ich weiß nicht«, sagte Laura. »Joyce, selbst wenn ich mich untersuchen lasse, mit der Polizei will ich nichts zu tun haben. Ich *weiß*, wie die sind. Mein Onkel war auch bei der Polizei. Wenn ich denen sage, dass ich mich nicht mehr erinnern kann, dann halten die mich bloß für verrückt.«

12

Phil Hoffman ging unruhig vor dem Besucherschalter des Zellentrakts im sechsten Stock der Hall of Justice auf und ab. Er wartete auf seine Mandantin, Dr. Candace Martin, die gerade ihre Häftlingskluft ablegte und in frische Kleider schlüpfte. Heute war ihr erster Verhandlungstag.

Candace hielt sich wacker.

Sie war entschlossen. Sie war hoch konzentriert. Und obwohl sie sich unter den gegebenen Umständen alles andere als wohl fühlte, hatte sie die Haftbedingungen – den engen Kontakt zu den anderen Insassen, die Vorschriften – geduldig ertragen, ganz einfach deshalb, weil es notwendig gewesen war, um bis zu diesem Tag durchzuhalten.

Jetzt lag alles an ihm.

Wenn Phil einen Freispruch erreichte, würde Candace wieder auf ihre Stelle als Leiterin der Herzchirurgie im Metropolitan Hospital zurückkehren. Ihr guter Ruf würde wieder hergestellt. Sie würde sich wieder der Erziehung ihrer beiden Kinder widmen können, die jetzt gerade vor dem Gerichtssaal saßen und auf sie warteten.

Phil hatte mit beiden Kindern gesprochen und war der Meinung, dass sie mit dem Druck umgehen konnten. Allerdings rechnete er noch mit einer Offensive der Gegenseite.

Phil hatte es schon einmal mit Yuki Castellano zu tun gehabt, und er fand sie durchaus sympathisch. Sie war temperamentvoll und sie war klug, aber Hoffman kannte auch ihre größte Schwäche. Yuki stürmte oft einfach drauflos, leidenschaftlich und unbeherrscht, fegte über Schlaglöcher hinweg und ignorierte sämtliche Anzeichen dafür, dass die vor ihr liegende Brücke eingestürzt war.

Ohne eingebildet zu sein, schätzte er seine Siegeschancen besser ein als ihre.

Phil blieb stehen. Er hörte Türen knallen, dann hallende Schritte, und schließlich trat Candace ein. Sie trug einen Maßanzug und Handschellen.

»Hallo, Phil«, sagte sie.

Phil trat auf sie zu, legte ihr die Hand auf die Schulter und sagte: »Wie geht es Ihnen? Alles okay?«

»Besser als okay, Phil, viel besser. Ich warte seit Ewigkeiten auf diesen Tag. Na ja, seit einem Jahr zumindest.«

Die Wärterin nahm ihr die Handschellen ab und sagte: »Viel Glück, Frau Dr. Martin.«

Candace rieb sich die Handgelenke. »Danke, Dede. Bis später.«

Phil hielt ihr die Fahrstuhltür auf und lächelte sie an, während sie in den zweiten Stock fuhren.

Auch er hatte über ein Jahr lang auf diesen Tag gewartet. Und er war sich ziemlich sicher, dass der heutige Tag ein sehr guter Tag werden würde.

13

Alle zweihundert Menschen im Gerichtssaal 3B schienen gleichzeitig zu reden. Yuki schrieb ihrem Chef eine SMS, um ihm mitzuteilen, dass es eine mysteriöse Verzögerung gegeben hatte, als der Gerichtsdiener schließlich um kurz vor zehn rief: »Bitte erheben Sie sich zu Ehren des Vorsitzenden Richters, Byron LaVan.« Dann betrat der Richter den eichengetäfelten Saal.

LaVan war zweiundfünfzig Jahre alt. Er hatte ein kantiges Kinn, eine wilde dunkle Mähne und trug eine schwarz umrandete Brille. Er war allgemein als aufbrausender Richter bekannt und galt als Fachmann mit einem beeindruckenden strafrechtlichen Hintergrundwissen.

Er nahm Platz. An der Wand hinter ihm prangte das kalifornische Wappen, zu seiner Rechten hing die US-Flagge und zu seiner Linken die Flagge des Bundesstaats Kalifornien. Der Laptop stand aufgeklappt vor ihm. Es konnte losgehen.

Als die Zuschauer sich wieder gesetzt hatten, entschuldigte sich der Richter mit knappen Worten für seine Verspätung. Ein Notfall in der Familie. Dann bat er den Gerichtsdiener, die Geschworenen hereinzuholen.

Die zwölf Jurymitglieder und die beiden Ersatzleute schoben sich in die Geschworenenbänke, verstauten ihre Handtaschen, legten ihre Notizbücher zurecht und nahmen auf ihren weinroten Drehstühlen Platz. Rechts von Yuki flüsterte Phil Hoffman seiner Mandantin, Dr. Candace Martin, etwas ins Ohr.

In der ersten Reihe, direkt hinter der Angeklagten, saßen

ihre beiden hübschen Kinder, Caitlin und Duncan. Sie sahen aus wie Engel, Engel, die keinen blassen Schimmer hatten, was hier eigentlich vor sich ging.

Das also hat Hoffman vor, dachte Yuki. Er setzt auf die Mitleidskarte.

Die Erkenntnis traf Yuki wie ein Schlag in die Magengrube. Das war nicht nur ein Versuch, das Mitleid der Geschworenen zu erregen. Hoffman hatte die Kinder in den Gerichtssaal geholt, um Yuki zur Zurückhaltung zu zwingen, weil sie die beiden nicht zu sehr unter seelischen Druck setzen wollte.

So ein berechnender Hund.

Das konnte sie ihm nicht durchgehen lassen.

Während der Richter die Jury instruierte und Yuki nur halb zuhörte, dachte sie an ihren früheren, lukrativen Job in einer großen Rechtsanwaltskanzlei, den sie aufgegeben hatte, um etwas Sinnvolles zu leisten – für sich und für die Menschen von San Francisco.

Dabei war sie keine selbstlose Weltverbesserin. Aber nachdem sie zwei Jahre lang irgendwelche reichen Leute verteidigt hatte, war in ihr das dringende Bedürfnis erwacht, Mörder wie Candace Martin, die glaubten, sie brauchten nur einen Strafverteidiger für tausend Dollar pro Stunde zu engagieren, um mit ihrer Tat davonzukommen, hinter Gitter zu bringen.

Der Richter war mit seiner Belehrung fertig und wandte sich nun dem Gerichtssaal zu.

Yuki erhob sich und sagte: »Euer Ehren, gestatten Sie, dass ich an die Richterbank trete?«

Richter LaVan schaute sie an, als hätte sie laut gefurzt. Pech gehabt, dachte sie. Unerschütterlich blieb sie stehen, bis der Richter ihr und Hoffman ein Zeichen gab, nach vorn zu treten.

Hoffman war ein Mann wie ein Baum, und Yuki wirkte mit ihren eins achtundfünfzig neben ihm wie ein Zwerg. Sie reichte Hoffman gerade bis unter die Achseln und kam sich sehr jung und winzig vor.

Yuki sagte: »Euer Ehren, ich halte es nicht für eine gute Idee, dass die Kinder der Angeklagten im Gerichtssaal anwesend sind. Sie wird beschuldigt, ihren Mann, den Vater der Kinder, umgebracht zu haben. Wenn ich sage, was ich zu sagen habe, dann wird das eine verstörende Wirkung auf sie haben und das weckt bei den Geschworenen Mitleid für die Angeklagte.«

LaVan meinte: »Mr Hoffman? Haben Sie dazu eine Meinung?«

»Die Kinder wissen sich zu benehmen, sie werden sich zusammenreißen und sie kennen die Wahrheit, Euer Ehren. Ihre Mutter ist unschuldig. Sie sind hier, um zu zeigen, dass sie auf ihrer Seite stehen.«

LaVan putzte seine Brille, setzte sie wieder auf und sagte: »Ms Castellano, machen Sie Ihre Arbeit. Ignorieren Sie die Kinder. Und den Geschworenen werde ich genau das Gleiche sagen. Sehen wir zu, dass wir weiterkommen, ja? Ist die Vertretung der Anklage bereit?«

»Ja, Euer Ehren, wir sind so weit.«

»Dann schießen Sie los.«

14

Yukis Herz pumpte reinstes Adrenalin durch ihre Blutbahnen, während sie sich auf den Weg zum Pult machte. Sie ermahnte sich, die Schultern zu entspannen und zu lächeln, während sie den Blick über die Geschworenenbänke gleiten ließ. Dann begann sie mit ihrem Eröffnungsplädoyer.

»Die Angeklagte wird des vorsätzlichen Mordes beschuldigt«, sagte sie, und ihre Stimme drang bis in den letzten Winkel des Gerichtssaals. »Im Verlauf der kommenden Tage wird die Staatsanwaltschaft zweifelsfrei beweisen, dass die Angeklagte, Candace Martin, ihren Ehemann Dennis Martin erschossen hat. Wir werden mithilfe von Beweismitteln und Zeugenaussagen zeigen, dass Frau Dr. Martin weit mehr getan hat, als sich nur die Hände schmutzig zu machen. Sie hat sich von Kopf bis Fuß mit Schuld besudelt.«

Der Saal hielt den Atem an, was Yuki zufrieden zur Kenntnis nahm. Sie wartete ab, bis das Flüstern wieder verstummt war. Dann begann sie, die Karten der Anklage wie bei einer Patience sorgfältig vor den Anwesenden auszubreiten.

»Dennis Martin wurde in der Nacht vom 14. auf den 15. September letzten Jahres im Foyer seines Hauses erschossen. Diese Tatsache ist unbestritten.

Zum Zeitpunkt des Mordes befanden sich vier Personen im Haus, nämlich Candace Martin, ihre beiden Kinder sowie die Köchin. Sie alle wurden von der Polizei befragt und auf eventuelle Spuren untersucht. Die Handfeuerwaffe vom Kaliber zweiundzwanzig, mit der Dennis Martin erschossen wurde,

wurde am Tatort sichergestellt. An Candace Martins Händen befanden sich Schmauchspuren. Für Schmauchspuren an den Händen gibt es nur eine einzige Erklärung«, erläuterte Yuki an die Geschworenen gewandt. »Der oder die Betreffende hat eine *Schusswaffe* abgefeuert.«

Anschließend führte sie aus, dass Candace Martin sowohl die Mittel als auch die Möglichkeit gehabt hatte, ihren Mann zu töten.

»Wir sind nicht verpflichtet, auch das Motiv der Tat aufzuzeigen, aber wir werden Ihnen erklären, warum Candace Martin diesen Mord geplant und ausgeführt hat. Dennis Martin war ein notorischer Frauenheld und hatte zum Zeitpunkt seines Todes wieder einmal eine Affäre. Er hat auch gar nicht versucht, diese Tatsache zu verheimlichen. Im Verlauf ihrer dreizehnjährigen Ehe hat Mr Martin seine Frau oft genug mit seiner Untreue gedemütigt, und schließlich, am 14. September, hatte sie endgültig genug. In unserer Gesellschaft wird eheliche Untreue normalerweise mit der Scheidung bestraft, aber Candace Martin war der Meinung, dass ihr Mann die Todesstrafe verdient hatte. Dann würde sie die Kinder, das dreieinhalb Millionen Dollar teure Haus sowie das gesamte Vermögen bekommen. Und darüber hinaus eine festliche Speise, die am besten eiskalt serviert wird – Rache.«

Yukis Blick huschte kurz zu den beiden Kindern hinüber. Der kleine Junge saß mit offenem Mund da. Das Mädchen zog eine wütende Grimasse. Der Richter hatte gesagt: »Ignorieren Sie die Kinder«, und genau das versuchte Yuki, während sie vorsorglich schon einmal anfing, die Strategie der Verteidigung zu untergraben. »Mr Hoffman wird Ihnen erzählen, dass seine Mandantin unschuldig ist«, wandte sie sich an die Geschworenen. »Er wird Ihnen sagen, dass die Angeklagte in ihrem Arbeitszimmer saß, als die Schüsse im Foyer fielen. Er wird Ihnen erzählen, dass sie ihren Mann blutend auf dem Boden liegend gefunden hat, dass sie seinen Puls gefühlt und erkannt hat, dass er tot war. Und dann – was sagt man dazu? – hat sie gehört, wie jemand zur Haustür hinausgerannt ist. Mr Hoffman wird Ihnen erzählen, dass Candace Martin dem Eindringling hinterhergerufen hat und dass dieser vor Schreck die Pistole fallen ließ. Und er wird Ihnen erzählen, dass seine Mandantin die Pistole in die Hand genommen hat, dem Eindringling nach draußen gefolgt ist und auf ihn geschossen hat. So will die Verteidigung die Schmauchspuren an Candace Martins Händen erklären. Es gibt da nur ein Problem«, sagte Yuki zu den vierzehn Männern und Frauen auf der Geschworenenbank. »Diese Geschichte ist von vorn bis hinten *Schwachsinn*. Es gab keinen Eindringling. Es gab keinen Einbruch, und es ist auch nichts gestohlen worden. Aber Candace Martin hat mehrfach gegenüber verschiedenen Zeugen geäußert, dass sie wünschte, ihr Mann wäre tot. Und sie ist *am Abend* des tödlichen Zwischenfalls mit einer Waffe in der Hand gesehen worden. Die Staatsanwaltschaft hat die Aufgabe, für das Opfer zu sprechen«, sagte Yuki, »und genau das werden wir tun. Aber wenn Mr Martin für sich selbst sprechen könnte, dann würde er Ihnen sagen, wer ihn getötet hat.« Mit diesen Worten zeigte Yuki auf die attraktive, blonde Herzchirurgin, die gerade an einer Haarsträhne nagte. »Er würde Ihnen sagen, dass niemand anders als seine liebe Ehefrau ihn erschossen hat.«

15

Das Susie's ist ein Kneipenrestaurant im Karibikstil und ganz wunderbar geeignet, um sich auf andere Gedanken bringen zu lassen. Die Wände sind gelb gestrichen, die Calypso-Musik ist live, das Essen scharf und das Bier kalt. Außerdem ist das Susie's das inoffizielle Clubhaus unserer Viererbande, des »Clubs der Ermittlerinnen«. Den Titel hatte sich unser jüngstes Mitglied, die Reporterin Cindy Thomas, ausgedacht.

Ich hatte jedenfalls nichts dringender nötig als eine Stunde im Susie's. Conklin und ich hatten den ganzen Tag mit der Suche nach einem Neugeborenen zugebracht. Wir hatten Leichenspürhunde begleitet, mit Tauchern am Ufer des Lake Merced gesprochen und von früh bis spät die Häuser in der Umgebung abgeklappert und den Bewohnern ein Foto von Avis Richardson gezeigt. »Haben Sie dieses junge Mädchen schon einmal gesehen?« Wir waren ohne jedes Ergebnis geblieben.

Dann hatte Jacobi vor zehn Minuten einen verblüffenden Anruf bekommen. Avis Richardson war wieder aufgetaucht. Sie befand sich bei den Eltern einer Schulfreundin im Wohnviertel Russian Hill, wohlmeinende Gutmenschen, die Avis vor der Polizei beschützen wollten, bis ihre Eltern aus Neuseeland eingetroffen waren. Jetzt wussten wir also zumindest, wo das Mädchen steckte, aber noch immer gab es keine Spur von ihrem Baby, das entweder vermisst wurde oder tot war.

Wahrscheinlich beides.

Claire und ich fuhren zusammen ins Susie's, und wie durch

ein Wunder fand ich eine Parklücke in der Jackson Street, unweit der Kreuzung mit der Montgomery. Wir traten durch die Tür, tauchten in den beschwingten Rhythmus der Steel Drums und das Gelächter ein und winkten ein paar flüchtigen Bekannten zu. Wir passierten die Theke und gelangten durch den schmalen, von aromatischen Düften erfüllten Gang an der Küche vorbei in das gemütliche Hinterzimmer, wo Yuki unsere Nische bereits besetzt hatte.

»Hallo, alle zusammen«, rief Lorraine und brachte uns einen eiskalten Krug mit Bier und dazu eine Wassermelonen-Margarita für Yuki. Yuki verträgt zwar so gut wie keinen Alkohol, aber das hindert sie nicht daran, welchen zu trinken.

Ich schob mich neben Yuki auf die Sitzbank, und Claire nahm die gegenüberliegende Seite. Yuki hob das Glas mit dem rosafarbenen Hirnverwirrer und nahm einen tiefen Schluck.

»*Nur nippen!*«, riefen wir anderen gleichzeitig.

Yuki schnaubte Tequila durch die Nase und stammelte unter Husten: »Ich habe mir einen Schwips redlich verdient. Ich habe ein absolut brillantes Eröffnungsplädoyer gehalten, und plötzlich klingelt das Handy des Richters. Seine schwer kranke Mutter liegt im Sterben. Er unterbricht die Sitzung bis morgen. Bis dahin hat Phil Hoffman das Protokoll natürlich gelesen. Er wird mich nach allen Regeln der Kunst in der Luft zerfetzen.«

Im selben Moment kam Cindy herein, wie immer als Letzte. Sie rutschte neben Claire auf die Bank, versetzte ihr ein paar Stöße mit der Hüfte und sagte: »Nun komm schon, Mädchen, wenigstens ein paar Zentimeter.«

Claire ging nicht weiter darauf ein, sondern sagte: »Dürfte ich euch jetzt vielleicht endlich mal erzählen, was ich heute erlebt habe? Oder muss ich um das Redestöckchen kämpfen? Ich wäre absolut bereit dazu.«

»Fang an«, meinte Yuki und hielt ihr leeres Glas ins Licht. Claire wartete nicht, bis jemand widersprechen konnte.

»Eine Freundin hat mich gefragt, ob ich ihr einen Gefallen tun kann, und mich gebeten, in ein Haus im Sacramento Delta zu kommen«, sagte sie. »Ich setze mich also ins Auto und fahre da raus in diese Sumpflandschaft. Jede Menge winzig kleiner Sträßchen und Deiche, anders kommt man da gar nicht hin. Irgendwann stehe ich dann vor der Jagdhütte, um die es geht. Der alte Mann, der dort wohnt, hatte alle seine Rechnungen zwei Wochen im Voraus bezahlt, und seither hat ihn kein Mensch mehr gesehen. Jetzt haben die Leute so langsam angefangen, sich zu fragen: ›Was ist eigentlich mit Mr Wingnut los?‹«

Während Claires Erzählung hantierte Cindy mit ihrem Smartphone herum.

»Unter der Bettdecke lag so ein länglicher Klumpen«, fuhr Claire fort, während sie gleichzeitig Cindy das Telefon aus der Hand nahm und es in ihre Tasche steckte, als wäre Cindy noch ein kleines Mädchen.

»He!«, sagte Cindy.

Ich hatte das dringende Bedürfnis zu lachen… Und tat es auch.

Claire machte weiter, ohne Cindy zu beachten, die in ihrer Tasche herumwühlte und das Telefon herausfischte. »Ich ziehe also die Decken zurück und sehe, dass der Tote durch die Wärme quasi mumifiziert worden ist. Und im Arm hält er eine AK-47.«

Cindy unterbrach ihre Tätigkeit und starrte Claire an.

»Er war tot? Und hatte eine AK-47 im Arm?«

»Er hat sich damit selbst erschossen«, sagte Claire. »Mein Puls war schlagartig bei knapp zweihundert, das kannst du mir glauben.«

Cindy sah erschüttert aus.

»Jetzt geht es schon wieder, Herzchen«, sagte Claire. »Ich hab mich bloß erschrocken.«

Cindy drehte sich zu mir um. Ihre blonden Locken hüpften und der Blick aus ihren hellen blauen Augen bohrte sich in meine. »Gerade habe ich eine SMS aus der Notaufnahme des Metro Hospital bekommen«, sagte sie. »Jetzt ist noch eine Frau aufgetaucht, die glaubt, dass sie vergewaltigt worden ist.«

»Noch eine Frau? Die *glaubt*, dass sie vergewaltigt worden ist?«

»Linds, ich habe es im Gefühl. Da kommt eine ganz schräge Geschichte auf uns zu. Kannst du mir einen Gefallen tun, bitte? Kannst du mich ins Krankenhaus fahren?«

16

Ich trieb meinen Explorer mit Höchstgeschwindigkeit über die Columbus Avenue in die Montgomery Street, vorbei an der Transamerica Pyramid, dem höchsten Wolkenkratzer in San Francisco. Meine Sirene verschaffte uns im abendlichen Verkehr den nötigen Freiraum.

Cindy saß neben mir, klammerte sich an ihre Armlehne und erzählte mir von Laura Rizzo, die möglicherweise in derselben Nacht, in der man Avis Richardson fünfundzwanzig Kilometer nördlich von San Francisco orientierungslos unter einem mondlosen Himmel gefunden hatte, unter Drogen gesetzt und misshandelt worden war.

Ich musste wissen, ob an Cindys »schräger Geschichte« etwas dran war.

Zwei, vielleicht auch drei junge Frauen waren misshandelt worden, aber keine konnte sich an die Misshandlungen erinnern? Gab es da womöglich eine Querverbindung zu Avis Richardson? Oder suchte ich nur verzweifelt nach einer Spur, und wenn sie noch so fragwürdig war?

Ich machte Cindy mit den wichtigsten Fakten im Fall Richardson vertraut und schoss auf die Kreuzung von Montgomery Street und Market Street zu. Nur knapp verfehlte ich das dicke Heck eines Lexus und fuhr auf den Straßenbahnschienen, die sich die New Montgomery Street entlangzogen, weiter. Mit einem Ruck am Lenkrad ließ ich den Stau hinter mir. Cindy war blass im Gesicht, aber ich raste weiter.

»Vor ein paar Tagen hat ein zufällig vorbeifahrendes Ehepaar ein junges Mädchen gefunden und in die Notaufnahme im Metro Hospital gebracht«, sagte ich. »Das ist aber streng vertraulich.«

»Okay.«

»Okay? Ist das dein Ernst?«

»Ja, Lindsay. O. Ka. Y. Streng vertraulich.«

Ich nickte, riss das Steuer nach rechts, kreischte auf zwei Rädern in die Mission Street und flog an den Yerba Buena Gardens auf der linken Straßenseite vorbei. Von Cindy musste man sich solche Zusagen fast schriftlich geben lassen. Sie ist ein ehrlicher Mensch, aber was soll ich sagen? Sie ist Journalistin. Und wir wollten auf gar keinen Fall mit einer Geschichte über ein entführtes Baby einen Sturm entfachen.

Mir war immer noch nicht klar, womit wir es eigentlich zu tun hatten. War Avis Richardson das Opfer mehrerer scheußlicher Verbrechen geworden? Oder hatte sie ihr eigenes Kind getötet? Ich drückte das Gaspedal bis zum Anschlag durch, als könnte ich damit das neugeborene Baby nach Hause holen.

»Dieses Mädchen hat erst kürzlich ein Kind zur Welt gebracht«, fuhr ich fort, während ich mitten durch das Latinoviertel bretterte, vorbei an primitiven Wechselstuben und Souvenirhändlern, die in den verfallenen Theatergebäuden aus den Zwanzigerjahren unter rissigen, verblassten Markisen ihre T-Shirts verkauften.

Als ich nach rechts in die 26th Street abbog, redete ich immer noch. »Die Sache ist die, Cindy. Bisher ist nirgendwo ein Neugeborenes gefunden worden. Das Mädchen kann sich an die Geburt nicht erinnern, und jetzt, da der Schock langsam nachlässt und sie vielleicht mit uns reden könnte, will sie nicht mehr.«

»Wieso denn nicht?«

»Ich weiß es nicht, beim besten Willen nicht.«

Cindy nahm mir das Versprechen ab, ihr alles zu sagen, *was* ich wusste, *sobald* ich es wusste, und zwar *nicht* vertraulich. Ich nickte, machte eine letzte Linkskurve und stellte meine alte Schüssel in der Valencia Street vor dem Krankenhaus ab.

17

Cindy und ich betraten das lebhafte Foyer des Metropolitan Hospital. Cindys Freundin, Joyce Miller, erwartete uns bereits am Empfang. Sie hatte dunkle Haare, war ungefähr Mitte dreißig und trug Schwesterntracht.

Sie nahm meine Hand in ihre beiden und schüttelte sie kräftig.

»Vielen Dank, dass Sie gekommen sind, Lindsay. Ganz herzlichen Dank.«

Wir folgten ihr durch eine ganze Anzahl von Korridoren mit Linoleumfußböden, nahmen diverse Abzweigungen und gelangten schließlich in die Notaufnahme, bewältigten einen Hindernisparcours voller Krankenhausbetten und Rollstühle, bis wir schließlich vor einem Patientenabteil standen. Dort lernten wir Anne Bennett kennen, die womöglich Opfer einer Vergewaltigung geworden war.

Ms Bennett arbeitete in einem Reisebüro und war Anfang vierzig. Sie sah unglaublich erschöpft aus, als hätte sie acht Stunden auf dem Laufband hinter sich.

Mit zitternder Stimme erzählte sie uns, dass sie sich noch daran erinnern konnte, wie sie an diesem Morgen ein Taxi genommen hatte, um zur Arbeit zu fahren. Dann war sie hinter einem Müllcontainer in einer schmalen Gasse in der Nähe ihrer Wohnung wieder aufgewacht.

»Ich weiß nichts mehr, überhaupt nichts«, sagte sie. »Meine Bluse war falsch zugeknöpft. Meine Strumpfhose war verschwunden, aber ich hatte immer noch die schwarzen Pumps mit den Goldschnallen an. Meine Handtasche lag auf meiner Brust, mitsamt Handy und Portemonnaie. Vierundvierzig Dollar. Genau so viel, wie ich dabeihatte.«

»Aber Sie haben keinerlei Erinnerung an das, was in den zehn Stunden zwischen Ihrer Abfahrt ins Büro und dem Aufwachen passiert ist?«

»Ich fühle mich, als hätte mir irgendjemand das Licht ausgeknipst«, sagte Anne Bennett und sah mich aus blutunterlaufenen Augen an.

»Die Ärztin hat gesagt, dass ich allem Anschein nach ein sexuelles Trauma erlitten habe. Vor vier Tagen habe ich das letzte Mal Sex mit meinem Freund gehabt, und der war kein bisschen traumatisch. Wir sind schon so lange zusammen, da ist der Sex ziemlich undramatisch, und genau so finde ich es gut.«

Anne Bennetts Worte waren klar und direkt, aber in ihren Augen sah ich Panik aufflackern. Als ob sie verzweifelt in ihrem Gedächtnis nach etwas suchte, ohne es zu finden.

18

Der Gerichtsdiener rief den Saal zur Ordnung, und die Geschworenen kamen herein. Hoffman erhob sich von seinem Platz. Als er sich wieder setzte, dachte er an die Geschworene Nummer drei, Valerie Truman, die alleinerziehende Mutter, die in einer öffentlichen Bücherei arbeitete und ein Tausendstel von dem verdiente, was Candace Martin im Jahr nach Hause brachte. Und er dachte an Nummer sieben, William Breitling, einen ehemaligen Golfprofi mit einem überwältigenden Charisma. Breitling war nicht der Sprecher der Jury, aber Hoffman glaubte, dass er einen entscheidenden Einfluss ausüben konnte.

Als Richter LaVan sich an Hoffman wandte und fragte, ob er bereit sei, sein Eröffnungsplädoyer zu halten, bejahte er, stand auf und trat von seinem Platz neben Candace Martin direkt vor die Geschworenenbänke.

Er legte eine Hand auf das Geländer, begrüßte die Geschworenen und fing an.

»Gestern hat die Vertreterin der Anklage ihr Eröffnungsplädoyer gehalten. Ich finde, Ms Castellano hat ihre Sache ziemlich gut gemacht, allerdings hat sie ein paar entscheidende Punkte übersehen. Der erste wäre, dass Frau Dr. Martin unschuldig ist.«

William Breitling lächelte und ließ dabei sein komplett saniertes Gebiss leuchten. Hoffman spürte, wie das Eis auf der Geschworenenbank schmolz.

»Am Abend des 14. September hat sich Folgendes zugetragen«, sagte Hoffman. »Frau Dr. Martin war gerade erst aus dem Krankenhaus nach Hause gekommen. Sie hatte an diesem Tag eine erfolgreiche Herzoperation durchgeführt und hoffte, dass ihr Patient wieder ganz gesund werden würde. Sie begrüßte ihre Kinder und setzte sich dann in ihr Arbeitszimmer am Ende des Flurs, um die Frau ihres Patienten anzurufen. Sie wollte sich die Augen reiben und hatte ihre Brille abgesetzt. In dem Moment, als sie zum Telefon greifen wollte, hörte sie Geräusche aus dem Foyer, die wie Schüsse klangen. Sie erschrak und stieß versehentlich ihre Brille zu Boden. Das ist einer dieser entscheidenden Punkte, die ich vorhin erwähnt habe.«

Hoffman ging am Geländer der Geschworenenbank entlang und berührte es ab und zu, um seinen Worten Nachdruck zu verleihen. Die Blicke der Geschworenen folgten ihm, während er schilderte, wie seine Mandantin ihren Mann auf dem Boden liegend vorgefunden hatte, wie sie das Blut gesehen und ihn untersucht hatte, um feststellen zu müssen, dass Dennis Martin nicht mehr am Leben war.

»Als sie den Blick wieder hob, sah sie jemanden im Schatten des Foyers, einen Eindringling. Sein Gesicht konnte sie nicht erkennen. Sie war zu Tode erschrocken. Voller Überraschung schrie sie auf, und der Eindringling ließ seine Waffe fallen und flüchtete. Meine Mandantin hob die Waffe auf und rannte ihm nach, zur Haustür hinaus bis zur Eingangstreppe. Frau Dr. Martin hatte noch nie zuvor eine Waffe benutzt, aber jetzt schoss sie ein paar Mal, und zwar in die Luft. Sie landete keinen Treffer. So sind die Schmauchspuren auf ihre Hände gelangt. Unmittelbar nach diesen Schüssen ging Frau Dr. Martin zurück ins Haus und rief die Polizei. So etwas macht man nur, wenn man unschuldig ist«, sagte Hoffman.

»Die Anklagevertretung hat Dennis Martin als ehebrecherische Ratte geschildert, aber diese Tatsache sei kein Verbrechen, das mit der Todesstrafe gesühnt werden müsste. Nun, da hat sie recht. Und Frau Dr. Martin war sich darüber bewusst. Genau so, wie sie sich darüber bewusst war, dass ihre Ehe gerade in einer schlechten Phase war. Auch sie hatte zu dieser Zeit eine Affäre. Sie war nicht eifersüchtig. Sie ging davon aus, dass ihre Ehe entweder im Lauf der Zeit wieder in Ordnung kommen oder aber ganz auseinanderbrechen würde. Und sie war auf beide Entwicklungen vorbereitet. Candace Martin ist eine moderne und erfolgreiche Frau. Sie ist weder naiv noch ein Vorbild an Tugendhaftigkeit, aber sie ist eine hochgeschätzte Herzchirurgin und eine fantastische Mutter. Und sie hat ihren Mann geliebt.«

Hoffman drehte sich zu seiner Mandantin um.

»Bitte, sehen Sie sie sich jetzt an«, sagte er zu den Geschworenen, »und sehen Sie sie als das, was sie ist: als Opfer einer überarbeiteten Polizeibehörde, die sich für die einfachste Lösung entschieden hat: die Ehefrau. Dazu kommt jetzt noch eine übermotivierte Staatsanwältin, die aus ganz persönlichen Gründen einen spektakulären Erfolg bitter nötig hat.«

19

Yuki spürte Phil Hoffmans krachenden Konter genau zwischen den Augen. Verdammt noch mal! Hoffmans Attacke war empörend und vielleicht sogar diffamierend. Für einen kurzen Augenblick lag ihr sogar ein Einspruch auf der Zunge: *»Euer Ehren, die Verteidigung ist vollkommen verzweifelt. Ich beantrage, sie aus dem Saal entfernen zu lassen.«*

Nick Gaines, Yukis Beisitzer und Unterstützer, schob ihr einen Notizblock zu. Er war ein begnadeter Karikaturist und hatte mit wenigen Bleistiftstrichen einen schlaksigen Phil Hoffman, der sich mit beiden Händen an die Kehle griff, und dazu eine Strichmännchen-Yuki mit einer Steinschleuder in der Hand gezeichnet. Der Untertitel lautete: »David gegen Goliath«.

Yuki schob den Block wieder zurück. Sie hatte verstanden. Hoffmans Tiefschlag würde ihr ein paar zusätzliche Sympathien von Seiten der Geschworenen einbringen. Sie würde wieder zu Atem kommen. Und für den Moment erinnerte sie sich an die alte Gerichtsweisheit: »Lass niemals zu, dass sie dich schwitzen sehen.«

Sie stand auf und sagte: »Euer Ehren, würden Sie die Geschworenen bitte daran erinnern, dass Eröffnungsplädoyers nicht das Gleiche sind wie eine Beweisaufnahme?«

»Betrachten Sie das hiermit als erledigt, Ms Castellano«, sagte LaVan und seufzte.

Yukis erster Zeuge war Officer Patrick Lawrence, der Streifenpolizist, der nach Candace Martins Anruf als Erster bei ihrem Haus gewesen war. Er sagte aus, dass er nur wenige Querstraßen entfernt gewesen und zusammen mit seinem Partner bereits eine Minute nach dem Eingang des Notrufs vor Ort gewesen sei. Er hatte Frau Dr. Martin befragt und war so lange bei ihr geblieben, bis der Notarztwagen eingetroffen war und Inspektor Chi von der Mordkommission sowie Lieutenant Clapper von der Kriminaltechnik das Kommando am Tatort übernommen hatten.

Yuki ließ sich schildern, dass Dr. Martin ihre Emotionen im Griff gehabt hatte und dass sie aufgrund des schnellen Eintreffens von Officer Lawrence keine Gelegenheit gehabt hatte, sich die Hände zu waschen oder Spuren zu beseitigen.

Nach Officer Lawrence rief Yuki den Privatdetektiv Joseph Podesta in den Zeugenstand, und er wurde vereidigt. Podesta war ein sauber und gepflegt wirkender Mittfünfziger, den Dennis Martin engagiert hatte, um hinter seiner Frau herzuschnüffeln.

Yuki fragte Podesta nach seinen Referenzen, und er teilte den Geschworenen mit, dass er zwölf Jahre lang für die Bezirksstaatsanwaltschaft von Sacramento gearbeitet hatte und seit nunmehr zwanzig Jahren als privater Ermittler tätig sei, zu Anfang in Chicago und momentan in San Francisco.

»Warum hat Dennis Martin Sie engagiert, Mr Podesta?«, fragte Yuki.

»Mr Martin hat gewusst, dass seine Frau eine Affäre hatte, und wollte, dass ich die beiden in … ähm … in flagranti fotografiere.«

»Und ist es Ihnen gelungen, die Angeklagte zusammen mit ihrem Geliebten zu fotografieren?«

»Ja.«

»Haben Sie bei Ihren Ermittlungen sonst noch etwas herausgefunden?«, fragte Yuki weiter.

»Ja.«

»Bitte verraten Sie uns doch, was das war.«

»An einem der Abende, an denen ich Candace Martin beschattet habe, hat sie sich mit einem Mann getroffen, der meines Erachtens ein Auftragskiller ist.«

Es rumpelte, und Hoffman sprang auf, um Einspruch einzulegen.

»Euer Ehren, das ist reine Spekulation. Woher soll der Zeuge wissen, dass der Mann, den er gesehen haben will, ein Auftragskiller ist? Wenn er sich so sicher war, warum hat er nicht sofort die Polizei verständigt? Stattdessen benutzt die Staatsanwaltschaft diese außerordentlich zweifelhafte Aussage, um den Ruf einer angesehenen Herzchirurgin zu beschmutzen. Was hat das denn für einen Sinn?«

Der Richter sorgte mit zwei harten Hammerschlägen für Ruhe im Saal und sagte: »Ich möchte das gerne hören, Mr Hoffman.«

Als sie wieder reden durfte, sagte Yuki: »Mr Podesta, haben Sie Beweise für dieses Zusammentreffen?«

»Ich bin Frau Dr. Martin von ihrem Haus in St. Francis Wood bis in die Davidson Avenue in Hunters Point gefolgt. Das ist eine Sackgasse. Am Ende der Straße, dort, wo sie an die Überführung des I-280 grenzt, stand ein Toyota-Geländewagen, neuestes Baujahr. Es handelt sich um eine ziemlich üble Gegend, aber ich konnte die beiden beobachten, ohne selbst gesehen zu werden.«

»Sprechen Sie weiter, Mr Podesta.«

»Es war eindeutig ein heimliches Treffen«, sagte Podesta. »Ich habe Fotos von Frau Dr. Martin gemacht, wie sie in diesen Geländewagen steigt. Als ich die Fotos später auf meinen Computer geladen habe, hatte ich das Gefühl, als hätte ich diesen Mann schon einmal gesehen.«

»Und was ist dann passiert?«

»Zwei Wochen später war Dennis Martin tot.«

»Was haben Sie gemacht, Mr Podesta?«

»Ich habe meine Aufnahmen von dem Mann im Geländewagen mit den Bildern auf der FBI-Liste der meistgesuchten Männer und Frauen verglichen. Ich bin der Meinung, dass der Mann, mit dem sich Frau Dr. Martin getroffen hat, Gregor Guzman war.«

»Und warum steht Mr Guzman auf dieser FBI-Liste?«

»Euer Ehren. Ist dieser Zeuge ein FBI-Agent? Was, zum …?«

»Setzen Sie sich, Mr Hoffman. Der Zeuge soll die Frage nach bestem Wissen und Gewissen beantworten.«

»Gregor Guzman wird in Kalifornien, in etlichen anderen US-Bundesstaaten sowie in mehreren anderen Staaten wegen Mordverdachts gesucht. Er wurde bis jetzt noch nie festgenommen. Ich habe mich dreimal mit dem FBI in Verbindung gesetzt, wurde aber kein einziges Mal zurückgerufen.«

Yuki präsentierte eine Aufnahme von Candace Martin in einem dunklen Geländewagen neben einem Mann mit beginnender Glatzenbildung und einem dichten Haarbüschel über der Stirn. Es war ein sehr grobkörniges Foto, bei Nacht und mit einem starken Teleobjektiv aufgenommen, aber es bestätigte Podestas Schilderungen.

»Danke«, sagte Yuki. »Ich habe keine weiteren Fragen an Sie, Mr Podesta.«

20

»Euer Ehren, unter sechs Augen?«, sagte Hoffman steif.

Der Richter winkte die beiden Anwälte zu sich und sagte: »Schießen Sie los, Mr Hoffman.«

»Euer Ehren, dieser Zeuge ist Privatdetektiv. Er ist nicht einmal Polizist. Seine Aussagen sind nichts als Spekulationen und Vermutungen. Wo ist denn dieser sogenannte Auftragsmörder? Warum steht *er* nicht auf der Zeugenliste? Woher sollen wir wissen, *weshalb* meine Mandantin sich mit diesem Mann getroffen hat oder ob er tatsächlich der ist, für den der Zeuge ihn hält?«

»Ms Castellano?«

»Mr Podesta hat mit keinem Wort behauptet, ein besonders guter Zeuge zu sein. Er hat die Angeklagte beschattet, und sie hat sich zu einem Mann, der Gregor Guzman ähnlich sieht, ins Auto gesetzt. Mr Podesta hat dieses heimliche Treffen fotografiert. Er hat die Aufnahmen von dem Mann im Geländewagen mit FBI-Fahndungsfotos von Gregor Guzman verglichen. Und *er ist der Meinung,* dass es sich um ein und denselben Mann handelt. Das ist seine Aussage.«

»Mr Hoffman, ich habe Ihren Einspruch zur Kenntnis genommen. Und nun nehmen Sie den Zeugen bitte ins Kreuzverhör«, sagte LaVan.

Phil Hoffman blieb neben seiner Mandantin sitzen, als er sich an Joseph Podesta wandte. Das war sein Versuch, den Geschworenen zu demonstrieren, wie wenig er für den Zeugen übrighatte.

»Mr Podesta, ich bin vollkommen unschlüssig, mit welcher ihrer Fantasiegeschichten ich anfangen soll. Ach, doch, jetzt weiß ich«, fügte er hinzu, bevor Yuki Einspruch erheben konnte.

»Erstens: Haben Sie je für das FBI gearbeitet?«

»Nein.«

»Verfügen Sie über eine spezielle Ausbildung zur Identifizierung von Auftragsmördern?«

»Ich habe ein sehr gutes Auge.«

»Das war nicht meine Frage, Mr Podesta. Verfügen Sie über eine spezielle Ausbildung zur Identifizierung von Auftragsmördern? Haben Sie die Fingerabdrücke dieses Mannes genommen? Haben Sie seine DNA? Besitzen Sie eine Tonbandaufnahme dieses angeblichen Gesprächs?«

»Einspruch«, sagte Yuki. »Welche Frage soll der Zeuge denn nun beantworten?«

»Ich ziehe sie alle zurück«, meinte Hoffman, »aber ich beantrage, dieses Beweismittel nicht zuzulassen. Die Qualität der Aufnahme ist miserabel, und sie beweist gar nichts. Wissen Sie was? Ich lege gegen die gesamte Zeugenaussage Einspruch ein und beantrage, dass sie aus dem Protokoll gestrichen wird.«

»Einspruch abgelehnt«, sagte der Richter. »Wenn Sie keine Fragen mehr an den Zeugen haben, Mr Hoffman, dann ist er entlassen.«

21

»Die Staatsanwaltschaft bittet Ellen Lafferty in den Zeugenstand«, sagte Yuki.

Die Tür am hinteren Ende des Saals öffnete sich, und eine hübsche, junge Frau Anfang zwanzig mit kastanienbraunem Haar kam den Mittelgang entlang. Sie trug einen eng sitzenden blauen Anzug und eine Bluse mit Halsschleife. Nachdem sie durch die Schranke in den Zeugenstand getreten war, wurde sie vereidigt.

»Sind Sie Angestellte im Haushalt des verstorbenen Dennis Martin und seiner Frau Candace?«, wollte Yuki von ihrer Zeugin wissen.

»Das bin ich.«

»In welcher Eigenschaft?«

»Ich bin das Kindermädchen. Ich arbeite tagsüber, wohne aber nicht im Haus.«

»Wie lange arbeiten Sie schon für die Martins?«

»Ziemlich genau drei Jahre.«

Yuki nickte aufmunternd. »Wie würden Sie den Zustand der Ehe Ihrer Arbeitgeber bezeichnen?«, erkundigte sie sich.

»Mit einem Wort: explosiv«, erwiderte Ellen Lafferty.

»Wären Sie so nett, noch ein paar Wörter mehr zu verlieren?«

»Die beiden haben sich gehasst«, sagte das Kindermädchen. »Dennis wollte sich von Candace scheiden lassen, und sie war außer sich vor Wut deswegen. Einmal hat sie mir erzählt, dass sie glaubt, dass eine Scheidung eine sehr schmutzige Angelegenheit werden würde. Dass ihre Kinder darunter genau so zu leiden hätten wie ihr Ruf als Medizinerin.«

»Ich verstehe«, sagte Yuki. Die Zeugin schilderte eine Ehe, die nur noch aufgrund praktischer Erwägungen bestanden hatte und nicht mehr auf Liebe basierte. Yuki wusste, dass die Geschworenen das verstehen würden.

»Waren Sie an dem Tag, an dem Dennis Martin ermordet wurde, im Haus?«

»Ja«, antwortete Lafferty. Bis zu diesem Moment hatte sie sich nur auf Yuki konzentriert, aber jetzt ließ sie den Blick zu der Angeklagten wandern und starrte sie an.

»Ist an diesem Abend etwas Außergewöhnliches vorgefallen?«

»Auf jeden Fall.«

»Bitte erzählen Sie.«

Ellen Lafferty wandte sich wieder Yuki zu.

»Ich habe gerade meine Sachen zusammengepackt und wollte Feierabend machen. Es war 18.00 Uhr, und ich war um 18.15 Uhr mit einer Freundin im Dow's Imperial Chinese verabredet. Wir hatten uns eine ganze Weile nicht gesehen, und ich habe mich richtig auf das Treffen gefreut.«

»Sprechen Sie weiter«, sagte Yuki.

»Als ich mir die Lippen nachgezogen habe, ist Frau Dr. Martin nach Hause gekommen. Sie hat irgendwie seltsam ausgesehen. Unruhig, vielleicht auch wütend. Ich bin zu ihr ins Arbeitszimmer gegangen, um sie zu fragen, ob alles in Ordnung war. Da habe ich gesehen, wie sie eine Pistole in ihre Schreibtischschublade gelegt hat.«

»Sind Sie sicher, dass es eine Pistole war?«, hakte Yuki nach.

»O ja, ganz sicher.«

»Hat Frau Dr. Martin Ihnen gegenüber jemals geäußert, dass sie wünschte, ihr Mann wäre tot?«

»Oft. Sehr oft.«

»Sehr oft«, wiederholte Yuki und blickte demonstrativ die Geschworenen an.

»Und hat Mr Martin mit Ihnen über seine Gefühle für seine Frau gesprochen?«

»Er hat gesagt, dass sie kalt ist. Und dass er ihr nicht traut.«

»Vielen Dank, Ms Lafferty. Ich habe keine weiteren Fragen.«

Hoffman erhob sich. Sein Stuhl kratzte laut hörbar über die Eichendielen. Er steckte die Hände in die Hosentaschen und ging auf die Zeugin zu, die ihrerseits die Schultern anspannte und zu ihm aufblickte.

»Ellen. Darf ich Sie Ellen nennen?«

»Nein. Lieber nicht.«

»Dann entschuldigen Sie bitte. Ms Lafferty. Haben Sie geglaubt, dass Frau Dr. Martin ihren Mann umbringen würde?«

»Ich weiß nicht. Vielleicht.«

»Nun, wenn Sie Frau Dr. Martin einen Mord zugetraut haben, warum haben Sie dann nicht die Polizei gerufen, als Sie sie mit einer Waffe gesehen haben?«

Yuki sah, wie Ellen Laffertys rechtschaffene Empörung sich in Trauer verwandelte.

In einem beinahe flehenden Tonfall bat sie Hoffman und die Geschworenen um Verständnis. »Ich war an diesem Abend mit meinen Gedanken irgendwo anders. Ich hatte es eilig. Im Rückblick hätte ich natürlich die Polizei rufen oder Mr Martin warnen sollen. Ich mache mir die größten Vorwürfe. Wenn ich etwas unternommen hätte, wäre Mr Martin noch am Leben, und die Kinder hätten noch einen Vater.«

Der kleine Junge heulte auf, und sein Weinen schnitt wie eine Sirene durch den Saal: *»EEEElllll-eeeennnn!«*

Die Zeugin beugte sich vor und rief quer durch den Gerichtssaal: »Duncan. Baby. Ich bin ja hier, Süßer.«

Das war der Augenblick, in dem Richter LaVan aufbrauste.

22

Als Yuki mit dem Fahrstuhl nach oben in die Räume der Bezirksstaatsanwaltschaft fuhr, war sie in Gedanken immer noch mit den Schreien des Kindes und LaVans Reaktion darauf beschäftigt.

Großer Gott. Es war, als hätte Duncan Martin gerufen: *»Hört auf mich zu schlagen!«* Gut möglich, dass Hoffmans Mitleidstaktik aufgegangen war.

Yuki stellte ihre Aktentasche in dem fensterlosen Büro ab, machte sich auf den Weg zu dem Eckbüro über der Bryant Street und klopfte an die offene Tür.

Leonard Parisi, stellvertretender Bezirksstaatsanwalt und ihr direkter Vorgesetzter, bat sie herein und bot ihr einen Stuhl an.

Parisis dichter roter Haarschopf und seine unerschütterliche Entschlossenheit hatten ihm den Spitznamen Red Dog eingetragen. Er war eine massige, birnenförmige Erscheinung, ein Mann von fünfzig Jahren mit unreiner Haut und verstopften Arterien, aber auf seinem Gesicht lag jetzt ein Ausdruck reinster Schönheit.

Er lächelte. Und sein Lächeln galt ihr.

»Ich habe heute Morgen mal reingeschaut. Habe zugesehen, wie Sie diesen Privatschnüffler befragt haben. Fantastische Arbeit, Yuki«, sagte er. »Ich bin beeindruckt.«

»Danke, Len. Ich komme gerade aus LaVans Amtszimmer«, erwiderte Yuki und setzte sich auf den Stuhl vor Parisis Schreibtisch.

»Ach? Wieso denn das?«

»Hoffman hat die Kinder der Angeklagten in den Gerichtssaal gesetzt, einerseits, um Mitleid von den Geschworenen zu melken, und andererseits, um mich zu verunsichern. Ich habe Einspruch eingelegt, aber LaVan hat abgelehnt.

Also habe ich das Kindermädchen der Martins in den Zeugenstand geholt, und sie hat ausgesagt, dass Dennis noch am Leben wäre, wenn sie rechtzeitig die Polizei verständigt hätte. Und dann, Len, fängt der kleine Junge plötzlich an, aus Leibeskräften nach seinem Kindermädchen zu brüllen, richtig *gekreischt* hat er. Und das Kindermädchen schreit ihm aus den Zeugenstand zu: ›Ruhig ruhig, mein Süßer, ich bin ja da!‹«

»Hmm, hmm, hmm«, äußerte Parisi mitfühlend.

»Die Verhandlung wird unterbrochen. Der Richter sagt zu mir und zu Hoffman: ›Sie beide, zu mir nach hinten.‹ Dann zischt er Hoffman an, falls die Kinder noch einen Mucks von sich geben, schließt er sie von der Verhandlung aus.«

»Gut. LaVan lässt sich nicht auf der Nase rumtanzen.«

»Len, verraten Sie mir mal, was Sie davon halten. Hoffman ist anschließend zu mir gekommen«, fuhr Yuki fort. »Er hat gesagt: ›Ihnen ist doch klar, dass die Aussage von Ellen Lafferty von vorn bis hinten erstunken und erlogen ist.‹ Darauf ich: ›Also, im Kreuzverhör habe ich davon aber nichts mitbekommen.‹ Hoffman wollte dann noch weiter mit mir reden, aber ich habe ihn stehen lassen. Sonst hätte er mich nur mit noch mehr Müll zugeschüttet, oder?«

»Na, klar. Er versucht, Sie durcheinanderzubringen, Yuki. Ihr Selbstbewusstsein zu erschüttern. Ihnen den Schwung zu nehmen, dieser Drecksack. Hören Sie mal, ganz anderes Thema, was ich Ihnen sowieso noch erzählen wollte. Craig Jasper verlässt uns. Wechselt am Ende des Monats nach San Diego.«

Craig Jasper war ein kluger Kopf in ihrer Abteilung und Parisis Protegé. Yuki sagte, dass ihr das leidtäte, aber Red Dog winkte nur ab.

»Ich sehe da gewisse Möglichkeiten für Sie, Yuki. Vorausgesetzt, Sie können sich noch ein paar Skalps an den Gürtel hängen.«

Yuki strahlte und nickte. Eine Beförderung und eine Gehaltserhöhung, diese Aussicht ließ ihr Herz höher schlagen. Es wurde auch langsam Zeit. Noch vor einer Minute war der Fall Martin wichtig gewesen, aber jetzt war er deutlich wichtiger geworden.

»Ich habe ein gutes Gefühl, was diesen Fall angeht«, sagte sie und erhob sich.

»Ich auch«, erwiderte Red Dog. Und dann lächelte er noch einmal.

In der Toilette am Ende des Flurs brachte Yuki ihr Make-up in Ordnung. Die Aussicht auf mehr berufliche Verantwortung war fantastisch, aber das bedeutete gleichzeitig auch mehr Druck. Und daran hatte sie schon jetzt keinen Mangel.

Am Abend war sie mit einem Typen verabredet, der fast schon zu gut aussah. Sie hoffte, dass sie sich bis dahin wieder ein wenig beruhigt hatte und nicht zu viel redete. Schließlich wollte sie ihn nicht verjagen.

Sie und er hatten viel gemeinsam. Der Typ war Polizist.

23

Ich hatte meine Schicht beendet und war gerade auf dem Weg zu meinem Auto, da kam Phil Hoffman auf dem Parkplatz gegenüber der Hall of Justice auf mich zu. Ich mag Hoffman, auch wenn es sein Job ist, Mörder und Perverse und anderen Abschaum freizubekommen. Er war einer der wenigen Strafverteidiger, die ich kannte, die imstande waren, dieser schmutzigen Tätigkeit nachzugehen, ohne arrogant und selbstgefällig zu werden.

Andererseits war Yuki gerade in einen Kampf auf Leben und Tod mit Hoffman verstrickt, und sie war meine Freundin.

»Hallo, Phil«, sagte ich, als er neben meinem Explorer anhielt. Ich zog die Jacke aus und warf sie auf den Rücksitz.

»Lindsay, ich brauche Ihre Hilfe.«

»Können wir das vielleicht morgen besprechen?«, bat ich ihn. »Ich habe einen fürchterlichen Tag hinter mir.« Ich musste an die vielen, vielen Stunden denken, die ich mit der Suche nach dem Baby von Avis Richardson zugebracht hatte.

»Es dauert nur einen Moment.«

»Also, dann schießen Sie los.«

»Sagt Ihnen der Name Candace Martin etwas?«

»Natürlich. Mein Kollege Paul Chi hat den Fall bearbeitet. Und Yuki, natürlich.«

»Ja. Ganz recht.« Hoffman stellte seine Aktentasche auf den Asphalt und fuhr sich mit der Hand durch die Haare. »Da ist ein neuer Aspekt aufgetaucht, der die Aussage eines Zeugen betrifft. Ich habe Yuki gebeten, mich anzuhören, aber ich bin der Feind. Sie weigert sich standhaft, auch nur ein Wort von dem zu glauben, was ich sage.«

»Phil, warum sagen Sie nicht einfach vor Gericht, was Sie zu sagen haben?«

»Es wäre besser für alle Beteiligten, wenn wir das nicht vor Gericht besprechen würden. Ich habe neue Informationen, die dem Prozess eine ganz neue Richtung geben werden. Um es ganz deutlich zu sagen: Die Anklage wird fallen gelassen, und Sie werden jemand anderes wegen des Mordes an Dennis Martin festnehmen.«

In meinem Kopf drehte sich alles. Ich hörte seine Worte, aber ich konnte nicht begreifen, warum Hoffman mit mir redete. »Wie kann ich Ihnen helfen?«

»Ich möchte, dass Sie mit meiner Mandantin reden.«

»Ich?«

»Ja. Vielleicht können Sie ja im Anschluss daran Yuki dazu bewegen, mich anzuhören.«

Dieses Ansinnen war durch und durch unangemessen. Ich war nicht einmal an den Ermittlungen beteiligt gewesen, und Hoffman umging damit sämtliche zuständigen Stellen. Aber Paul Chi war mein Mitarbeiter. Und wenn das San Francisco Police Department und die Bezirksstaatsanwaltschaft die falsche Person festgenommen und unter Anklage gestellt hatten, dann war auch ich irgendwie dafür verantwortlich.

Hoffmans Bitte war mir unangenehm. Aber nur unter uns? Inoffiziell?

Phil Hoffman hatte ganz eindeutig mein Interesse geweckt.

24

Inspektor Paul Chi ist ein amtlich beglaubigtes Genie und hört nie auf, Straftaten und das Verhalten der Täter zu analysieren und zu untersuchen. Schwer zu glauben, dass ihm bei der Suche nach dem Mörder von Dennis Martin ein Fehler unterlaufen war und er die falsche Person festgenommen hatte.

Also was hatte Hoffman vor?

Ich hinterließ Joe eine Nachricht, dass ich mich verspäten würde, und arbeitete mich dann gegen den Strom der Angestellten, die gerade die Hall of Justice verließen, wieder ins Gebäude zurück.

Chi und McNeill saßen gerade bei Brady im Eckbüro, als ich anklopfte. Brady winkte mich herein, und Cappy McNeill stand auf und zog den Bauch ein, damit ich an ihm vorbeikam. Dann bot er mir seinen Stuhl an. McNeill ist fünf Jahre älter und fünf Jahre länger dabei als ich. Er ist nicht ehrgeizig, aber zuverlässig. Er denkt immer nur an das eine, nämlich, wie Übeltäter und Ganoven zur Strecke zu bringen sind, und setzt dabei ganz auf seinen Instinkt und seine Erfahrung.

Und Brady? Ich hatte ihn durchs Feuer gehen und einem Killer gegenübertreten sehen, der nichts zu verlieren hatte. Mut hatte Brady mehr als genug, aber er war neu in San Francisco. Er wusste nicht einmal, wer Phil Hoffman war. Während der Ermittlungen gegen Candace Martin hatte die Mordkommission noch einen anderen Leiter gehabt.

Ich zog meinen Pferdeschwanz stramm und berichtete von dem Gespräch mit Hoffman auf dem Parkplatz. »Um es kurz zu sagen, Hoffman behauptet, dass die Mordanklage gegen seine Mandantin haltlos ist. Wir sollen den Fall neu aufrollen und den tatsächlichen Mörder von Dennis Martin suchen.«

»Ach, tatsächlich? Und wer soll es nach Hoffmans Ansicht gewesen sein?«, wandte Chi ein.

»Hoffman meint, dass seine Mandantin es mir sagen will.«

»Ach, Scheiße, Lindsay«, knurrte McNeill. »Candace Martin hat es getan. Hoffman steht mit dem Rücken zur Wand, darum kämpft er jetzt mit allem, was ihm einfällt. Und ich muss zugeben, dass er sich verdammt kreativ anstellt.«

»Der ganze Fall war eine glasklare Angelegenheit«, meinte Chi, »von vorn bis hinten, mit einer großen roten Schleife am Ende.« Er fing an, die Indizien an den Fingern abzuzählen, eines nach dem anderen: die Waffe, die Fingerabdrücke, die Schmauchspuren.

»Willst du etwa behaupten, dass noch nie jemand unschuldig verurteilt worden ist?«, fragte ich ihn.

»Welches Interesse verfolgen Sie eigentlich, Sergeant? Mir ist überhaupt nicht klar, worauf Sie hinauswollen«, schaltete sich Brady ein. Er schrieb eine SMS, klappte sein Handy zu und sah mich an. »Wie viele der letzten vierundzwanzig Stunden haben Sie gearbeitet?«

»Ich habe nicht nachgezählt.«

»Ich schon. Es waren ziemlich genau achtzehn am Stück. Der Fall Martin ist seit … wann? … seit ungefähr einem Jahr abgeschlossen. Er liegt jetzt in den Händen der Justiz. Gehen Sie nach Hause, Boxer. Schlafen Sie sich aus. Und morgen möchte ich im Fall Richardson ein paar Fortschritte sehen.«

Ich merkte, wie sich die kleinen Haare in meinem Nacken aufstellten. Es war das erste Mal, dass ich von Chi und McNeill solchen Gegenwind bekam. Und der neue Lieutenant? Ich war mir nicht sicher, ob er verbohrt war … oder im Recht.

Ich hob die Hände, nickte kurz und verließ den Bereitschaftsraum. Auf der Treppe rief ich Hoffman an und sagte, dass wir uns in fünf Minuten im sechsten Stock treffen könnten.

Er bedankte sich mit den Worten: »Sie werden es nicht bereuen.«

Aber ich bereute es bereits jetzt. Phil Hoffmans Geschichte hatte mich berührt, und jetzt hinterging ich meinen Chef, obwohl ich damit absolut nichts zu gewinnen hatte.

25

Die Hall verfügt über zwei Gefängnisse. Jedes ist über einen separaten Fahrstuhl direkt mit dem Foyer verbunden. Untersuchungshäftlinge, die auf ihren Prozess warten, werden im sechsten Stock inhaftiert, und dort traf ich mich mit Phil Hoffman.

Bei meinem Anblick wirkte er erleichtert, aber meine Eingeweide ballten sich vor Nervosität zusammen. Ich gehörte nicht hierher, ich hatte hier *nichts* verloren. Das war nicht meine Aufgabe.

»Danke, dass Sie gekommen sind, Lindsay«, sagte Hoffman zur Begrüßung. Türen öffneten sich summend, und wir gingen schmuddelige, überhelle Korridore entlang, bis wir in ein Zimmer kamen, das Gefangenen und ihren Anwälten als Besprechungsraum diente.

»Ich habe jetzt Feierabend, Phil. Offiziell bin ich überhaupt nicht hier.«

»Ich verstehe, und ich weiß das wirklich zu schätzen.«

Einen Augenblick später wurde Candace Martin von einer Wärterin hereingeführt. Sie trug einen orangefarbenen Gefängnisoverall, und irgendwie schaffte sie es, sogar darin gut auszusehen. Sie war nicht geschminkt, hatte die blonden Haare hinter die Ohren geschoben und sah jünger aus als ihre vierzig Jahre. Hoffman machte uns miteinander bekannt, und wir setzten uns.

»Candace, erzählen Sie Sergeant Boxer, was Sie mir erzählt haben.«

»Zunächst einmal möchte ich mich bedanken, dass Sie gekommen sind, Sergeant Boxer«, fing sie an. »Ich weiß, dass Sie Phil damit einen Riesengefallen tun.«

»Ich habe nicht viel Zeit.«

Candace Martin nickte und sagte: »Ellen hat schlicht und einfach gelogen. Ich habe niemals eine Pistole in meinem Arbeitszimmer gehabt. Der Mörder hat die Waffe mitgebracht. Also warum hat Ellen gelogen? Das ergibt nur dann einen Sinn, wenn sie selbst daran interessiert ist, dass ich verurteilt werde.«

»Und worin sollte dieses Interesse bestehen?«

»Mein Mann war attraktiv und hat sich selbst als sexsüchtig bezeichnet. Er hätte auch einen Baum gevögelt, wenn der geatmet hätte. Er hat mehrfach zu mir gesagt, dass Ellen ein ›Kleinod‹ sei. Er hat es sogar ganz besonders betont, weil er sehen wollte, wie ich reagiere. Aber den Triumph habe ich ihm nie gegönnt.«

Candace Martin hieb mit den geballten Fäusten auf den Tisch. »Wissen Sie, warum, Sergeant? Wegen der Kinder. Caitlin und Duncan sind ganz vernarrt in Ellen. Ich wollte ihr vertrauen, also habe ich es getan.«

Ich erwiderte: »Frau Dr. Martin, ich weiß wirklich nicht, worauf Sie hinauswollen. Ich weiß nicht, was zwischen Ellen Lafferty und Ihrem Ehemann gewesen ist, aber warum sollte sie deshalb einen Meineid schwören? Und warum sollte sie Sie mit einem Mord belasten, den Sie gar nicht begangen haben?«

»Ich will Ihnen sagen, was ich glaube, Sergeant. Ich habe bis heute nicht verstanden, warum jemand in unser Haus eindringen und Dennis erschießen sollte. Aber vorhin, als Ellen gelogen hat, dass sich die Balken im Gerichtssaal gebogen haben, da ist es mir wie Schuppen von den Augen gefallen. Was, wenn Dennis sie gevögelt hat? Wenn er ihr versprochen hat, sich von mir scheiden zu lassen, und es ihr nicht schnell genug gehen konnte? Wenn sie ihm ein Ultimatum gestellt und er sich nicht darauf eingelassen hat? Was, wenn *sie* der Eindringling war, der meinen Mann erschossen hat?«

Ich sagte: »Das sind sehr viele Wenns und kein einziger Beweis.« Ich stand auf und war in Gedanken schon auf dem Weg nach Hause zu meinem Mann, hatte mit dieser ganzen fragwürdigen Aktion innerlich abgeschlossen.

»Ich weiß, ich weiß«, sagte Candace und ließ den Kopf in beide Hände sinken. »Ich weiß, das ist alles bloß Spekulation, aber wenn Sie wüssten, was Dennis für ein manipulatives Schwein war, dann könnten Sie sich gut vorstellen, dass er Ellen benützt hat, um mich auf die Palme zu bringen, und umgekehrt.«

»Tut mir leid, Frau Dr. Martin. Das ist eine interessante Theorie, aber mehr nicht.«

Ich spielte die Ungerührte, aber Candace Martin hatte einen wunden Punkt erwischt. Ich hatte auch schon einmal auf der Anklagebank gesessen, wegen schuldhafter Tötung. Damals waren auch alle bis auf meine Anwälte von mir abgerückt. Candace Martins Worte ergaben einen Sinn. Ich hatte Mitleid mit ihr und ich mochte sie sogar.

Trotzdem. Das war nicht mein Job.

»Bitte, Sergeant. Unternehmen Sie etwas«, sagte Candace Martin, als ich der Wärterin ein Zeichen gab, die Tür zu öffnen. »Ich habe meinen Mann nicht umgebracht. Aber dieses Mädchen kümmert sich um meine Kinder, während ich tatenlos in einer Zelle sitze und auf das Todesurteil warte.«

26

Am nächsten Morgen saßen Conklin und ich in der vornehmen, in Holz- und Bernsteintönen gehaltenen Luxussuite der Richardsons im Mark Hopkins, einem der elegantesten und schönsten Hotels in San Francisco. Bei dem herrlichen Blick von der Spitze des Nob Hill konnte man durchaus das Gefühl haben, als läge einem die Welt zu Füßen.

Conklin befragte Avis Richardson, während ihre am Boden zerstörten und praktisch hysterischen Eltern im Hintergrund kauerten.

Conklin behandelte Avis sehr liebenswürdig und zugleich aufrichtig und hätte mit seiner absolut erstklassigen Gesprächsführung eigentlich deutlich mehr verdient gehabt als ein: »Ich kann mich an gar nichts erinnern.«

Seit ihrer Einlieferung ins Krankenhaus waren jetzt über drei Tage vergangen, aber sie sah immer noch völlig gerädert und verschlossen aus. Ihre Körpersprache verriet mir, dass sie Conklin gar nicht richtig zuhörte, sondern mit den Gedanken in einer anderen Sphäre war.

Paul Richardson unterbrach seinen stetigen Rundkurs auf dem Orientteppich und sagte: »Avis, probier's doch wenigstens mal, um Gottes willen. Damit Inspektor Conklin irgendetwas hat, womit er etwas anfangen kann. Es geht um Leben und Tod. Hörst du mir überhaupt zu? Avis!?«

Der Zimmerservice klingelte.

Sonja Richardson reichte ihrer Tochter einen Becher mit heißer Schokolade, zog mich ein Stückchen beiseite und sagte: »Avis ist nicht mehr sie selbst. Normalerweise ist sie sehr munter. Und witzig. Ich sage Ihnen, sie hat einen Nervenzusammenbruch. O Gott, es ist einfach unglaublich, dass wir uns darauf eingelassen haben. Als Paul versetzt wurde, hat sie uns angefleht, dass sie hierbleiben darf. Sie hatte ihre Freunde und das Personal an der Brighton … Wir hatten das Gefühl, dass sie dort an der Schule gut aufgehoben war.«

Ich ging zurück ins Wohnzimmer und setzte mich dicht vor Avis. Ihr Blick war leer. Sie hatte körperliche Verletzungen erlitten. Ihr Baby war verschwunden. Und ich nahm an, dass sie sich selbst die Schuld daran gab.

Aber trotzdem, warum fragte sie gar nicht nach ihrem Sohn? Sie hätte eigentlich eine Menge Fragen haben müssen: Was wir unternahmen, um ihn zu finden? Ob die Chance bestand, dass er noch am Leben war? Aber sie stellte keine einzige dieser Fragen.

Wusste sie schon, dass er tot war?

Hatte sie ihn eigenhändig begraben?

Hatte der Vater des Babys mit dieser Horrorgeschichte denn gar nichts zu tun?

Conklin setzte noch einmal neu an. Er sagte: »Avis, hat man dich bedroht? Ist es das? Sollst du nicht mit der Polizei sprechen, weil dem Baby sonst etwas zustößt?«

Das Licht, das ihr bei diesen Worten aufging, war beinahe zu sehen. Avis wandte den Blick nach rechts oben und sagte: »Ja, genau. Der Franzose hat gesagt, dass er mein Baby umbringt, wenn ich mit der Polizei rede.«

Mein eingebauter Flunkerdetektor schlug Alarm, dreistimmig. Avis hatte uns gerade eben angelogen.

Ich erhob mich aus meinem dick gepolsterten Sessel, ließ meinen einen Meter achtundsiebzig langen Schatten auf das Mädchen auf der Couch fallen und sagte: »Ich muss unter vier Augen mit Avis sprechen.«

Die anschließende Stille dauerte volle drei Sekunden, dann sagte Conklin: »Mr und Mrs Richardson, lassen Sie uns in das andere Zimmer gehen. Ich brauche ein paar persönliche Daten von Ihnen, Telefonnummern et cetera.«

Als das Zimmer leer wurde, warf mir das Mädchen einen Blick zu, und ich sah Angst in ihren Augen. Sie fürchtete sich vor mir. Vielleicht dachte sie ja, dass Conklin der gute Bulle war und ich der andere.

Womit sie vollkommen recht hatte.

Ich sagte: »Jetzt ist es Zeit, Avis. Ich will dein Baby wiederfinden, und ich weiche ab sofort nicht mehr von deiner Seite, hier oder auf der Polizeiwache, so lange, bis du mir die *Wahrheit* gesagt hast. Hast du verstanden?«

»Ich bin das Opfer«, jammerte sie. »Ich bin entführt worden. Dafür können Sie *mich* doch nicht verantwortlich machen.«

»Ich kann dich sehr wohl verantwortlich machen. Ich kann dich als wichtige Zeugin achtundvierzig Stunden lang festhalten. Und du kannst dich darauf verlassen, dass ich dir garantiert keine heiße Schokolade ans Bett bringen werde. Ich sorge dafür, dass es dir so schlecht wie möglich geht, und wenn ich keine Lust mehr habe, hole ich einfach ein paar ausgeschlafene Kollegen, die dich dann weiter piesacken.«

»Nein.«

»O doch! Meine Kollegen besorgen sich jetzt gerade einen Durchsuchungsbeschluss für deine Handy-Telefonate.« Ich nahm den Sessel, hob ihn hoch und stellte ihn mit Nachdruck wieder ab, deutlich dichter an der Couch. »Dann wissen wir ganz genau, mit wem du im Lauf des vergangenen Jahres alles telefoniert hast. Und da werden wir *garantiert* etwas finden.«

Kein Kommentar.

Ihr Schweigen machte mich rasend.

»Verdammt noch mal, Mädchen. Dein kleiner Junge ist spurlos verschwunden. Vielleicht ist er sogar *tot*. Du bist seine *Mutter*. Du bist alles, was er *hat*. Und du bist alles, was *ich* habe. Du hörst jetzt sofort auf mit diesem ganzen Blödsinn, auf der Stelle! Hast du mich verstanden?«

Avis Richardson schaute verstohlen zur Tür. »Sie werden mich umbringen«, sagte sie.

Ich stand auf, machte die Tür zum Nebenzimmer zu, legte den Riegel vor und setzte mich wieder hin. Mein Herz wummerte, als wollte es jeden Moment explodieren. Tränen traten in Avis Richardsons Augen. Und dann fing sie an zu reden.

27

»Ich wollte nicht, dass meine Eltern erfahren, dass ich … schwanger bin«, sagte Avis Richardson.

Sie drückte sich mit dem Rücken an die Couchlehne, die Knie bis ans Kinn gezogen, während ihre schwarz lackierten Zehennägel unter der Decke hervorlugten. »Dann habe ich vor ein paar Monaten bei Prattslist eine Anzeige entdeckt«, sagte sie.

Prattslist. Ein virtuelles Schwarzes Brett mit Kleinanzeigen aller Art, aber gleichzeitig auch ein Branchenbuch für Prostituierte und Sexualverbrecher und andere Wüstlinge auf der Suche nach Beute.

»Was für eine Anzeige war das genau?«, wollte ich wissen.

»Da stand so was wie: ›Schwanger? Wir sind Ihnen behilflich, von der Geburt bis … ähm … zur Vermittlung neuer Eltern für Ihr Baby.‹« Sie blickte mich von der Seite her an. »Dann habe ich die Nummer angerufen.«

Ich schüttelte den Kopf. Ich konnte einfach nicht begreifen, dass dieses Mädchen, das die beste medizinische Versorgung hätte haben können, seine Schwangerschaft vor den Menschen, denen wirklich etwas an ihr lag, verborgen hatte. Um ihr Leben stattdessen in die Hände einer anonymen Telefonnummer bei Pervers & Co. zu legen. Ich forderte sie auf: »Sprich weiter.«

Avis sagte, dass sich der Mann mit dem französischen Akzent gemeldet und ihr gesagt habe, dass sie wieder anrufen solle, sobald die Wehen eingesetzt hätten. Dann müsste sie ein paar Papiere unterzeichnen.

»Er hat gesagt, dass er Arzt ist und dass die Entbindung genauso ungefährlich sei wie im Krankenhaus. Die Adoptiveltern, hat er gesagt, würden genauestens überprüft. Und ich würde zehntausend Dollar bekommen, als Entschädigung für meine Ausgaben während der Schwangerschaft.«

Verdammter Mist! Avis Richardson hatte ihr Baby verkauft.

Ich war stinkwütend, maßlos frustriert und hatte die Hoffnung, dass das Kind noch am Leben war. Trotzdem klang meine Stimme sachlich.

»Du hast das wirklich geglaubt, Avis? Du hast keinen Verdacht geschöpft?«

»Ich war dankbar.«

Ich wusste nicht, ob ich mich übergeben oder mit dem Kopf gegen die Wand laufen sollte.

Avis Richardson hatte die ganze Zeit gewusst, was passiert war. Sie hatte die Polizei angelogen, und wir hatten die Hälfte unseres Apparats mit einer vollkommen sinnlosen Suche nach ihrem Baby beschäftigt, die sehr viel Zeit und Personal in Anspruch genommen hatte, und zwar ohne jede Aussicht auf Erfolg.

Zumindest war die Zeit der Lügen endgültig vorbei.

Wenn Avis die kommende Nacht nicht in einer Arrestzelle verbringen wollte, dann würde sie mir jetzt alles sagen, was sie wusste.

28

Avis Richardson zupfte an ihren lackierten Nägeln herum, während sie mir erzählte, dass zwei Monate nach ihrem ersten Anruf bei »dem Franzosen«, den sie auf Prattslist entdeckt hatte, die ersten Wehen eingesetzt hatten. Daraufhin hatte sie die Nummer erneut angerufen und war ein paar Häuserblocks von der Schule entfernt abgeholt worden.

»Hast du die Nummer noch?«

»Da geht niemand mehr ran.« Und dann fuhr sie fort: »Ich hatte Angst, dass mich jemand auf der Straße stehen sieht. Dann ist das Auto gekommen, ein ganz normaler Viertürer. Dunkle Farbe. Sauber. Ich habe mich ganz schnell auf den Rücksitz gesetzt.«

Mietwagen, dachte ich.

Zwei Männer hatten auf den Vordersitzen gesessen, aber Avis hatte nie ihre Gesichter, sondern immer nur ihre Hinterköpfe zu sehen bekommen. Sie wurde angewiesen, sich auf den Boden zu legen und sich mit einer Decke zuzudecken.

»Wie lange hat die Fahrt gedauert?«, wollte ich wissen. »Hast du irgendetwas gehört, woraus wir schließen könnten, wohin sie dich gebracht haben?«

»Ich weiß nicht, wie lange ich in dem Auto war. Eine Stunde? Sie haben das Radio eingeschaltet«, sagte Avis. »Lite Music Station. Kurz danach habe ich einen Stich an der Hüfte gespürt. Sie haben mir eine Spritze gegeben, durch die Decke. Und das Nächste, woran ich mich erinnern kann, ist, dass sie mich aus dem Auto geholt und in ein Haus gebracht haben. Sergeant Boxer, ich hatte solche Schmerzen.«

»Was war das für ein Haus? Welche Farbe? Welcher Baustil? War es ein Wohnblock?«

»Ich weiß nicht. Die beiden Männer haben mich festgehalten, und ich habe bloß auf meine Füße geschaut... Ich glaube, ich habe gehört, wie hinter mir eine Tür zugeknallt ist, aber dann war ich wieder ohnmächtig, und als ich aufgewacht bin, war ich in einem Bett und hatte alle paar Minuten Wehen«, sagte sie.

Ich seufzte. Unterdrückte meine Wut. Was für eine fürchterliche Geschichte. Vielleicht konnte dieses Mädchen das alles nur verkraften, indem es sich von den Geschehnissen so distanzierte, wie sie es getan hatte.

»Als ich das nächste Mal aufgewacht bin, hat mir ein Licht direkt ins Gesicht geleuchtet. So eine schalenförmige Aluminiumlampe, kennen Sie die? Die war an einer Tür befestigt.«

Ich nickte und notierte mir auch diese belanglose Einzelheit.

»Das Licht hat mich geblendet, darum konnte ich nichts erkennen, und ich war immer noch wie betäubt. Sie haben mir Wasser zu trinken gegeben, aus einer roten Flasche mit Strohhalm. Das Baby hat geschrien und ich wollte es sehen«, fuhr sie mit vollkommen ausdrucksloser Stimme und Miene fort. »Aber sie haben Nein gesagt und dass mir das nicht guttun würde. Nur, dass es ein gesunder Junge war. Und dann bin ich auf der Straße wieder aufgewacht.

Es war dunkel. Ich wusste nicht, wo ich war. Dann habe ich ein Schild gesehen, auf dem stand Lake Merced. Meine Kleider waren voller Blut und ganz eklig. Da habe ich irgendwo im Gebüsch so einen Regenponcho entdeckt. Ich habc mich ausgezogen und bin in den Poncho geschlüpft.«

Der grüne Plastikumhang, das einzige wirkliche Beweisstück, das wir in der Hand hatten, stammte nicht einmal von den Männern, die Avis mitgenommen hatten. Und das, nachdem das Labor sechsunddreißig Stunden lang versucht hatte, irgendwelche Spuren darauf zu finden.

»Sie hätten mich auch umbringen können«, sagte Avis.

Ich nickte. »Es hört sich vielleicht blöd an, aber du hast wirklich Glück gehabt.«

Die Dinge, an die Avis sich wirklich erinnern konnte, halfen uns kein bisschen weiter. Falscher französischer Akzent. Dunkle Limousine. Aluminiumlampe. Rote Flasche mit Strohhalm. Grüner Plastikumhang, der nicht einmal von den Verbrechern angefasst worden war. Alles Spuren, die ins Nichts führten.

Ich konnte verstehen, warum Avis ihre noch traumatischeren Erinnerungen verdrängt hatte. Was mich allerdings einigermaßen ratlos machte, war die Tatsache, dass sie immer noch kein Interesse am Schicksal ihres Babys zeigte. Aber das spielte letztendlich keine Rolle. *Mein* Interesse war dafür umso größer. Ich war fest entschlossen, diesen neugeborenen Jungen zu finden, und wenn es das Letzte war, was ich tat.

»Weißt du, wo dein Baby ist?«

»Nein.«

»Bist du wirklich absolut ehrlich zu mir?«

»Ja, ich schwöre«, sagte Avis.

Mein Flunkerdetektor flackerte. Ich konnte nicht sagen, ob sie gelogen hatte oder nicht. Aber es gab noch einen anderen Aspekt, den wir bisher vernachlässigt hatten.

»Wer ist eigentlich der Vater des Babys?«

29

Die Brighton Academy liegt in Presidio Heights, fast unsichtbar hinter Bäumen versteckt, in einem Wohnviertel mit verschlafenen Sträßchen und viktorianischen Häusern. Hinter einer Ecke tauchten etwas überraschend vier hübsche Steingebäude auf, die quadratisch um einen kompakten Campus mit sauber gestutzten Rasenflächen und kegelförmig geschnittenen Buchsbaumhecken angeordnet waren.

Highschool-Teenager spielte Feldhockey und Tennis, während andere in kleinen Grüppchen auf Bänken saßen oder unter Bäumen lagen.

Die ganze Anlage roch grün. Dollarnotengrün.

Eine Art Hogwarts für Superreiche.

Conklin und ich gingen ins Verwaltungsgebäude und trafen dort auf Direktor Hanover, einen kräftigen Mann mit einem pinkfarbenen Hemd, einer gepunkteten Fliege und einem blauen Jackett.

Wir berichteten ihm, dass wir mit der mutmaßlichen Entführung von Avis Richardson und dem Verschwinden ihres neugeborenen Kindes befasst waren. Obwohl es ein kühler Tag war, schwitzte Hanover aus allen Poren, und ich wusste genau, warum. Der Schuldirektor hatte ein riesiges Problem.

»Das ist schlimmer als jeder Albtraum«, sagte Hanover. »Das arme Mädchen. Und natürlich werden ihre Eltern uns verklagen, bis wir nicht einmal mehr wissen, wie wir heißen.«

Ich ließ mir von ihm die Genehmigung geben, mich mit

Avis' festem Freund, E. Lawrence Foster, sowie mit ihren sechs besten Freunden und Freundinnen zu unterhalten.

»Erzählen Sie mir etwas über diese Jugendlichen«, sagte ich.

»Foster ist ein ganz normaler, freundlicher Junge. Die Eltern geben eine Zeitschrift heraus, in New York. Er ist ziemlich beliebt, aber ich muss gestehen, dass ich über seine Beziehung zu Avis nicht viel weiß.«

Hanover überreichte uns kurze, nur aus einem Absatz bestehende Lebensläufe der anderen: allesamt Kinder aus reichem Haus, deren Eltern in anderen Bundesstaaten oder Ländern lebten. Da machte auch Avis' Mitbewohnerin, Kristin Beale, keine Ausnahme. Ihre Eltern waren beim Militär in Übersee stationiert.

Wir ließen den schwitzenden Schuldirektor allein, durchschritten den steinernen Torbogen des Verwaltungsgebäudes und gingen auf einem mit Büschen gesäumten Pfad zum Hauptgebäude.

»Möchtest du zur Abwechslung vielleicht mal der gute Bulle sein?«, fragte Rich.

»Möchten schon, ich weiß bloß nicht, wie das geht«, erwiderte ich.

30

Wir entdeckten Larry Foster in dem hochmodernen Chemielabor im Südflügel der Schule. Er sah genauso aus, wie der Direktor ihn beschrieben hatte: ein freundlicher, gut aussehender Zehntklässler von der Ostküste. Er trug eine vorschriftsmäßige Schuluniform – Blazer, Krawatte, graue Hose … und total angesagte Turnschuhe.

Wir baten Larry in ein leeres Klassenzimmer und setzten uns. Ich schickte ein Stoßgebet zum Himmel, dass dieser Teenager irgendetwas wusste, was uns helfen würde, seinen Sohn zu finden.

»Sie glauben, dass *ich* der Vater bin? Das bin ich *nicht*«, sagte Larry Foster. Seine schläfrig-grauen Augen wurden groß. Seine Unterlippe zitterte. »Avis und ich sind gut befreundet. Mehr nicht.«

»Befreundet, hmm«, meinte Conklin. »Avis behauptet aber, dass da mehr war. Warum sollte sie uns anlügen?«

»Weiß *ich* doch nicht. Wir haben nie was miteinander gehabt, gar nie«, sagte der Junge. »Ich war auch nie in Avis verliebt oder irgend so was, ich schwöre.«

»Hast du gewusst, dass sie schwanger war?«, wollte ich wissen.

»Ja, schon, seit letzter Woche, aber ich hab's niemandem erzählt. Sie hat gesagt, dass sie das Baby für ein unfruchtbares Paar austrägt. Ich habe gesagt, dass sie voll einen an der Waffel hat, und sie hat gesagt: ›Nee, aber 'nen vollen Bauch.‹ Und dann hab ich gedacht: Moment mal, sie hat mich seit ein paar Tagen nicht mehr angerufen. Ist vielleicht was passiert?«

»Wir haben Grund zu der Annahme, dass Avis auf natürlichem Weg schwanger geworden ist«, sagte Conklin. »Falls das stimmt, wer könnte deiner Meinung nach am ehesten als Vater infrage kommen?«

»Keine Ahnung. Ich hab ja nicht mal gewusst, dass sie mit jemandem zusammen war«, lautete die Antwort.

Als Nächstes war Brandon Tucker an der Reihe, dem eine große Zukunft als Fußballprofi vorhergesagt wurde. Er war größer als ich und besaß ein entwaffnendes Lächeln. Ich hatte schon viele Bilder von ihm auf Avis' Facebook-Seite gesehen.

War er der Vater des Babys?

Nach einigen einleitenden Worten fragte ich Tucker, was er über Avis wusste – über ihre Schwangerschaft, ihr Kind und wo sie sich in den letzten drei Tagen aufgehalten hatte.

»Madam, von einem Baby weiß ich wirklich überhaupt nichts«, sagte Tucker. »Ich habe ja erst vor … wie lange ist das her? … einer Woche oder so erfahren, dass sie schwanger ist. Und ich war echt geschockt, irgendwie. Avis ist ein sehr stilles Mädchen. Und ziemlich kräftig. Ich hab eben gedacht, dass sie zugenommen hat.«

»Wie nahe steht ihr euch denn eigentlich?«, wollte ich wissen. »Bei Facebook stehst du jedenfalls auf ihrer Freundesliste.«

»Als ob das was zu bedeuten hätte. Sie hat mir eine Anfrage geschickt. Ich hab sie bestätigt. Sie hat mir ab und zu Nachhilfe gegeben, in Französisch.« Er lachte. »Zur Vorbereitung, wenn wir eine Arbeit geschrieben haben. Ich hab sie pro Stunde bezahlt. Für die *Nachhilfe*«, sagte er.

»Hast du jemals mit Avis rumgemacht?«, wollte Conklin wissen.

Der Junge zog ein beleidigtes Gesicht. »Ich? Nein, verdammt. Ist nicht mein Typ. Nicht mal, wenn ich betrunken war … Sie ist einfach nicht mein Typ.«

»Wer war denn *ihr* Typ?«, schaltete ich mich ein.

»Larry Foster, oder nicht?«

Wir befragten noch drei weitere Schüler. Mittlerweile hatten alle mitbekommen, weshalb wir hier waren. Sie sagten alle das Gleiche, nämlich, dass sie erst vor einer Woche von Avis' Schwangerschaft erfahren hatten und dass sie nicht wussten, wer der Vater ihres Kindes gewesen sein könnte. Wir bekamen wiederholt zu hören, dass sie still und intelligent war, weder besonders beliebt noch eine Außenseiterin. Sie schrieb gute Noten und blieb für sich. Selbst die Mädchen antworteten auf unsere dringliche Bitte, uns bei der Suche nach dem Baby zu unterstützen, dass sie keine Ahnung hatten.

»Ist denn das zu glauben?«, sagte Conklin, nachdem die Letzte das Zimmer verlassen hatte. »An einer Schule wie dieser hier. Avis war im neunten Monat, und niemand will irgendwas gewusst haben.«

»Da fällt mir ein Satz ein, den ich mal gehört habe«, erwiderte ich. »Woran erkennt man, dass ein Teenager lügt?«

»Woran denn?«

»Daran, dass er die Lippen bewegt.«

31

Avis und Kristin Beale bewohnten seit über einem Jahr dasselbe Zimmer. Daher lag die Vermutung nahe, dass ihre Mitbewohnerin mehr intime Details über Avis kannte als jeder andere. Ich war mir ziemlich sicher, dass sie gewusst hatte, was Avis gedacht, getan und für sich und das Baby geplant hatte.

Kristin Beale war unsere größte Hoffnung – und vielleicht auch unsere letzte.

Conklin klopfte an eine von vielen holzgetäfelten Türen in einem lang gestreckten Flur.

Eine Stimme ertönte: »He-Rah-Heeeiiinnn!«

Wir taten, wie geheißen – und wurden von dichten Marihuanaschwaden begrüßt.

Das Zimmer war gerade so groß, dass zwei Betten, zwei Kleiderkommoden und zwei Schreibtische darin Platz fanden. Durch das Fenster hatte man einen freien Blick auf den Presidio, und über den Wipfeln der Bäume war sogar ein Streifen der San Francisco Bay zu erkennen.

Und direkt vor dem Panorama lag Kristin Beale. Sie hatte es sich auf der Fensterbank bequem gemacht, die Beine angewinkelt, die nackten Füße fest gegen die Wand gestemmt. Sie war hübsch, hatte eine wilde dunkelbraune Mähne und trug Leggings sowie ein Männerhemd. Aus ihren Ohren ragten weiße Kabel.

Das Mädchen erschrak, als sie uns sah, setzte sich auf, machte die Beine gerade und zog die Stöpsel aus den Ohren. Sie war dünn – viel zu dünn.

»Wer sind Sie denn?«, wollte sie wissen.

Ich sagte ihr, wer und weshalb wir hier waren, und sah sie mir dabei genau an. Selbst aus fünf Metern Entfernung konnte ich erkennen, dass Kristin Beales Pupillen stark geweitet waren. Auch den Zustand des Zimmers registrierte ich. Auf Kristins Seite sah es aus wie kurz nach einem Tornado. Auf dem Fußboden rund um ihr ungemachtes Bett lagen haufenweise Kleidungsstücke, Bücher und Schokoriegelverpackungen.

Die andere Seite, Avis' Seite, war sauber und aufgeräumt wie ein Bankschalter. Das Kopfkissen auf dem Bett war mit dem Buchstaben A bestickt, und auf ihrer Kommode stand ein Familienporträt der Richardsons.

Avis' Schrank war nicht abgeschlossen. Ich warf einen flüchtigen Blick auf ihre Kleider und sah, dass sie zwei Größen besaß. Größe XS und Größe XXL.

Auf ihrem Schreibtisch stand ein Computer. Er war ausgeschaltet und daher ohne Durchsuchungsbeschluss tabu.

»Is' Avis okay?«, fragte Kristin in einem Tonfall, der verriet, dass sie das kein bisschen interessierte.

»Sie ist bei ihren Eltern«, entgegnete ich. »Es geht ihr so weit gut, aber sie hat schreckliche Torturen durchgemacht. Kristin, hat Avis dich angerufen oder dir geschrieben? Wir suchen nach ihrem Baby.«

»Baby? Was denn für'n Baby?«

»Avis war im neunten Monat«, sagte ich. »Du hast sie jeden Tag gesehen. Du musst doch gewusst haben, dass sie schwanger war. Schließlich bist du nicht blind.«

»Nein, das hab ich nich' gewusst«, erwiderte das Mädchen. »Sie hat ziemlich viel gegessen und überhaupt keinen Sport gemacht.«

Ich drehte mich zu Conklin um. »Weißt du was, Herr Inspektor, so langsam habe ich die Schnauze voll von diesen Jugendlichen, die einem ständig nur die Hucke voll lügen.«

»Ich glaube, denen ist gar nicht klar, dass wir von der Mordkommission sind«, antwortete er. »Vielleicht glauben die ja, dass das Gesetz für sie nicht gilt, bloß, weil sie auf einer Schule für lauter Reiche sind.«

Jetzt starrte das Mädchen uns an. Ihr Blick wanderte zwischen Conklin und mir hin und her und huschte immer wieder zu einem bestimmten Punkt auf dem Fußboden. Dort lag ein Haufen mit schmutziger Wäsche, aber als ich etwas genauer hinsah, entdeckte ich unter einer Socke die Ecke einer kleinen Plastiktüte.

Ich sagte zu Conklin: »Du hast recht. Die sind total verwöhnt. Leben in einem anderen Universum. In einem Universum, wo…«, ich schob die Socke mit der Fußspitze beiseite, »…ein paar Gramm Marihuana nicht illegal sind. Aber es ist und bleibt natürlich Besitz einer illegalen Substanz, und in diesem Fall, wenn ich mir ansehe, wie viel du hier hast, Kristin, gehe ich davon aus, dass du zumindest einen Teil davon verkaufen wolltest.«

»Das gehört mir nicht. Hab ich noch nie gesehen.«

Ich musste lachen. Einen halben Meter von ihrem Bett entfernt, aber sie hatte es noch nie gesehen.

»Ich behaupte, das ist dein Gras, und dein Urin wird beweisen, dass du was davon geraucht hast.«

Ich schob meine Hand in die Manteltasche, um die Handschellen herauszuholen, und das Mädchen wich zurück.

»Kristin Beale, ich verhafte dich wegen Besitzes von Betäubungsmitteln.«

»Nein… Was soll denn?… Machen Sie Witze? Die schmeißen mich doch sofort hier raus. Okay, okay, okay, ich seh's ein. Was wollen Sie wissen?«

»Wo ist das Baby?«

»Weiß ich nich'.«

»Wer ist der Vater?«, hakte ich nach.

»Hat sie mir nie gesagt. Das is' die *Wahrheit.*«

»Irgendjemand hat sie geschwängert«, sagte Conklin.

»Sie is' immer wieder mal mit einem Jungen aus gewesen, aber nichts Regelmäßiges.«

»Noch mehr Lügen.« Mir reichte es. »Ich schätze, auf der Wache wirst du uns die Wahrheit sagen. Da müssen wir natürlich deine Eltern verständigen.«

»Ich glaub, sie hatte was mit 'nem verheirateten Mann!«, brüllte das Mädchen mich an. »Hören Sie! Sie hat mir nichts verraten. Einmal hab ich sie gefragt, ob sie schwanger is'. Sie hat gesagt: ›Ich will nicht drüber reden.‹ Ich hab sie gefragt, ob ihr heimlicher Lover verheiratet is', und da hat sie mich angeguckt. *So* hat sie geguckt. Und dann hat sie gesagt, dass ich es niemandem verraten darf. Das is' alles, mehr weiß ich wirklich nich'. Ganz ehrlich. Sie hat nie wieder über das Baby gesprochen. Vielleicht hat sie ja Larry Foster was erzählt. Die beiden sind total eng.«

32

Ich legte meine Visitenkarte auf Kristins Schreibtisch und bat sie, mich anzurufen, falls ihr noch irgendetwas einfallen sollte, was unter Umständen einem Baby das Leben retten konnte. Das Gras spülte ich die Toilette am Ende des Flurs hinunter, und anschließend verließen mein Partner und ich das Wohnheim, wobei ich ununterbrochen irgendwelche Schmähungen über Teenager in meinen nicht vorhandenen Bart brummelte.

Die Befragung von Avis' Mitschülern an der Brighton Academy hatte rund sechs Stunden gedauert. In dieser Zeit hatten ihre Eltern ungefähr ein Dutzend Mal versucht, mich zu erreichen. Da ich ihnen nichts Neues hätte sagen können, hatte ich ihre Anrufe der Mailbox überlassen. Doch jetzt, als wir mit leeren Händen vom Schulgelände fuhren, rief Brady an.

Beim dritten Klingeln nahm ich ab.

Der Lieutenant hörte sich ziemlich aufgeregt an. »Die Presse weiß Bescheid«, sagte er. »Nur noch ein paar Stunden, dann fliegt uns die Scheiße aus allen Kanälen um die Ohren. Ein paar Kabelsender und das Web haben schon damit angefangen.«

Cindy war die Nächste.

»Lindsay! Warum hast du mich nicht angerufen? Du hast es mir versprochen! Du hast es mir *geschworen*.«

»Ich habe nichts, Cindy. Gar nichts. Nada. Niente. Eine Menge Rennerei ohne jedes Resultat.«

Jetzt klingelte auch Conklins Telefon. Das war Paul Richardson, der ihm erzählte, dass die Medienmeute sich draußen vor dem Hotel sammelte und unbedingt eine Erklärung von ihm haben wollte.

»Sagen Sie gar nichts«, wies Conklin Avis' Vater an. »Bleiben Sie auf Ihrem Zimmer, und bitten Sie das Hotel, alle eingehenden Anrufe zu sperren. Benutzen Sie nur Ihr Handy.«

»Bei so einer Geschichte werden die Medien Purzelbäume schlagen«, sagte ich zu Conklin, als wir uns wieder ins Auto setzten.

»Vielleicht ergibt sich daraus ja eine Spur«, meinte er.

»Dein Optimismus gefällt mir.«

Ich hatte schon ähnlich gelagerte Fälle erlebt, die durch die mediale Berichterstattung ziemlich aus dem Ruder gelaufen waren, indem Indizien durcheinandergeraten, Witzbolde zu üblen Scherzen angestachelt und ganze Geschworenengerichte unbrauchbar gemacht worden waren. Ein vermisstes Baby konnte sich in Windeseile zu Kindesraub oder Kinderhandel, ja, sogar zu Hexerei oder einer Entführung durch Außerirdische auswachsen. Und das, noch bevor die Revolverblättchen die Story in die Finger bekamen.

»Wir müssen uns unbedingt ein bisschen Luft verschaffen«, meinte Conklin, als wir wieder auf der Straße waren.

Ich seufzte laut.

Ich sehnte mich nach einem Hauch von Zuversicht. Aber irgendwie war es dafür schon zu spät. Wir waren bereits gegen die Wand geprallt, und zwar, ohne uns vorher anzuschnallen.

33

Die Medien hatten sich vor der Hall of Justice in Stellung gebracht. Überall standen Übertragungswagen mit großen Satellitenschüsseln, während Fernsehreporter in irgendwelche Kameras sprachen und die graue Granitfassade als Hintergrund nutzten.

Als Conklin auf den Parkplatz in der Harriet Street fuhr, piepste es in meiner Jackentasche. Eine SMS von Yuki. Sie wollte sich unbedingt mit mir treffen und mir von ihrem Date vom vergangenen Abend erzählen. Ans Ende ihrer Nachricht hatte sie einen ganzen Lattenzaun an Ausrufezeichen gesetzt.

Ich antwortete unverzüglich, dass ich sie auch unbedingt sprechen wollte. Sehr wichtig!!!!!

Also schob ich mich kurz nach sechs durch die dicht gedrängt stehende Menschenmenge in MacBain's Beers o' the World Saloon, einer zwei Häuserblocks von der Hall of Justice entfernten Kneipe, deren Publikum sich überwiegend aus Polizisten, Rechtsanwälten und Kautionsagenten zusammensetzte. Der Boden lag voll mit Erdnussschalen, aus den Zapfhähnen floss exotisches Bier, und im Hinterzimmer stand ein Billardtisch. Yuki saß an der Theke.

Ich knöpfte meine Jacke auf und zeigte dem Typen rechts neben Yuki meine Dienstmarke.

»Ich hab gar nichts gemacht, Sergeant«, sagte er und hob die Arme. Wir lachten beide. »Gratulation übrigens zur Hochzeit.«

»Danke, dass du mir deinen Platz überlässt, Reynolds.«

Dann sagte ich: »Hallo, Süße«, gab Yuki einen Kuss auf die Wange, ließ mich auf den Barhocker sinken, bestellte mir ein Bier und legte los. »Gestern Abend habe ich mit Candace Martin gesprochen.«

»Du hast *was*? Ich glaub, ich hör nicht richtig.«

Yuki saß keinen halben Meter von mir entfernt und brüllte mich trotzdem aus voller Kehle an. Es war das erste Mal, dass sie so wütend auf mich war, und ich muss zugeben, dass ich mich schämte.

Ich musste an meinen etliche Jahre zurückliegenden eigenen Prozess denken. Die Anklage hatte auf rechtswidrige, schuldhafte Tötung gelautet. Ich hatte eine Jugendliche erschossen, nachdem sie ohne jede Vorwarnung auf mich und Jacobi gefeuert hatte.

Es war ein klarer Fall von Notwehr gewesen, aber trotzdem war ich vor Gericht gestellt worden. Von offizieller Seite konnte ich keine Hilfe erwarten. Ich hätte meine Arbeit, meine Ersparnisse und meinen Ruf verlieren können. Aber so weit war es nicht gekommen.

Yuki Castellano hatte zu meinem Verteidiger-Team gehört. Sie hatte für mich gekämpft, und wir hatten gewonnen. Ich war ihr eine Menge schuldig.

Jetzt sagte ich zu ihr: »Phil Hoffman hat mich darum gebeten. Er behauptet, dass wir die Falsche auf die Anklagebank gesetzt haben.«

»Bist du denn komplett wahnsinnig geworden?«, sagte Yuki.

Dann folgte eine ihrer charakteristischen, atemlosen Wortsalven. »Du hast auf einen *Strafverteidiger* gehört? Du hast *hinter* meinem Rücken mit *meiner* Angeklagten gesprochen? Wie *konntest* du nur, Lindsay? Wie *kommst* du darauf, dass du überhaupt das *Recht* dazu hast?«

»Chi und McNeill sind mir unterstellt«, sagte ich mit brennenden Wangen. »Wenn ihnen ein Fehler unterlaufen ist, dann muss ich das wissen.«

Ich hätte Yuki anrufen können. Ich hätte Yuki anrufen *sollen*. Aber sie hätte sich in den Chor der anderen – Brady, Chi und McNeill – eingereiht. Sie hätte auch gesagt: »Lass es bleiben.«

»Ich habe doch nur mit ihr *geredet*, verdammt«, sagte ich. »Nichts weiter, nur *geredet*.«

Yuki gab der Barkeeperin, einer drahtigen jungen Frau mit großen Brüsten namens Nicole, ein Zeichen.

»Noch eins«, sagte sie und schob ihren Bierkrug über die Theke, sodass eine Schale mit Erdnüssen auf der anderen Tresenseite zu Boden fiel.

»Das ist dann das dritte«, sagte Nikki.

»Ach, ja?«, giftete Yuki zurück. »Na und?«

»Ich mein ja bloß.«

»Behalt deine Meinung für *dich*.« Dann riss sie den Kopf herum und blitzte mich an. »Und, was hat Candace Martin gesagt, während du *nur* mit ihr *geredet* hast?«

»Sie vermutet, dass Ellen Lafferty eine Affäre mit ihrem Mann gehabt hat, und dann hat sie folgende Theorie aufgestellt: Sie glaubt, dass Ellen entweder abserviert worden ist oder dass sie gemerkt hat, dass sie nur an der Nase herumgeführt wird. Jedenfalls glaubt Candace, dass Ellen Dennis erschossen hat.«

»*Wow*«, erwiderte Yuki. »Candace Martin behauptet also, dass es jemand anderes war. Das schockiert mich jetzt.«

O Gott, Yuki war wütend.

Ich sagte: »Damit wäre zumindest die große, ungelöste Frage geklärt, Yuki: Wer war der unbekannte Eindringling? Vielleicht hatte Ellen Lafferty das Haus noch gar nicht verlassen, vielleicht war sie immer noch da.«

»Lindsay, das Ganze ist doch nichts weiter als ein Ablenkungsmanöver von Phil Hoffman. Vielleicht ist ja auch der Weihnachtsmann durch den Schornstein ins Haus gekommen und hat diesen Mord begangen. Vielleicht hat Dennis Martin seiner Frau die Pistole in die Hand gedrückt und sich dann selbst erschossen. Du hättest dich da nicht einmischen dürfen, auf gar keinen Fall. Jetzt stehe ich da wie eine Idiotin ... Und wofür das Ganze?«

»Für Paul Chi. Es war sein Fall.«

»Ganz *genau*. Warum hat Hoffman sich dann nicht an *Chi* gewandt? Nein, er ist zu dir gekommen, weil wir befreundet sind und weil er meine Anklage unterwandern will«, sagte Yuki und knallte ihr Bierglas auf den Tresen.

»Du wirst hier nach allen Regeln der Kunst verarscht, also viel Spaß weiterhin. Ich jedoch, für mein Teil, werde diese Frau ins Gefängnis bringen. Weil sie schuldig ist, Lindsay, und niemand sonst. *Candace Martin hat es getan.*«

34

Am nächsten Morgen, beim Betreten des Gerichtssaals, sagte Nick Gaines zu Yuki. »Was ist denn das? Wo sind denn die süßen kleinen Kinder aus der ersten Reihe abgeblieben?«

Yuki stellte ihren Aktenkoffer auf den Tisch und warf einen verstohlenen Blick auf die Plätze hinter dem Tisch der Verteidigung. Die Leute, die dort saßen, kannte sie nicht. Sie waren jung und machten einen konzentrierten Eindruck. Wahrscheinlich Jurastudenten. Von den beiden Kindern fehlte jede Spur. Sie hatten ihren Zweck vermutlich erfüllt – bevor Duncan ausgetickt und der Richter wütend geworden war.

Die Verhandlung wurde eröffnet. Richter LaVan bat Yuki, ihren nächsten Zeugen aufzurufen. Sie war bereit.

»Die Staatsanwaltschaft ruft Felix Ashton in den Zeugenstand.«

Der Mann, der jetzt vereidigt wurde, war um die vierzig, mit schwarzen Haaren und einem Schnurrbart. Er trug ein graues Jackett, das ziemlich teuer aussah, und eine dunkle Hose.

Yuki fragte ihn nach seinem Namen und seinem Beruf. »Immobilienmakler. Im Luxussegment«, sagte Ashton.

Yuki ging vor dem Zeugenstand auf und ab. »Wie gut kennen Sie Candace Martin?«

»Wir waren ungefähr ein Jahr lang zusammen.«

»Wollen Sie mit ›zusammen sein‹ ausdrücken, dass Sie ein Paar waren?«

»Ja.«

»Und wie haben Sie sich kennengelernt?«

»Dennis Martin hat mich gebeten, das Haus, das ihm und Candace gehört hat, zu schätzen. Sie hat sich im Anschluss daran bei mir gemeldet und mich gebeten, ihr das Ergebnis meiner Schätzung mitzuteilen.«

»Ich verstehe«, sagte Yuki. Nach einem Blick in ihre Notizen wandte sie sich wieder dem Zeugen zu. »Und auf welchen Wert haben Sie das Haus geschätzt?«

»In dieser Gegend und bei dem hervorragenden Zustand war es mindestens dreieinhalb Millionen Dollar wert. Man hätte vielleicht sogar bis fünf Millionen gehen können.«

»Sind Sie Dennis Martin danach noch öfter begegnet?«

»Ja.«

»Unter welchen Umständen?«

»Alle paar Wochen ist er, wenn Candace und ich essen waren, in dem Restaurant aufgetaucht und hat sich an einen Nachbartisch gesetzt. Im Kino hat er das auch ein paar Mal gemacht. Er hat Candace regelrecht verfolgt, weil er ihr auf die Nerven gehen wollte. Und bei jeder dieser Gelegenheiten hat er mich in irgendwelche sarkastischen Gespräche von Mann zu Mann verwickelt.«

»Er hat ihr also nachgestellt. War Candace aus diesem Grund wütend auf ihn?«

»Einspruch«, ließ Hoffman sich vernehmen. »Suggestivfrage.«

»Einspruch abgewiesen. Beantworten Sie die Frage, Mr Ashton.«

Ashton sagte: »Dennis Martin hat Candace ununterbrochen gepiesackt. Er hat vor ihr und mir damit geprahlt, wie viele Frauen er hat. Mir hat er erzählt, dass er sofort in die Scheidung einwilligen würde, wenn Candace ihm das Haus und die Kinder überlassen und Unterhalt bezahlen würde. Er hat gesagt, dass er alles haben will. Darum wollte er sie so lange drangsalieren, bis sie irgendwann nachgibt.«

»Hat Candace Ihnen gegenüber jemals angedeutet, dass sie bereit war, sich darauf einzulassen?«

»Nein.«

»Lieben Sie Frau Dr. Martin?«, wollte Yuki wissen.

»Ja, ich liebe sie.«

»Und hat Sie Ihnen schon einmal gesagt, dass sie Sie liebt?«

»Ja.«

»Aber trotzdem wollte sie sich nicht scheiden lassen.«

»Er war ein bösartiger Mensch. Wenn er nicht auf das Sorgerecht für die Kinder bestanden hätte, sie hätte ihn sofort abserviert. Aber auf ein gemeinsames Sorgerecht wollte sie sich unter keinen Umständen einlassen.«

»Wie nett von ihr.«

Hoffman sprang auf und erhob Einspruch.

Yuki sagte: »Ich ziehe diese Bemerkung zurück. Nur noch eine letzte Frage, Mr Ashton. Sie sagen, dass Sie und Frau Dr. Martin ineinander verliebt waren. Aber trotzdem stand Dennis Martin Ihnen im Weg. Hat Candace Martin jemals davon gesprochen, dass sie ihren Mann am liebsten umbringen würde?«

»Na ja … nicht so, als würde sie es wirklich auch tun.«

»Ja oder nein, Mr Ashton? Sie stehen unter Eid. Und wir haben Ihre eidesstattliche Erklärung vorliegen.«

»Äh. Ja, sie hat das gesagt, aber …«

»Die Antwort lautet ja. Das ist alles, Mr Ashton. Vielen Dank.«

»Mr Hoffman?«, fragte LaVan.

Phil Hoffman stand auf, knöpfte sein Jackett zu, rückte seine Krawatte gerade und ging mit geschmeidigen Schritten auf den Zeugenstand zu.

»Mr Ashton, haben Sie, nach allem, was zwischen Ihnen und Candace Martin besprochen wurde, damit gerechnet, dass sie ihren Mann tatsächlich umbringen würde?«

»Einspruch, Euer Ehren. Aufforderung zur Spekulation«, sagte Yuki.

»Einspruch abgelehnt«, erwiderte Richter LaVan. »Der Zeuge soll antworten.«

»Nein. Candace ist kein gewalttätiger Mensch.«

»Gestatten Sie die folgende Frage«, fuhr Hoffman fort. »Sie waren ein Jahr lang vertraut mit der Angeklagten. Hat Sie Ihnen während dieser Zeit jemals eine Waffe gezeigt oder erwähnt, dass sie eine solche besitzt?«

»Nein.«

»Vielen Dank. Ich habe keine weiteren Fragen.«

»Der Zeuge ist hiermit entlassen«, sagte der Richter.

35

Yuki unterdrückte ihre immer größer werdende Wut auf Hoffman und konzentrierte sich auf ihre Zeugin, Cyndi Parrish, die Köchin der Martins, die auch im Haus wohnte.

Cyndi Parrish war früher Triebwerksmechanikerin bei der Marine gewesen. Jetzt war sie eine erschlaffte, aufgeschwemmte Frau Mitte fünfzig mit verblassten Tätowierungen auf den Unterarmen.

»Wie lange wohnen Sie jetzt schon im Haushalt der Martins?«, wollte Yuki von ihr wissen.

»Im nächsten Monat sind es elf Jahre. Ich bin kurz nach Caitlins Geburt ins Haus gekommen.«

»Und würden Sie sagen, dass Sie als Haushaltsmitglied eine fundierte Aussage über die Ehe der Martins treffen können?«

»Ja, das würde ich sagen.«

»Wie sind die beiden denn miteinander klargekommen?«

»Überhaupt nicht.«

»Ms Parrish, haben Sie ein enges Verhältnis zu Frau Dr. Martin?«

Die voluminöse Frau schien sich nicht recht wohl in ihrer Haut zu fühlen. Sie senkte den Blick, starrte auf ihre Hände und murmelte: »Ja, sie vertraut mir.«

Yukis nächste Frage kam in butterweichem Ton, traf aber genau ins Zentrum.

»Hat Dennis Martin sich mit einer anderen Frau getroffen? Das heißt, hatte er eine sexuelle Beziehung zu einer anderen als seiner Ehefrau?«

»Das kann ich nicht sagen.«

»Sie *können* nicht, Ms Parrish?«

»Er hat mit mir nie über etwas anderes als über das Essen gesprochen«, sagte die Köchin und erntete dafür fröhliches Gelächter aus dem Zuschauerraum.

Yuki lächelte, wartete, bis das Gelächter verstummt war, und fuhr fort: »Hat Frau Dr. Martin mit Ihnen über die Affären ihres Mannes gesprochen?«

»Zu Anfang, ja. In letzter Zeit dann nicht mehr so oft.«

»Lassen Sie mich etwas konkreter werden, Ms Parrish. Hat Candace Martin Ihnen in der Woche vor den tödlichen Schüssen anvertraut, welche Gefühle sie gegenüber ihrem Ehemann hegt?«

»Ja. Er hat sie ständig gequält. Am Abend, bevor er erschossen worden ist, hat sie gesagt, dass sie ihn hasst. Dass sie ihn umbringen würde, wenn sie könnte. Ich nehme an, das wollten Sie hören.«

»Sie sollen nur die Wahrheit sagen, Ms Parrish.«

»Die beiden haben wirklich keine schöne Ehe geführt. Sie hatten überhaupt nichts mehr füreinander übrig.«

»Hat Candace Martin je davon gesprochen, dass sie ihren Mann am liebsten umbringen würde?«

»Ja.«

»Ich habe keine weiteren Fragen«, sagte Yuki und kehrte an ihren Tisch zurück.

»Kann ich vielleicht noch etwas sagen?«

»Das ist alles, Ms Parrish. Wir sind fertig.«

Phil Hoffman erhob sich und eröffnete das Kreuzverhör mit Yukis Zeugin. »Was wollten Sie noch sagen, Ms Parrish?«

»Ich wollte sagen, dass Frau Dr. Martin ein guter Mensch ist. Und dass sie ihre Kinder liebt.«

»In der Tat. Ms Parrish, ist Ihnen im Haus der Martins jemals eine Schusswaffe begegnet?«

»Nein. Nie.«

»Danke. Mehr wollte ich nicht wissen.«

Yuki legte die Handflächen auf den Tisch, stemmte sich hoch und sagte: »Noch eine ergänzende Frage, Euer Ehren.«

»Bitte sehr, Ms Castellano«, meinte der Richter.

»Ms Parrish, liebt Frau Dr. Martin ihre Kinder so sehr, dass sie auch für sie töten würde?«

»Einspruch«, sagte Hoffman. »Suggestivfrage. Aufforderung zur Spekulation.«

»Stattgegeben.«

»Ich ziehe die Frage zurück«, sagte Yuki. »Das wär's, Euer Ehren.«

»Das würde doch jede machen«, sagte die Köchin.

»Danke, Ms Parrish. Sie sind entlassen«, sagte der Richter.

»Jede Mutter würde für ihre Kinder töten«, murmelte die Köchin laut und vernehmlich, während sie sich von ihrem Platz erhob. »Das ist ein Naturgesetz.«

Hoffman sprang bereits auf, um seinen Einspruch loszuwerden, aber der Richter sagte: »Bin schon da, Mr Hoffman. – Ms Parrish, Sie haben unter Eid ausgesagt. Ihre Aussage ist abgeschlossen. Die Geschworenen werden die spontanen Äußerungen der Zeugin nicht beachten.«

»Ich lasse mir nicht den Mund verbieten«, sprach die Köchin weiter, während sie durch den Gerichtssaal stapfte. »*Jede* Mutter würde töten, wenn es um ihre Kinder geht.«

36

Cindy starrte auf ihren Computermonitor und war sich der digitalen Zeitansage in der linken unteren Ecke, die unerbittlich Sekunde um Sekunde auf ihren Redaktionsschluss um 16.00 Uhr zuraste, schmerzhaft bewusst.

Oh Mann, sie hing so dermaßen fest.

Gestern hatte sie den Termin zwar eingehalten, aber sie wusste immer noch nicht, wie sie diese Geschichte anpacken sollte. Die zu Herzen gehenden und wirklich zutiefst erschütternden Interviews mit den Vergewaltigungsopfern waren ihr immer noch sehr lebhaft im Gedächtnis, aber sie konnte die Zeuginnen nicht namentlich nennen, konnte die Krankenschwestern nicht zitieren und hatte nicht einmal eine »Polizeikreisen nahestehende Quelle« zur Verfügung, weil die Polizei in diesem Fall überhaupt nicht tätig war.

Cindy hatte nichts als die nackten Tatsachen.

Die vergewaltigten Frauen wohnten und arbeiteten an unterschiedlichen Orten in der Stadt. Sie waren unterschiedlich alt, hatten unterschiedliche Berufe und waren unterschiedlicher Abstammung. Sie sahen einander überhaupt nicht ähnlich. Und die schlimmste Tatsache von allen: Mit dieser Geschichte konnte Cindy ihre Leserinnen zwar zu Tode ängstigen, wusste aber überhaupt nicht, welche Schutzmaßnahmen sie ihnen empfehlen sollte.

Sie las sich durch, was sie sich an diesem Morgen während des Interviews mit dem neuesten Opfer, Inez Fleming, notiert hatte. Genau wie Laura Rizzo und Anne Bennett war auch sie nach einer viele Stunden währenden Ohnmacht in der Nähe ihres Hauses aufgewacht. Im Lauf ihrer Ohnmacht war sie vergewaltigt, ziemlich schlampig wieder angezogen und im Freien abgelegt worden.

Inez Fleming war an diesem Morgen um 9.00 Uhr von einer Ärztin in der Notaufnahme im St. Francis Hospital untersucht worden. Die Oberschwester hatte Joyce Miller angerufen und ihr erzählt, dass auch sie jetzt ein Vergewaltigungsopfer in Behandlung hatten, genau wie die beiden, die am Anfang der Woche im Metro Hospital gewesen waren.

Joyce hatte Cindy angerufen, und Cindy hatte Inez Fleming aufgesucht.

Das Erste, was Cindy an Inez Fleming auffiel, war, dass sie alles andere als schwächlich war. Sie wog an die hundert Kilo und arbeitete als Aushilfslehrerin in einer Schule im Mission District. Sie machte einen ziemlich abgeklärten Eindruck und war, im Gegensatz zu den ersten beiden Opfern, verheiratet.

Inez erzählte Cindy, dass sie sich in einer Art Traumzustand befunden hatte und sich an ein paar wenige Worte erinnern konnte: »Irgendwas im Zusammenhang mit einem ›großen Tag‹. Was könnte das bedeuten?«

Das hätte Cindy auch gerne gewusst.

Jedenfalls gab es gewisse Übereinstimmungen mit den Erinnerungsfragmenten der anderen Frauen. Genau wie Laura und Anne konnte auch Inez nicht einmal mit Sicherheit behaupten, dass es wirklich eine Erinnerung war. Es hätte auch Einbildung sein können oder etwas, was sie aufgeschnappt hatte, während sie in dieser Seitengasse gelegen hatte.

Aber dann war Inez Flemings Mann aufgetaucht und hatte gesagt, dass sie nicht mit der Presse reden sollte. Und jetzt, sechs Stunden später, versank Cindy immer tiefer im Treibsand, während Minute um Minute verrann.

37

Cindy dehnte die Finger und probierte eine Schlagzeile aus. »Betäubt, vergewaltigt und weggeworfen.« Als sie gerade dabei war, den einleitenden Absatz zu formulieren – *Ein unbekannter Vergewaltiger hat mehreren Berichten zufolge drei Frauen unter Drogeneinfluss gesetzt und vergewaltigt. Die Opfer können sich an nichts mehr erinnern* –, klingelte das Telefon. Sie warf einen Blick auf die Anruferkennung.

Es war Richie.

Sollte sie abnehmen oder ihn auf die Mailbox sprechen lassen? Es war 15.23 Uhr. Sie hatte keine Zeit, um mit ihm zu reden. Nicht jetzt. Diese Geschichte war ihr letzter Strohhalm, und sie konnte sich jetzt mit nichts anderem beschäftigen.

Beim dritten Klingeln nahm sie ab.

»Kann ich dich zurückrufen, Rich? Ich habe gleich Redaktionsschluss.«

»Nur einen Moment«, erwiderte er in neckischem Tonfall. »Ich möchte dich mit jemandem bekannt machen, mit einem bedeutenden Menschen.«

Cindy lachte und ließ ihren Drehstuhl herumwirbeln, damit sie die Uhr nicht ständig im Blick hatte. »Ehrlich? Und wer ist dieser bedeutende Mensch?«

»Das sage ich nicht. Noch nicht.«

»Auch nicht inoffiziell?«, bohrte Cindy weiter.

»Deine Art gefällt mir, Cin, aber du wirst dich gedulden müssen.«

»Zu schade. Wo steckst du denn gerade?«

»Vor dem Mark Hopkins. Ich warte auf Lindsay. Sie ist gerade bei den Richardsons. Müsste eigentlich jeden Augenblick hier sein.«

Cindy malte sich in Gedanken aus, wie Richie an dem Zivilfahrzeug lehnte, blau gekleidet wie immer, während ihm eine kleine hellbraune Locke in die Stirn hing.

»Gibt es schon was Neues von dem Baby?«, erkundigte sie sich.

»Nichts. Gähnende Leere, so weit das Auge blickt«, sagte er. »Lindsay nimmt das Ganze sehr persönlich.«

»Tun wir das nicht alle?«, meinte Cindy.

»Da hast du verdammt noch mal recht«, sagte Rich. »Wenn du nach Hause kommst, dann zieh dir was Schickes an. Ich hol dich ab … Cin, ich muss los. Bis später.«

»Warte. Um wie viel Uhr?«

»Sieben, okay?«

»Perfekt.«

Anschließend schrieb sie ihre Geschichte zu Ende, schnell und selbstbewusst, wie immer, wenn sie unter Druck stand. Sie warf einen Blick auf die Uhr in der Ecke ihres Monitors und stellte fest, dass sie sogar noch Zeit für ein paar kleine Korrekturen hatte. Als die Anzeige auf 15.59 Uhr sprang, drückte sie auf *Senden*. Sie schüttelte die Finger aus und ließ sich gegen die Stuhllehne sinken. Am Morgen würde die Öffentlichkeit ihre Geschichte lesen.

Die Polizei würde sie lesen und vielleicht auch der Vergewaltiger.

Und was würde dann passieren?

38

Cindy ließ ihre Schuhe in dem kleinen Flur liegen, zog sich auf dem Weg ins Schlafzimmer aus, legte die Kleider auf das Bett und stellte sich unter die Dusche. »Etwas Schickes«, hatte Rich gesagt. Sie konnte sich beim besten Willen nicht vorstellen, was er vorhatte. Wo würden sie hingehen? Und wer war dieser bedeutende Mensch, den sie kennenlernen sollte?

Die Dusche war heiß und belebend. Cindy hatte die Augen geschlossen und ließ sich das Wasser über den Kopf regnen. Regungslos stand sie da, während ihre Gedanken ununterbrochen in Bewegung waren.

Sie dachte an Richie, dachte daran, wie sie Lindsays neuen Partner kennengelernt und wie er nicht nur ihre Welt ins Wanken gebracht, sondern gleich noch ein paar benachbarte Planeten aus der Bahn geworfen hatte. Ja, er sah fantastisch aus, aber Gott sei Dank hatte sie ihre liebeskranken fünf Sinne lange genug beisammenhalten können, um zu erkennen, dass Rich Conklins Äußeres nur die Verpackung war. Er war ein guter Mensch. Er war intelligent. Man konnte sich gut mit ihm unterhalten. Er gab ihr Sicherheit und Geborgenheit. Er war der einzig Richtige für sie, ganz eindeutig. Und er war genauso verrückt nach ihr wie sie nach ihm.

Zugegeben, eine Zeit lang hatte sie ernsthaft befürchtet, dass Rich in Lindsay verliebt sein könnte. Wenn die beiden in einem Raum waren, hatte man die Spannung mit Händen greifen können. Aber auf Nachfrage hatten beide immer nur gesagt: »Nein, nein, nein. Wir sind nichts weiter als Partner.«

Aber jetzt, wo sie und Richie zusammenwohnten, machte sie sich nur noch über eines Sorgen – dass er am Abend wohlbehalten nach Hause kam.

Cindy stieg aus der Dusche, föhnte sich die Haare und schlüpfte in das kurze schwarze Nicole-Miller-Kleid mit dem tiefen Ausschnitt, das Rich bisher noch nicht zu Gesicht bekommen hatte. Als sie den leeren Kleiderbügel in ihren gemeinsamen Schrank hängte, musste sie an ihr altes Apartment denken, an die Zeit, bevor sie und Richie sich eine gemeinsame Wohnung gesucht hatten.

Das Haus, in dem sie damals gewohnt hatte, war das »Blakely Arms« gewesen. Es stand auf der Grenze zwischen zwei Wohnvierteln – das eine aufstrebend, das andere im Vorhof zur Hölle. Aber die offenen, hellen Zimmer hatten ihr so gut gefallen, dass sie einen Kaufvertrag unterschrieben hatte. Und dann hatte sich herausgestellt, dass mehrere tödliche Unfälle, die sich im Haus ereignet hatten, keine Unfälle, sondern Mordfälle gewesen waren.

Sie und Rich hatten sich angefreundet, während sie im Haus gewohnt und gleichzeitig über diese Morde berichtet hatte. Rich und Lindsay hatten die Ermittlungen geführt. Später, als sie schon mit Rich zusammen gewesen war, hatte er ihr gestanden, dass er sich sehr viel wohler fühlen würde, wenn sie nicht ausgerechnet Kriminalreporterin wäre.

Manchmal ging es ihr genauso.

Aber in der Regel war sie sehr dankbar für ihren Job bei der *Chronicle*. Das Schreiben über und die gelegentlichen persönlichen Auseinandersetzungen mit Menschen, die so gefährlich waren, dass sich ihr manchmal vor Angst die blonden Locken sträubten, hatten ihr Selbstvertrauen gestärkt und sie zu einer besseren Journalistin gemacht.

Cindy legte die Kette mit den kleinen, glitzernden Steinen an und steckte sich eine Spange mit einem Glaskristall ins

Haar. Dann schaltete sie die Nachrichten ein. Ein Reporter von KWTV interviewte eine Frau, deren Gesicht verpixelt war, aber Cindy erkannte sie trotzdem.

Es war das Vergewaltigungsopfer, mit dem sie erst an diesem Morgen gesprochen hatte.

Inez Fleming.

»Ich weiß nur noch, wie ich mich gestern Abend nach der Arbeit auf den Heimweg gemacht habe«, sagte sie gerade. »Dann hat mich ein Kanalarbeiter heute am frühen Morgen aufgeweckt, in einer kleinen Gasse ganz in der Nähe von meinem Haus. Alle meine Sachen waren noch da, Handtasche und so weiter. Vielleicht hat derjenige, der mich betäubt und vergewaltigt hat, in meinen Papieren nachgesehen, wo ich wohne. Oder es ist jemand, den ich kenne. Ich kann jedenfalls allen Frauen nur den guten Rat geben: Traut niemandem mehr über den Weg.«

Cindy fummelte an der Fernbedienung herum, ließ den digitalen Videorekorder ein Stück zurückspulen und sah sich das Interview noch einmal an.

Man hatte sie ausgetrickst.

Die Geschichte war jetzt öffentlich bekannt, aber sie blieb mysteriös. Wer war der Täter? Was war passiert? Warum waren gerade diese Frauen zu Opfern geworden? Und wie viele würde er noch vergewaltigen, bevor er geschnappt wurde?

Das eine jedenfalls wusste sie: Sie würde bis zum Ende an dieser Geschichte dranbleiben.

Das Telefon auf dem Nachttisch klingelte, und sie griff nach dem Hörer.

»Richie?«

»Komm runter, Schätzchen. Erwarte das Unerwartete. Ja, genau das. *Alles* ist möglich.«

39

Yukis Date saß direkt neben ihr in einer Nische des Renegade, einem eleganten Uferrestaurant in SoMa, mit herrlichem Blick auf die Bay Bridge. In seinem Rücken stürzte ein Wasserfall vor einer Kupferwand von der Decke bis zum Boden. Sein Oberschenkel berührte ihren, sein zurückgekämmtes, glatt geschnittenes, sonnengebleichtes Haar fiel lose auf seinen Hemdkragen, und er erzählte ihr von seinem letzten Fall in Miami.

Hypnotisiert lauschte Yuki dem Klang seiner Stimme.

»Der Kerl rennt also aus der Bank, das Dynamit vor die Brust geschnallt und mit einer Leinentasche über der Schulter. Er steigt in sein Auto, gibt Vollgas ... und kracht in den Wagen, der direkt vor ihm steht.«

»Oh, nein. *Giiibt's* doch nicht«, flötete Yuki.

»Gibt es doch«, erwiderte Jackson Brady. »Er rammt also seinen Chevy in den Kofferraum dieses Hondas. Dann stößt er zurück, fährt los, und der Typ im Honda ruft die Polizei. Er hat den Mann mit dem Dynamit gesehen und sich sogar einen Teil des Chevy-Kennzeichens gemerkt.«

»Oha. Wahnsinn.«

»In der Zwischenzeit haben die in der Bank Alarm ausgelöst, und eine ganze Karawane von Streifenwagen macht sich an die Verfolgung dieses Chevy. Sie finden ihn verlassen in einem Straßengraben. Auf dem Fahrersitz liegt das angebliche Dynamit, das sich als lackierte Holzpflöcke und ein bisschen Draht herausstellt. Aber der Kerl hat vier Riesen erbeutet, und die Kollegen haben sein Kennzeichen, seine Adresse und so weiter. Er heißt Timberland Carson und wird bereits per Haftbefehl gesucht, wegen bewaffneten Überfalls auf einen Kiosk.«

Brady unterbrach sich und nahm einen Schluck Bier.

»Nicht aufhören«, sagte Yuki. Sie nippte an ihrem Drink. Nur nippen. Es schmeckte köstlich, aber sie wollte bei ihrem zweiten Date mit Jackson Brady innerhalb einer Woche auf gar keinen Fall betrunken werden.

»Also landet der Fall auf meinem Schreibtisch, weil ich schon für den Überfall auf den Kiosk zuständig war«, fuhr Jackson fort. »Wir fahren zu Carsons Wohnung und klopfen an.« Jackson hieb zur Demonstration mit der Faust in die Luft. »›Miami Police Department, machen Sie auf, Mr Carson.‹«

»Carson macht auf. ›Ach, haben Sie etwa mein Auto schon wiedergefunden? Ich wollte es gerade als gestohlen melden.‹«

Brady lachte, und Yuki lachte mit. Er war ein hervorragender Erzähler und konnte sehr gut Stimmen imitieren. Es war zum Schreien.

Brady fuhr fort: »Da sehe ich die Autoschlüssel mit dem kleinen Chevy-Sender am Haken neben der Tür hängen. Ich sage: ›Ist außer Ihnen sonst noch jemand hier, Mr Carson?‹

›Nein‹, sagt er, und schon sind wir in seiner Wohnung. Er muss uns reinlassen, schließlich ist er ja das Opfer. Irgendjemand hat sein Auto geklaut, stimmt's? Mein Partner stellt ihn an die Wand und sagt: ›Sie sind hiermit festgenommen, wegen des Raubüberfalls auf diesen Kiosk.‹ Während er Carson Handschellen anlegt, suche ich nach der Tasche mit dem Geld aus der Bank. Auf den ersten Blick ist nichts zu sehen, aber die Schlafzimmertür hat ein kaputtes Schloss.

Ich drücke sie also mit der Schulter auf, und Carsons Mitbewohner, der eigentlich gar nicht da ist, schmeißt sich vom Bett in den Spalt zwischen der Matratze und der Wand.«

»Hallo.«

»Genau. Hallo, Mitbewohner. Auf dem Bett liegt ein Koffer voller Waffen – Pistolen und Messer. Sieht aus wie auf dem Flohmarkt.«

»Hattest du deine Waffe gezogen?«, erkundigte sich Yuki.

»Ja, klar. Ich ziele also auf das Bett und brülle: ›Komm raus da, und Hände über den Kopf!‹ Du weißt schon. ›Mach keinen Scheiß.‹ Der Typ kommt raus und hat eine Halbautomatik in der Hand. Er sagt: ›Ich kann dich umlegen. Vielleicht sogar euch beide. Oder ihr lasst mich laufen.‹ Ich brülle ihn an: ›Waffe runter, weg mit dem Ding!‹ Aber der Vollidiot schießt, und bevor ich zurückschießen kann, hat er Carson eine Kugel ins Ohr gejagt.«

»Verdammt! Und du hast dann den Mitbewohner erschossen?«

»Ganz genau. Hatte keine andere Wahl.«

»Dann waren also beide tot.«

»Ist es denn zu fassen? Jetzt sitze ich hier neben dir, und mir fällt nichts Besseres ein, als dich mit meinen Kriegsanekdoten zu langweilen.«

»Ich hab's gerne, wenn du mir vom Krieg erzählst«, erwiderte Yuki.

»Au weia«, meinte Brady. »Es heißt doch, das, was du am Anfang an jemandem magst, treibt dich später in den Wahnsinn.«

Yuki lachte. »Da mache ich mir keine Sorgen«, sagte sie und fügte hinzu: »Das hast du mir erzählst, weil du mir sagen wolltest, dass du jemanden umgebracht hast. Wieso?«

Brady nickte und legte die gefalteten Hände auf den Tisch. »Nachdem die internen Ermittlungen abgeschlossen waren, wollte ich weg aus Miami. Ich will, dass du das weißt. Ich habe vor hierzubleiben.«

Der Kellner kam zu ihnen und sagte: »Ihr Tisch ist fertig.«

Yuki folgte dem Kellner die Treppe hinauf auf den Balkon,

von wo man einen herrlichen Blick auf die Lichter der Brücke, auf die Uferpromenade und auf einen riesigen, im Boden versenkten Amorpfeil hatte, den sogenannten *Cupid's Span,* ein sehr schönes Beispiel für Kunst im öffentlichen Raum.

Sie spürte Brady direkt hinter sich und genoss dieses Gefühl. Aber sie war auch ein wenig beunruhigt. Nicht, weil Brady einen Menschen getötet hatte, sondern weil sie Lindsay irgendwann gestehen musste, dass sie jetzt mit ihrem Chef zusammen war.

40

Cindy blickte zum Fenster hinaus auf die Kirkham Street und sah einen schicken schwarzen Lincoln Town Car, der langsam das bescheidene, dreistöckige Apartmenthaus ansteuerte, in dem sie und Richie wohnten. Dann hielt er an.

Hier wohnten eigentlich weder Prominente noch besonders wohlhabende Leute, daher konnte sich mit diesem Wagen eine interessante Entwicklung andeuten. Sie beschloss, das Ganze im Auge zu behalten. Jetzt stieg der Fahrer aus und kam die Eingangstreppe herauf.

Die Klingel in ihrem Flur schrillte.

Cindy dachte *Falsch verbunden* und ging zur Sprechanlage.

»Hallo?«

»Ms Thomas? Ihr Wagen ist da.«

»*Mein* Wagen?«

»Sind Sie Cindy Thomas?«

»Komme sofort«, sagte sie.

Sie schlüpfte in ihren besten Mantel aus schwarzem Kaschmir, schloss die Wohnungstür ab, rannte die drei Treppenabsätze hinunter und stürmte zur Haustür hinaus auf den Bürgersteig. Neben dem Auto stand Richie mit einem großen Strauß pinkfarbener Rosen in der Hand.

Er trug einen Anzug.

Er war blau, Richs einzige Farbe, und dazu trug er ein gestärktes weißes Hemd und eine silber-blau gestreifte Krawatte. Es dauerte einen Moment, bis Cindy begriffen hatte, dass der Mann, der da vor ihr stand, tatsächlich Richard

Conklin im Anzug war. In seinen Augen lag ein Ausdruck des Triumphs.

Sie hatte heute nicht Geburtstag. Er auch nicht. Wer, um alles in der Welt, konnte dieser Unbekannte sein, den er ihr vorstellen wollte?

»Mein Gott, du siehst fantastisch aus«, sagte Rich, als Cindy so dicht vor ihm stand, dass sie die kleine Schnittwunde an seiner Wange, die von der Rasierklinge stammte, sehen konnte.

»Das war eigentlich mein Satz«, sagte sie.

Sie warf sich in seine Arme, und sie küssten sich ein paar Mal, bevor Rich sich losmachte und sagte: »Darf ich dich in unsere Privatgemächer führen?«

»Wo fahren wir denn hin?«, fragte sie, sobald sie im Wagen saßen und ihre Beine auf seinem Schoß lagen. »Wer ist diese geheimnisvolle Person? Ich will es wissen, sofort.«

»Sag ich nicht.«

Cindy verpasste ihm einen sanften Schlag auf den Oberarm. Sie fuhren vom Golden Gate Park in die Oak Street mit ihrem breiten, baumbestandenen Mittelstreifen, dem sogenannten Panhandle, und dann über die Van Ness Avenue am Rathaus vorbei in die California Street. »Ab und zu macht es mir Spaß, vor dir Geheimnisse zu haben«, sagte Rich.

Cindy lachte. »Tja, das hat geklappt, Herr Inspektor. Ich habe keinen blassen Schimmer.« Und dabei blieb es auch, bis der Wagen vor der Grace Cathedral anhielt.

Die Grace Cathedral war ein gewaltiges, neogotisches Bauwerk, dessen Geschichte bis in die Zeit weit vor dem Erdbeben und dem Großen Brand von 1906 zurückreichte.

Sie stand gar nicht weit von ihrer Wohnung entfernt, sodass Cindy schon oft daran vorbeigekommen war. Jedes Mal war sie aufs Neue überwältigt von dem erhebenden Anblick der gewaltigen Spitzbögen und Turmspitzen und den »Pforten des

Paradieses«, einer Nachbildung von Ghibertis gleichnamigem Meisterwerk aus dem Dom Santa Maria del Fiore in Florenz.

Beim Anblick dieser Kathedrale drängte sich der Gedanke an Gott unweigerlich auf.

Cindy hätte nicht einmal genau sagen können, wie sie die Frage nach Gott beantworten sollte, aber eine Kathedrale war ein bedeutsamer Ort, auch dann, wenn man nicht religiös war. Sie war ja nicht nur ein Gebäude, in dem Gottesdienste gefeiert wurden, sondern verkörperte auch den Lauf der Zeiten und den Wechsel der Generationen, hatte das Werden und Vergehen ganzer Familien miterlebt.

Cindy war sprachlos und zitterte leicht, als sie und Rich die Treppe hinauf, durch die geöffneten Tore und quer über das in den Kalksteinfliesen eingelassene Labyrinth mit seinen über zehn Metern Durchmesser schritten.

Beim Betreten des Kirchenschiffs wanderte ihr Blick unwillkürlich nach oben zu den Buntglasfenstern und dann zu den Wandgemälden, die vom hinteren Teil der Kirche bis vorn zum Altar reichten.

Cindy war geblendet.

Sie wusste nicht, was es war, aber ihr war klar, dass in Kürze etwas von großer Tragweite geschehen würde.

41

Richs Herz pochte laut, während er zusammen mit Cindy den Mittelgang der Grace Cathedral entlangschritt. Wie jedes Mal wurde er im Angesicht des mächtigen Deckengewölbes und des goldenen Kruzifixes hinter dem Altar von einer gewaltigen Ehrfurcht erfasst.

Cindy hielt seine Hand so fest, dass sich das Blut darin staute. Sie starrte ihm forschend ins Gesicht, war zum ersten Mal, seit er sie kannte, sprachlos.

Sie begann eine Frage: »Was soll denn d…?«, doch dann geriet sie ins Stolpern und verlor auf den hohen Absätzen das Gleichgewicht. Rich hielt ihren Ellbogen fest und legte ihr eine Hand auf den Rücken. Er fing sie auf, bevor sie fallen konnte, und lächelte sie an. Er spürte, wie ein Lachen aus seinem Inneren nach draußen drängte.

»Mit dir kann man wirklich nirgendwo hingehen«, sagte er.

»Ganz offensichtlich nicht«, erwiderte sie.

Der Gang bis zum Altar schien einen ganzen Kilometer lang zu sein, gesäumt von Hunderten Reihen mit überwiegend leeren Kirchenbänken. Richs Herz klopfte so heftig, dass es ihm beinahe die Brust sprengte. Sein Mund war ausgedörrt. Und noch nie im Leben war er sich sicherer gewesen als jetzt.

Einzelne Bilder sausten ihm durch den Kopf: seine erste Begegnung mit Cindy, als sie zusammen mit Lindsay aufgetaucht war, mit ihren großen Augen und den vielen Fragen, ihre leicht vorstehenden Schneidezähne, die ihr dieses süße Lächeln verliehen, diese endlose Quelle der Freude. Und dann ihr Anblick jetzt, ihr liebevolles Gesicht umrahmt von den vielen blonden Locken.

Seine Cindy. Die Frau, die er so gut kannte.

Er dachte an die Zeiten, als sie fast wie eine dritte Ermittlerin zu ihrem Team gehört hatte, während er und Lindsay diese Mordserie in ihrem Apartmentblock untersucht hatten. Damals hatte er viel über sie erfahren. Wie unerschrocken sie in gefährlichen Situationen war. Wie gut sie in der Lage war, ihre Angst zu überwinden. Dafür bewunderte er sie sehr. Aber genau dieselben Eigenschaften machten ihm auch Angst. Angst um sie.

Und dann standen sie vor dem Altar.

Der Geistliche lächelte, zwinkerte ihnen beinahe zu und verschwand dann im Schatten… Sie waren allein.

»Mit wem wollen wir uns denn hier treffen?«, erkundigte sich Cindy leise.

»Mit deinem zukünftigen Ehemann, hoffe ich, Cin. Was würdest du davon halten, hier in dieser Kirche zu heiraten?«

»Soll das ein Antrag sein, Richie?«

Richie ließ sich auf ein Knie sinken. Er sagte: »Cindy. Wenn ich nur eine einzige Gewissheit habe, dann ist es die, dass du die Liebe meines Lebens bist. Ich möchte den Rest meiner Jahre damit zubringen, dich besser kennenzulernen und dich noch mehr zu lieben, als ich es jetzt schon tue. Willst du meine Frau werden?«

Dann holte er die kleine, samtene Schachtel aus seiner Jackentasche und klappte den Deckel auf. Darin lag der diamantene Verlobungsring seiner Mutter. Den hatte sie ihm mit den Worten gegeben: »Eines Tages wirst du den einer ganz besonderen Frau schenken.«

Cindy starrte den Ring an, dann wieder Rich.

»Ich glaube schon«, sagte sie. Dann lachte sie und streckte ihm ihren Ringfinger entgegen. Allerdings zitterten sie beide so sehr, dass es ziemlich lange dauerte, bis Rich ihr den Ring schließlich übergestreift hatte.

»Unsere erste gemeinsame Hürde«, sagte er.

»Du bist so witzig. Wie machst du das bloß?«, sagte sie, zog ihn auf die Füße, schmiegte sich in seine starken Arme und legte die Lippen an sein Ohr. »Hör zu. Das, was jetzt kommt, meine ich ernst, es ist absolut offiziell. Ich liebe dich mehr als mein Leben. Ich fühle mich geehrt, deine einzige, wahrhaftige Ehefrau zu sein.«

Conklin sagte zu seiner Braut: »Das hast du doch schon lange vorbereitet, stimmt's? Wort für Wort.«

»Kann schon sein«, erwiderte Cindy. »Weil es genau das ist, was ich für dich empfinde, Richie.«

»Danke, dass du Ja gesagt hast.« Er umarmte sie stürmisch und hob sie dabei in die Luft. Sie küssten sich, und das Schmuckkästchen landete klappernd auf dem Marmorfußboden. Die Kirchenbesucher in den ersten Reihen applaudierten, und das Echo hörte sich an wie das Schlagen von Taubenflügeln.

42

Joe war geschäftlich in Los Angeles, wo er den Hafen inspizieren sollte. Er hatte nicht genau gewusst, wann er wieder zu Hause sein würde.

Ich rannte mit Martha durch die Lake Street, am Südrand des Presidio-Parks entlang, vom Temple Emanu-El bis zum Sea Cliff und wieder zurück. An jeder dunklen Limousine blieb mein Blick hängen. Ich musste ununterbrochen an Avis Richardsons Baby denken. Als ich meine Laufschuhe fünf Kilometer weit über den Asphalt gehetzt und zahllose Autos kritisch beäugt hatte, war ich fix und fertig.

Außer Atem und völlig durchgeschwitzt kam ich in unserer dunklen Wohnung an. Ich knipste das Licht an, duschte und ging in die Küche, wo ich eine Flasche Chardonnay aus dem Kühlschrank nahm und mir ein Glas einschenkte. Dann öffnete ich eine Dose Hundefutter mit Rindergulasch für Martha, füllte ihren Wassernapf auf und schaltete den Fernseher ein. Chris Matthews handelte gerade die Tagespolitik ab, und ich machte das Jambalaya warm, das Joe ein paar Tage zuvor gekocht hatte. Und dann klingelte das Telefon.

Das tat es ständig.

Vor einem Monat hatte ich beschlossen, nicht mehr ans Telefon zu gehen. Weder an den Festnetzanschluss noch an mein Handy. Und hatte dadurch einen Anruf verpasst, der möglicherweise mein Leben verändert hätte.

Damals hatte Jacobi angerufen – vier Mal, um genau zu sein –, um mir seinen Posten als Lieutenant anzubieten, der durch seine Beförderung zum Captain frei werden würde. Als ich mich dann schließlich bei ihm gemeldet hatte, hatten die zuständigen Stellen bereits vorsichtshalber bei Brady angefragt. Ich interpretierte das als Zeichen dafür, dass Brady den Job bekommen sollte.

Allerdings ließ ich mir deswegen keine grauen Haare wachsen. Die konkrete Arbeit bei der Mordkommission machte mir Spaß. Sie war anstrengend und ließ einen nie los, auch nachts nicht, aber mir ging es genauso, wie es meinem Vater gegangen war – die Arbeit draußen auf der Straße war meine Berufung.

Jackson Brady hingegen war ehrgeizig. Er besaß Erfahrung, war ein guter Polizist, und ich wusste, dass er die Zukunft des San Francisco Police Department repräsentierte. Ihm den Vortritt zu lassen war die richtige Entscheidung gewesen, aber trotzdem war ich in Bezug auf klingelnde Telefone ein klein wenig vorsichtiger geworden.

Das schnurlose Gerät auf dem Küchentresen schrillte gerade zum dritten Mal. Ich warf einen Blick auf die Anruferkennung. Es war Cindy, also nahm ich ab.

»*Ich heirate!*«, kreischte sie mir ins Ohr.

»Was? Was hast du gesagt?«

»Wir *heiraten*. Richie und ich. Er hat mir gerade einen *Antrag* gemacht.«

»O Gott. Das ist ja *fantastisch*«, sagte ich und musste lächeln, als Cindy mir von Richies Kniefall in der Grace Cathedral, dem Diamantring und den Glücksgefühlen, die ihrem Herzen Flügel verliehen, erzählte. »Das ist ja wundervoll, Cin. Gib mir mal Rich, damit ich ihm auch gratulieren kann.«

»Er spricht gerade mit seinem Dad. Ich sage ihm, dass er dich anrufen soll. Oh, da kommt noch ein Anruf«, sagte sie. »Das ist meine Mom, die mich zurückruft.«

»Mach ruhig, Cindy. Ich freue mich so für euch.«

Ich schaltete auf ein Basketballspiel um und sah zu, wie die Heimmannschaft die Gäste auseinandernahm, während ich mein Abendessen aß. Dann klingelte das Telefon schon wieder.

Diesmal war es Yuki. Was war denn *jetzt*?

»Linds, passt es dir gerade?«

Seit vorgestern, als ich Yuki von meinem Gespräch mit Candace Martin erzählt hatte, war sie sehr kühl zu mir gewesen. Ich hoffte, dass dieser Anruf vielleicht das Ende der Eiszeit bedeutete.

»Kein Problem«, erwiderte ich. »Passt wunderbar.«

»Ich wollte dir kürzlich eigentlich etwas erzählen, aber dann sind wir vom Thema abgekommen. Ich weiß wirklich nicht, wie du das aufnehmen wirst, Linds.«

»Yuki, es gibt nichts, was du mir nicht anvertrauen kannst«, sagte ich.

»Okay. Puh. Es geht um Brady.«

»Was ist mit ihm?«

»Er hat mich zum Essen eingeladen. Zwei Mal. Es war sehr schön. Also, ähm … Wir sind jetzt zusammen.«

Ich hielt den Atem an, presste den Hörer fest an mein Ohr und wartete auf das, was kommen musste.

»Linds?«

»*Jackson* Brady? Du willst mich auf den Arm nehmen. Sag, dass das ein Witz ist.«

»Ich finde ihn wirklich sehr interessant, Linds. Ich wollte einfach, dass du es von mir erfährst.«

Ich hatte gedacht, dass es nichts gab, was Yuki mir nicht erzählen konnte, aber ich hatte mich getäuscht. Diese Neuigkeit bestürzte mich zutiefst. Und ich wusste nicht, wie ich meiner Freundin erklären sollte, warum ich bis ins Mark erschüttert war.

»Lindsay, kannst du bitte was sagen, einfach irgendwas?«

»Für das, was ich dir jetzt sagen muss, gibt es keine schonenden Worte. Ich habe Brady überprüft, als er zu uns ins Dezernat gekommen ist«, sagte ich. »Er ist *verheiratet,* Yuki. Hat er dir gesagt, dass er verheiratet ist?«

Zweites Buch

Lügen, Lügen und noch mehr Lügen

43

Dieser Sonntag gehörte mir ganz alleine.

Ich hatte mir im Louis', einem fettgeschwängerten Imbiss in der Point Lobos Avenue, eine Portion Rührei mit Bratkartoffeln bestellt. Der Laden war 1937 auf einer Klippe hoch über dem Meer erbaut worden. Er war weder besonders schön noch modern, aber man hatte von hier einen fantastischen Blick. Sicher, es kamen jede Menge Touristen hierher, aber eben auch die Einheimischen, vor allem in den frühen Morgenstunden.

Heute war es noch zu früh für die Touristen, und das Louis' war voll mit Stammkunden, überwiegend Jogger und Walker, die den Küstenpfad bei Lands End hinter sich gebracht hatten und jetzt entspannt am Tresen saßen und Zeitung lasen. Alles war friedlich.

Ich seufzte zufrieden.

Von meinem Sitzplatz aus konnte ich die Sutro Baths in Lands End ebenso sehen wie meinen Explorer auf dem Parkplatz vor dem Louis' mit Martha auf dem Fahrersitz. Bevor wir hierhergefahren waren, hatten wir einen Zwischenstopp beim Crissy Field eingelegt, damit Martha ein bisschen Sandstrand unter die Pfoten bekam und in der Brandung schwimmen konnte.

»Achtung, Teller ist heiß«, sagte die Bedienung und stellte mein Frühstück auf den Tisch. Dann goss sie frisch gebrauten, kolumbianischen Kaffee in meinen klobigen braunen Becher.

»Vielen Dank. Sieht köstlich aus«, sagte ich.

Als ich nach der Gabel greifen wollte, klingelte mein Handy.

Warum war ich bloß so verdammt beliebt? Ich warf einen Blick auf das Display, aber mit dem Namen konnte ich nichts anfangen. Wer war W. Steihl?

Sollte ich den Anruf annehmen? Oder ihn der Mailbox überlassen?

Ich warf eine Münze, fing sie auf, klatschte sie auf meinen Handrücken und sah nach.

»Boxer«, meldete ich mich mit einem Seufzer.

»Sergeant Boxer, hier spricht Wilhelmina Steihl. Willy. Aus Brighton?«

Jetzt fiel sie mir wieder ein. Willy Steihl war eine von Avis Richardsons Schulfreundinnen. Sie hatte schwarz glänzendes, schulterlanges Haar und trug eine Brille mit Stahlgestell sowie leuchtend roten Lippenstift.

Ich konnte mich ebenfalls noch daran erinnern, dass sie vor wenigen Tagen, als Rich und ich sie befragt hatten, sehr zugeknöpft gewesen war. Jetzt allerdings hörte es sich so an, als hätte sie mir etwas Wichtiges mitzuteilen.

»Als Sie hier waren, konnte ich das nicht sagen«, fuhr Willy Steihl fort. »Die anderen hätten gleich gewusst, dass ich die Petze war.«

»Darüber würde ich mir im Moment keine Gedanken machen«, erwiderte ich. »Manchmal ist es nur ein kleiner Schritt von der Petze zur Heldin. Weißt du, wo wir Avis' Baby finden können?«

»Nein, nein, das weiß ich nicht. Ich bin eine Freundin von Larry Foster? Er hat gesagt, dass ich Sie anrufen soll. Haben Sie gerade einen Computer in der Nähe?«

»Nein, aber ein ziemlich cleveres Handy. Was soll ich nachschauen?«

»Ich möchte Ihnen ein paar Bilder zeigen. Auf Facebook. Aber ich will Ihnen nicht mein Passwort verraten.«

Die Kleine hatte tatsächlich Angst um ihr Passwort, obwohl

sie das jederzeit mit wenigen Tastendrucken wieder verändern konnte, aber ich wollte deswegen keinen Streit vom Zaun brechen. Willy war minderjährig. Sie war nicht verpflichtet, mit mir zu reden.

»Wie wär's, wenn ich zu dir ins Internat komme?«, sagte ich und winkte der Bedienung zu, damit sie mir die Rechnung brachte.

»Nicht hier. Ich will nicht, dass uns jemand zusammen sieht«, meinte Willy.

Ich unterdrückte ein Stöhnen und bat sie dann, in einer Stunde vor dem Eingang der Bryant Street 850 zu sein.

»Geht klar«, sagte Willy.

Ob sie mir helfen würde, Avis' Baby zu finden? Oder würden wir wieder in einer Sackgasse landen? Ich legte einen Zehner und einen Fünfer auf den Tisch und verließ das Louis', obwohl ich immer noch Hunger hatte.

44

Es war kurz vor zehn bei bedecktem Himmel und knapp achtzehn Grad Celsius. Ich machte das Fenster einen Spalt weit auf, damit Martha genügend Luft bekam, und ließ mein Auto auf dem Parkplatz gegenüber der Hall of Justice stehen.

Vor dem mächtigen Granitwürfel, in dem sich mein Schreibtisch befand, war Willy Steihl nicht zu entdecken, also stellte ich mich an die Ecke und wartete. Ich trat unruhig von einem Fuß auf den anderen, während der Sonntagvormittagsverkehr in stetigem Strom an mir vorbeirauschte.

Zehn Minuten später hielt ein Taxi am Straßenrand, und ich öffnete Fräulein Willy Steihl die Tür. Sie begrüßte mich und folgte mir mit zwei Metern Sicherheitsabstand durch die gläsernen Doppeltüren in das rote Marmorfoyer der Hall of Justice.

Willy nahm ihre Gürteltasche ab, steckte sie in einen Stoffbeutel und ging durch die Sicherheitsscanner am Eingang. Ich zeigte meine Dienstmarke und nahm das Mädchen mit den schwarzen Haaren, der schwarzen Kleidung und dem gelangweilten Gesichtsausdruck mit in den Bereitschaftsraum, wo die Sonntagsschicht Dienst schob. Dort bat ich Sergeant Bob Nardone, mich kurz an meinen Platz zu lassen.

Er meinte: »Na, klar, Boxer. Und was soll ich so lange machen? Fingerübungen an meinem Luft-Computer?«

»Jetzt beweg deinen Hintern, Nardone. Wärm deinen Kaffee auf. Mach mal Pause. Es dauert nicht lang.«

Ich setzte mich auf den Schreibtischstuhl und loggte mich ein. Anschließend überließ ich Willy Steihl meinen Platz.

Sie beugte sich dicht über die Tastatur, während sie ihren Benutzernamen und das Passwort eingab, und sagte: »Einen Augenblick, okay? Ich öffne nur noch den Ordner, von dem ich Ihnen erzählt habe.«

Während Willy Steihls Finger über die Tastatur huschten, klopfte ich mit meinen nervös auf die Tischplatte. Schließlich sagte sie: »Das wär's.«

Ich drehte den Monitor herum, sodass ich etwas sehen konnte, und starrte ein Bild an, das bei einem Fußballspiel aufgenommen worden war. Jugendliche rannten auf einem Spielfeld hinter einem Ball her, und an der Seitenlinie standen Menschen, die die Spieler anfeuerten. Eine ganz normale Highschool-Sportveranstaltung.

»Sehen Sie?«, sagte Willy. »Das war beim Spiel gegen die Warriors. Ich habe ein paar Fotos von Larry gemacht.«

Sie vergrößerte einen Bildausschnitt, der die Zuschauer zeigte. Ich erkannte Avis Richardson im Profil. Sie trug eine karierte Pyjamahose und ein Schul-Sweatshirt, unter dem ihre Schwangerschaft nicht zu erkennen war. Sie stand sehr dicht neben einem großen, dunklen und attraktiven Mann, der mit Sicherheit kein Schüler war. Mit einem Mausklick holte Willy das nächste Bild auf den Bildschirm, dann noch eines, und jedes Mal vergrößerte sie den Ausschnitt, der Avis Richardson zeigte. Auf einem Bild war zu erkennen, dass Avis die Hand des gut aussehenden Mannes hielt.

»Wer ist das?«, wollte ich wissen.

»Das ist Mr Ritter. Er ist Englischlehrer in der zehnten Klasse«, sagte Willy.

»Was willst du damit sagen, Willy? Lass mich nicht raten.«

Das Mädchen wand sich auf dem Stuhl.

»Willy. Du vergeudest meine Zeit.«

Am liebsten hätte ich sie kräftig durchgeschüttelt, aber dann schaffte sie es doch noch ohne meine Hilfe.

»Wir haben alle gewusst, dass Avis und Mr Ritter einen engen Kontakt haben. Sie hat in Englisch immer super Noten bekommen, darum haben wir gedacht, dass sie seine Lieblingsschülerin ist oder vielleicht noch ein bisschen mehr. Sie wissen, was ich meine? Jedenfalls hat Avis gelogen, als sie gesagt hat, dass sie mit Larry Foster zusammen ist. Weil nämlich *ich* mit ihm zusammen bin.«

45

Willy Steihl hatte eine Bombe platzen lassen.

Nach allem, was sie gesagt hatte, musste ich davon ausgehen, dass da zwischen einem fünfzehnjährigen Mädchen und ihrem Englischlehrer eine Beziehung bestand. Was zum Teufel war denn das? Unzucht mit Abhängigen war das, und nichts anderes, ein Vergehen, für das Mr Ritter ins Gefängnis wandern würde, falls er verurteilt wurde. Und wenn er auch mit dem Tod des Babys etwas zu tun hatte? Dann würde er den Rest seines Lebens hinter Gittern verbringen.

Ich sagte zu Willy: »Kannst du mir noch etwas sagen, abgesehen von diesen Fotos? Hat Avis jemals mit dir über Mr Ritter gesprochen? Hast du sie irgendwann einmal zu zweit gesehen?«

Willy Steihl zuckte mit den Schultern und schüttelte den Kopf. Sie sah aus, als wollte sie am liebsten durch die Rückenlehne des Stuhls verschwinden.

»Willy, du bist uns wirklich eine große Hilfe. Das Ganze ist eine sehr ernste Angelegenheit. Könnte es sein, dass Mr Ritter der Vater von Avis' Baby ist?«

»Ich weiß nicht. Ich wollte Ihnen bloß die Fotos zeigen, damit Sie Ihre Schlussfolgerungen ziehen können, okay?«

Nein, nicht okay.

»Wir suchen nach einem *vermissten Baby*, Willy. Versetz dich doch mal in Avis' Lage, stell dir vor, wie es ihr gehen muss. Was ihre Eltern gerade durchmachen. Ein neugeborener Junge, vollkommen hilflos. Vielleicht ist er ganz allein.

Vielleicht liegt er im Sterben. Wenn du irgendetwas weißt, was uns weiterhelfen könnte, dann musst du es mir sagen. Das ist deine Pflicht. Um genau zu sein, falls du etwas weißt und es mir nicht sagst, machst du dich strafbar.«

»Ich hätte nicht herkommen dürfen«, sagte das schwarz gekleidete Mädchen, stand hastig auf und schwang sich ihren Rucksack über die Schulter. »Ich weiß überhaupt nichts. Ich muss sofort hier weg.«

Ich war nicht besonders sensibel mit ihr umgegangen, schon klar. Ich hatte das Mädchen bearbeitet und sie bedroht, und jetzt hatte sie die Schnauze voll. Zum tausendsten Mal wünschte ich mir, wenigstens zehn Prozent von Conklins Einfühlungsvermögen zu besitzen.

Ich bot Willy an, sie zur Schule zurückzufahren, aber sie meinte: »Ich nehme mir lieber ein Taxi. Und, bitte, verraten Sie niemandem, dass ich mit Ihnen gesprochen habe.«

»Das steht in meinem eigenen Ermessen, Willy.«

Sie sah mich an, als wäre ich drauf und dran, meine Fänge in ihren Hals zu schlagen. Dann stürmte sie aus dem Bereitschaftsraum, ohne ihren Facebook-Account zu schließen.

Sergeant Nardone kam wie ein Habicht auf mich zugestürzt. Aber ich wollte die Gelegenheit nutzen, um noch ein bisschen herumzuschnüffeln, und bat ihn, sich noch einen Moment zu gedulden.

Zunächst suchte ich auf den Webseiten von Willy und ihren Freundinnen und Freunden nach Fotos von Ritter. Ich fand eine ganze Menge.

Nach den Chat-Beiträgen und den Einträgen auf den Pinnwänden zu urteilen, war Ritter ein beliebtes Gesprächsthema bei den Mädchen in Willys Clique. Es gab zahlreiche Bemerkungen über sein gutes Aussehen und sein Verhalten im Unterricht, und es wurde darüber spekuliert, wie er wohl im Bett war.

Ich klickte auf den Link, der zu Avis Richardsons Homepage führte. Ich hatte mir die Seite auf Joes Ratschlag hin schon einmal angesehen, aber jetzt suchte ich nach etwas ganz Bestimmtem. Es gab dort alle möglichen Fotos von Avis – beim Herumalbern mit Larry Foster, mit Freundinnen auf irgendwelchen Partys und inmitten einer jubelnden Zuschauerschar bei Sportveranstaltungen. Aber es gab kein einziges Bild von ihr und Jordan Ritter.

Ich kopierte alles, was mir vielleicht nützen konnte, in eine E-Mail und schickte sie an meine Adresse. Danach beendete ich die Sitzung und ließ Nardone wieder auf seinen Platz.

»Du bist ein Schatz, Nardone.«

»Nicht der Rede wert, Boxer. Ach, übrigens, ich hab die Cheetos, die du in der untersten Schublade aufbewahrt hast, aufgegessen.«

»Das war mir klar«, sagte ich und zeigte auf die orangefarbenen Abdrücke an einer der anderen Schubladen.

Nardone lachte. »Du bist gut«, sagte er.

Auf dem Weg zum Wagen rief ich zweimal bei Richie an. Beide Male erreichte ich nur seine Mailbox. Beim zweiten Mal hinterließ ich ihm eine Nachricht. »Ich habe eine Spur, Rich. Eine vielversprechende. Ruf mich an.«

Als Nächstes wählte ich Jordan Ritters Nummer. Ich sagte ihm, dass ich für die Aufklärung von Avis Richardsons Entführung zuständig war und hoffte, von ihm etwas mehr über sie erfahren zu können.

Ritter sagte: »*So* gut kenne ich sie zwar nicht, aber natürlich will ich gern versuchen, Ihnen behilflich zu sein.«

Jordan Ritter wohnte nur wenige Querstraßen von der Brighton Academy entfernt. Ich brachte Martha nach Hause und fuhr die California Street nach Osten bis zur Broderick Street.

Es war immer noch früher Sonntagnachmittag, als ich meinen Wagen in der hübschen Wohngegend an der Ecke Broderick und Pine Street abstellte. Ritter wohnte in einem dreistöckigen Apartmenthaus im italienischen Stil, rötlich mit weißen Zierstreifen, dazu zwei Reihen mit Erkerfenstern.

Ritters Wohnung lag im Erdgeschoss.

Ich drückte auf den Klingelknopf im überdachten Hauseingang und sagte meinen Namen in die Sprechanlage. Als ich vor Ritters Wohnungstür stand, hörte ich seine Schritte näher kommen.

46

Jordan Ritter öffnete seine Wohnungstür, legte eine Hand an den Türrahmen und musterte mich von Kopf bis Fuß.

Ich tat genau das Gleiche mit ihm.

Ritter war Anfang dreißig, sportlich, unrasiert, schöne Haare, schöne Zähne, und trug ein T-Shirt sowie eine karierte Pyjamahose. Ich hatte erst kürzlich ein Bild gesehen, auf dem Avis Richardson genau die gleiche Hose getragen hatte.

Ein Trend? Ein Zufall? Oder hatte Avis den Schlafanzug ihres Geliebten angehabt?

»Na, das ist ja mal eine schöne Überraschung«, sagte er.

Der Kerl hatte Nerven. Er baggerte mich an.

»Mr Ritter? Ich bin Sergeant Boxer«, erwiderte ich knapp und zeigte ihm meine Dienstmarke.

»Kommen Sie rein. Kann ich Ihnen eine Tasse Kaffee anbieten? Ich habe gerade welchen gemacht.«

»Gern«, sagte ich und schlüpfte an ihm vorbei ins Innere der Wohnung. Die Inneneinrichtung sah irgendwie vorgefertigt aus, so als sei die Wohnung möbliert vermietet worden oder als hätte er alles an einem einzigen Tag gekauft. Er führte mich durch das Wohnzimmer, und ich registrierte die Sonntagszeitung auf dem Fußboden und die beiden Kaffeebecher auf dem niedrigen Couchtisch.

Jeder mit einem Online-Diplom in Kriminalistik für Doofe hätte sich ausrechnen können, dass Ritter Übernachtungsbesuch gehabt hatte. Oder aber er war besonders gerissen und hatte extra mir zuliebe eine falsche Spur gelegt.

In der Küche sagte Ritter: »Milch und Zucker, Sergeant?«

»Schwarz, bitte.«

»Wie ich schon am Telefon gesagt habe«, meinte Ritter dann, »kenne ich Avis eigentlich kaum. Ich unterrichte sie dieses Jahr in Englisch, aber abgesehen von ihren Noten – die ganz hervorragend sind – kann ich wirklich nicht viel über sie sagen.«

Ich ging hinter ihm her zurück ins Wohnzimmer und setzte mich in den Sessel gegenüber von dem, in dem er sich jetzt fläzte.

»Ich schätze, wir wissen beide, dass das nicht stimmt«, sagte ich.

Ritter lachte. »Wollen Sie etwa behaupten, dass ich lüge? Donnerwetter. Das ist dreist.«

»Mr Ritter, reden wir nicht um den heißen Brei herum, okay? Dann kann ich wieder verschwinden, und Sie können den Rest Ihres Wochenendes genießen. Wie gut kennen Sie Avis Richardson? Es gibt mehrere Zeugen, die ausgesagt haben, dass zwischen Ihnen beiden ein sehr enges Verhältnis besteht.«

»Ach, hören Sie doch auf. Viele von den Mädchen mögen mich. Nichts weiter als die sprichwörtliche Schwärmerei von Schülerinnen für ihren Lehrer. Ich habe Avis kaum wahrgenommen. Und das ist die Wahrheit.«

»Ich habe Fotos gesehen, die auf etwas anderes hindeuten.«

»Fotos. Wovon denn? Ach so, jetzt verstehe ich. Willy Steihl hat mit Ihnen geredet. Sergeant, haben Sie eigentlich eine Vorstellung davon, wie eifersüchtig diese Mädchen werden können? Willy ist praktisch das ganze Schuljahr schon hinter mir her.«

»Tatsächlich?«

»Genau so ist es. Es gibt keine belastenden Fotos von mir und Avis, weil ich sie kaum kenne. Sonst noch etwas?«

»Ja. Falls wir das Baby finden, würde ich gerne eindeutig wissen, dass Sie nicht der Vater sind.« Ich holte die notwendigen Utensilien für einen Speichelabstrich aus der Tasche und sagte: »Damit möchte ich gern einen Wangenschleimhautabstrich machen. Dauert nicht einmal eine Sekunde.«

»Dazu bin ich nicht bereit, Sergeant. Ich meine, falls Sie einen konkreten Verdacht gegen mich haben, dann sollten Sie sich mit meinem Dad unterhalten. Er steht im Telefonbuch unter der Rubrik Rechtsanwälte.«

»Dann notiere ich mir, dass Sie nicht bereit waren zu kooperieren. Das wäre dann vorerst alles.«

»Tja, vielen Dank für Ihren Besuch, Sergeant.«

Ich legte meine Visitenkarte auf seinen Couchtisch zwischen die beiden Kaffeebecher und verließ das Apartment. Kaum hatte ich mich angeschnallt, klingelte mein Handy. Rich.

»Hallo«, sagte ich.

»Halli-Hallo«, flötete er zurück.

»Gratulation, Partner«, sagte ich. »Und versau es nicht.«

Er bedankte sich und sprudelte los, dass er der glücklichste Mensch auf der ganzen Welt sei. Als ich es endlich geschafft hatte, ihn zu unterbrechen, erzählte ich ihm von meinem bisherigen Tag.

»Soll das heißen, du hast Ritter im Verdacht, der Vater von Avis' Baby zu sein?«

»Ich habe auf Facebook ein Foto gesehen, auf dem Avis und Ritter Händchen halten. Das heißt im Prinzip nur, dass er mich angelogen hat, was vieles und gleichzeitig gar nichts bedeuten kann. Wir sehen uns morgen«, sagte ich.

»Garantiert«, erwiderte er.

Eine Woche war vergangen, seitdem Avis in eine schwarze oder dunkelblaue Limousine mit einem französisch sprechenden Mann am Steuer gestiegen war, der sie irgendwo oder nirgendwo hingebracht hatte. Dann hatte sie auf einem Feld beim See oder in einem von einer Aluminiumlampe beleuchteten Bett ihr Baby zur Welt gebracht.

Es wäre ein Wunder, wenn dieses Kind noch am Leben wäre.

47

»Avis ist nicht da«, sagte Paul Richardson, nachdem er mir die Tür geöffnet hatte. Dann bat er mich in die Suite und bot mir etwas zu trinken an, was ich ablehnte. Es war erst drei Uhr nachmittags, aber er schwankte bereits bedenklich, als er um den Couchtisch herum einen Sessel ansteuerte.

»Sie wollte sich mit ihren Freundinnen treffen«, sagte Sonja. »Es geht ihr etwas besser, und sie wollte ein bisschen ›abhängen‹.«

Ob sie wohl bei Jordan Ritter »abgehangen« hatte, kurz bevor ich bei ihm aufgetaucht war?

»Zum Abendessen ist sie wieder da«, sagte ihr Vater. »Und morgen möchte sie wieder in die Schule gehen. Ich denke, es spricht nichts dagegen.«

»Gibt es schon etwas Neues? Bitte, machen Sie mir ein bisschen Hoffnung«, sagte Sonja Richardson. Sie sah vollkommen ausgelaugt aus und hatte die Arme um den Körper geschlungen, als fürchtete sie, jeden Augenblick auseinanderzubrechen.

»Wir haben bis jetzt praktisch keine brauchbaren Hinweise«, erwiderte ich. »Bei Prattslist gibt es keine einzige Anzeige, deren Wortlaut der entspricht, auf die ihre Tochter angeblich reagiert hat. Ich habe dafür keine Erklärung. Sie vielleicht?«

»Sie ist wie alle Kinder. Sie denkt sich eben irgendwelche Sachen aus. Ich kann nicht sagen, ob Sie ihr glauben sollten oder lieber nicht.«

»Hat sie eigentlich irgendwann ihren Englischlehrer erwähnt? Einen gewissen Jordan Ritter?«

»Schatz?«, wandte sich Sonja Richardson an ihren Mann. »Hat Avis mal einen Jordan Ritter erwähnt?«

Paul Richardson ließ seinen Drink im Glas kreisen und sah weder auf noch gab er eine Antwort.

»Ich glaube nicht, dass sie in letzter Zeit von ihm gesprochen hat, aber ich weiß noch, wie sehr sie sich darüber gefreut hat, dass sie in seine Klasse gekommen ist«, sagte Sonja Richardson. »Er ist Schriftsteller, wissen Sie. Und Avis möchte selber vielleicht auch einmal schreiben. Warum fragen Sie nach ihm? Weiß er etwas?«

»Sein Name ist uns im Lauf der Ermittlungen einmal begegnet. Ich habe mit ihm gesprochen. Er sagt, dass er Avis kaum kennt. Und sie sagt das Gleiche über ihn.«

Sonja Richardson tupfte sich mit einem Papiertaschentuch die Augenwinkel. »Ich fürchte, wir müssen uns mit der Vorstellung abfinden, dass der Kleine für immer verschwunden ist. Aber das ist schwer zu ertragen, Sergeant. Wir haben ihn nie gesehen. Wir wissen nicht einmal genau, ob er noch lebt oder schon tot ist.«

Als ich nach Hause kam, dämmerte es bereits. Joe erwartete mich auf der Eingangstreppe. Schon aus dreißig Metern Entfernung sah ich sein wunderbares Lächeln. Ich rannte los, sprang ihm in die Arme und schlang ihm die Arme um den Hals und die Beine um die Hüfte. Joes Umarmung war der wärmste, sicherste Ort in meiner Welt.

»Lass uns ein Baby machen«, sagte ich.

»Falls es was mit Sex zu tun hat, bin ich dabei«, erwiderte Joe.

Hatte es. Und war er.

48

Nachdem Cindy ein paar freudentrunkene Ehrenrunden durch die Redaktion gedreht und ihren funkelnden Verlobungsring vorgeführt hatte, machte sie ihre Bürotür zu und ging an die Arbeit. Leitung eins blinkte schon, und sie nahm das Gespräch an, während sie sich in ihren *Blog für Heiße Tipps* einloggte.

Sie meldete sich mit ihrem Namen, und der Mann am anderen Ende der Leitung nannte seinen.

»Hier spricht Red Sanchez.«

»Ray Sanchez?«

»Red. Wie rot, die Farbe. Ich glaub, ich hab da was gesehen, was Ihnen weiterhelfen könnte. Es geht um Ihren Artikel über diesen Vergewaltiger.«

»Okay, ich höre. Was haben Sie gesehen?«

Cindy rückte ihr Headset zurecht, öffnete ein neues Word-Dokument und tippte »Red Sanchez« in die linke obere Ecke, darunter die Telefonnummer, die im Display angezeigt wurde.

»Diese dicke Frau, die im Fernsehen war?«

»Ich weiß, wen Sie meinen«, erwiderte Cindy.

Sanchez sprach von Inez Fleming.

»Sie haben ihr Gesicht nicht gezeigt, aber ich hab sie trotzdem erkannt.«

»Wann haben Sie sie gesehen?«, wollte Cindy wissen.

»Vorgestern Nacht. Ich hab meinen Hund ausgeführt, auf der Baker Street, in der Nähe der Kreuzung mit der Clay. Sadie ist schon ziemlich alt. Wenn ich nicht mit ihr rausgehe, sobald sie anfängt zu jaulen, dann haben wir die Bescherung auf dem Teppich, und meine Frau dreht wieder durch ...«

»Mr Sanchez.«

»Sagen Sie einfach Red.«

»Red, was hat die Frau, die Sie vielleicht im Fernsehen erkannt haben, gemacht, als Sie sie gesehen haben?«

»Gar nichts. Die war ja voll weggetreten. Aber so was von ... Zuerst hab ich gedacht, dass sie betrunken ist. Vielleicht *war* sie ja auch betrunken. Der Fahrer hat sie gestützt, aber eigentlich hat er sie eher zu dem Apartmenthaus *geschleift*. Hier, ich hab die Adresse. Ist nicht allzu weit von meiner Wohnung entfernt.«

Sanchez nannte ihr eine Adresse in der Baker Street, nur wenige Nummern von Inez Flemings Haus entfernt. Inez war in einer Gasse dicht bei ihrem Zuhause aufgewacht. Cindy nahm auch die Hausnummer in ihre Akte auf.

»Red, was war mit dem Fahrer, den Sie gerade erwähnt haben? Womit ist er denn gefahren?«

»Tut mir leid, ich dachte das hätte ich gesagt. Ein Taxi. Ein Minivan.«

»Welche Farbe hatte dieser Minivan?«, wollte Cindy wissen. »Irgendwelche besonderen Kennzeichen oder vielleicht eine Telefonnummer an der Tür?«

Sanchez meinte: »Das war ein ganz normales gelbes Taxi. Aber ich glaub, am Heck war irgendwas, eine Werbung oder so. Vielleicht für einen Film. Aber an den Namen kann ich mich jetzt nicht mehr erinnern. Ich überlege mal, vielleicht komme ich ja noch drauf.«

»Und der Fahrer? Konnten Sie den gut sehen?«

»Ach, nein. Ich hab gerade die Zeitung für Sadie auf den Boden gelegt. Er war eben ein Mann. Ich glaub, er hatte dunkle Haare. Ja, ja, ich weiß, das ist nicht besonders viel. Jedenfalls hat dieser Mann die Frau den Bürgersteig entlanggezerrt.

Ich hab noch gedacht, *Mann, ist die betrunken*, und als mein Hund schließlich mit seinem Geschäft fertig war, waren die beiden verschwunden.«

Cindy bedankte sich bei Sanchez und bat ihn, wieder anzurufen, falls ihm noch etwas einfiel. Dann rief sie Richie an.

»Liebling? Ich glaube, ich habe einen Hinweis auf diesen Serienvergewaltiger.«

49

Als Yuki und Nick Gaines sich an diesem Montagmorgen auf den Weg zum Gericht machten, verließen sie das Büro eine halbe Stunde früher als notwendig. Yuki hatte darauf bestanden.

Nick musterte Yuki von Kopf bis Fuß und sagte: »Irgendwie siehst du heute anders aus als sonst.«

»Was meinst du damit?«

»Du lächelst«, sagte er.

»Soll das heißen, dass ich normalerweise nicht lächle?«

»Nicht auf dem Weg zum Gericht. Hmm. *Jetzt* weiß ich. Du hattest *Sex*, stimmt's? Was ich hier sehe, ist das selige Lächeln danach, richtig?«

Yuki lachte. »Nein. Halt die Klappe. Ich habe einen Donut gegessen. Ich bin im Zuckerrausch, und du bist nicht der Mentalist. Hoffentlich taucht Angela Walker wirklich auf. Was hältst du von ihr? Hat ihre Aussage sich vertrauenswürdig angehört?«

»Ich finde, sie hat sich eifrig angehört, als ob sie unbedingt aussagen wollte. Es wäre sehr seltsam, wenn sie nicht kommen würde.«

Sie gingen jetzt durch den lang gestreckten Korridor mit dem grünen Boden, die zentrale Versorgungsader für die verschiedenen Gerichtssäle. Neonleuchten summten über ihren Köpfen. Yuki hob kurz das Kinn, um Nicky auf die Frau aufmerksam zu machen, die auf einer der einfachen Sitzbänke entlang der Wand saß und mit einem Gerichtsdiener sprach.

Das war Angela Walker, ihre Überraschungszeugin.

Sie war vierzig Jahre alt. Das rötlich blonde Haar türmte sich wie Zuckerwatte auf ihrem Kopf. Dazu trug sie einen azurblauen Pullover mit V-Ausschnitt, einen dunklen Blazer und eine maßgeschneiderte Hose. Yuki dachte: Wenn Angela Walkers Aussage nur halb so gut ist, wie sie aussieht, dann hat sie ihren Zweck schon erfüllt.

Yuki und Nick betraten Raum 3B, steuerten den Tisch der Staatsanwaltschaft an und nickten Hoffman und seiner Beisitzerin Kara Battinelli zu. Sie war eine aus der Riege der jungen, intelligenten Absolventen der renommierten Boalt Law School in Berkeley.

Battinelli bedachte Yuki mit einem Blick, der so viel hieß wie: *Wart's bloß ab, gleich wirst du dein blaues Wunder erleben*, den Yuki eins zu eins erwiderte.

Nick fuhr seinen und Yukis Laptop hoch und sorgte dafür, dass beide genau im rechten Winkel zur Tischkante standen, bevor die Verhandlung eröffnet wurde.

Der Gerichtsdiener, ein glatzköpfiger Mann mit ausdrucksloser Miene in einer grünen Uniform, verkündete die Ankunft des Hohen Gerichts, und Richter LaVan betrat mit gerunzelter Stirn den vollbesetzten Saal. Die Zuschauer erhoben sich und setzten sich wieder, und das Rascheln und Scharren hallte von den Eichenpaneelen wider. Als es schließlich ruhig geworden war, begrüßte LaVan die Geschworenen.

Dann sagte er: »Ms Castellano, Sie haben das Wort.«

Yuki erhob sich und ließ Ms Angela Walker in den Zeugenstand rufen.

Alle Blicke wandten sich zum Mittelgang, als eine Frau, die sogar in Yukis Augen ausgesprochen appetitlich aussah, mit lässigem Selbstbewusstsein in den Zeugenstand trat und vereidigt wurde.

50

»Ms Walker«, sagte Yuki zu ihrer ausgesprochen sehenswerten Zeugin, »kennen Sie die Angeklagte, Frau Dr. Candace Martin?«

»Ich habe sie nie persönlich kennengelernt. Aber natürlich weiß ich, wer sie ist.«

»Kannten Sie auch den Ehemann der Angeklagten, Dennis Martin?«

»Ja. Dennis und ich haben uns ein paar Jahre lang regelmäßig getroffen. Bis ungefähr einen Monat vor seinem Tod.«

Yuki schob sich die Haare hinter die Ohren und sagte: »Wenn Sie sagen, Sie und Dennis Martin hätten sich regelmäßig getroffen, meinen Sie damit, dass Sie eine sexuelle Beziehung hatten?«

»Ja. Wir haben zwei, drei Nächte pro Woche miteinander verbracht.«

»Und Sie haben gewusst, dass er verheiratet war?«

»Ja. Das habe ich gewusst. Aber er hat gesagt, dass seine Ehe nur noch auf dem Papier existiert. Dass er seine Frau nur wegen der Kinder nicht verlassen will.«

Was die Zeugin sagte und wie sie es sagte, gefiel Yuki. Ihre Stimme klang ruhig, glaubhaft und ehrlich.

»Ms Walker, würden Sie dem Gericht verraten, warum Ihre Beziehung mit Mr Martin geendet hat?«

»Er hat mir gestanden, dass er etwas mit einer anderen Frau hat und dass das etwas Ernstes sei. Er hat gesagt, dass er das Durcheinander seines Beziehungslebens einfach nicht mehr länger ertragen kann.«

»Haben Sie ihm geglaubt?«

»O ja. Er war ein Jagdhund. Ein Schwein. Eine Schlange. Ein Hai. Ein Stinktier. Ganz egal, welches Tier Sie nehmen wollen, das war Dennis.«

»Und wo waren Sie, als Dennis ermordet wurde?«

»In Sydney, Australien. So weit wie nur irgend möglich von ihm entfernt.«

»Ms Walker, haben Sie während Ihres Aufenthalts in Sydney bei den Martins angerufen?«

»Es ist mir furchtbar peinlich, aber ich gebe zu, ich habe Candace angerufen. Vielleicht habe ich dadurch dieses ganze Debakel überhaupt erst ausgelöst.«

»Tatsächlich. Könnten Sie uns das ein bisschen ausführlicher schildern?«

»Ich war am Boden zerstört. Ich wollte mich an Dennis rächen. Also habe ich Candace angerufen und ihr von meiner zweijährigen Affäre mit ihrem Mann erzählt. Und auch, dass er sich immer noch mit einer anderen Frau trifft.«

»Wussten Sie, wer diese andere Frau war?«

»Nein. Keine Ahnung.«

»Wie hat Candace Martin auf Ihren Anruf reagiert?«

»Sehr kalt. Sie hat gesagt: ›Sie haben recht. Er ist ein Tier. Man müsste ihn eigentlich erschießen. Vielleicht erledige ich das selbst.‹«

»Vielen Dank. Ihre Zeugin«, sagte Yuki und setzte sich.

51

Phil Hoffman erhob sich von seinem Platz. Er wirkte ausgeschlafen und souverän, eine Studie in grauen Nadelstreifen und seriöser Krawatte.

Yuki registrierte genau, wie die Geschworenen Phil ansahen. Wohlgesonnen. Freundlich.

»Ms Walker, Sie mögen Candace Martin nicht, stimmt's?«, eröffnete Hoffman seine Fragerunde.

»So kann man das nicht sagen. Wie gesagt, ich habe sie nie persönlich kennengelernt.«

»Nun, jedenfalls bringen Sie ihr ganz eindeutig keinerlei Respekt entgegen. Sie haben zwei Jahre lang mit ihrem Mann geschlafen, im vollen Bewusstsein, dass er ein Haus, zwei kleine Kinder und eine Frau hatte. Oder trifft das etwa nicht zu?«

»Euer Ehren, der Verteidiger versucht, der Zeugin etwas zu unterstellen.«

»Stattgegeben. Unterlassen Sie das, Mr Hoffman.«

»Tut mir leid, Euer Ehren.«

Hoffman klimperte mit den Münzen in seiner Hosentasche, wandte sich dann erneut der Zeugin zu und sagte: »Empfinden Sie so etwas wie Respekt für die Angeklagte?«

»Nein, eigentlich nicht.« Die Frau wand sich auf ihrem Sitz. Betastete vorsichtig ihre Frisur.

»Um genau zu sein«, fuhr Hoffman fort, »es ist Ihnen vollkommen gleichgültig, ob Candace am Leben ist oder nicht. Entschuldigung. Ich formuliere das als Frage. Ms Walker, macht es für Sie einen Unterschied, ob Candace Martin lebendig oder tot ist?«

»Nein, ich denke nicht.«

»Wäre es angemessen, zu behaupten, dass das Sprichwort: *Selbst die Hölle kennt keinen größeren Zorn als eine verschmähte Frau* genau auf Sie zutrifft?«

»Euer Ehren!«, sagte Yuki.

Hoffman lächelte. »Ich habe keine weiteren Fragen an die Zeugin.«

52

Yuki stand im MacBain's am Tresen, als Cindy zur Tür hereingeschwebt kam. Sie sah aus, als hätte sie plötzlich Flügel bekommen, so offensichtlich auf Wolke sieben vor Glück. Yuki umarmte ihre Freundin und sagte: »Ich hoffe, dass das ansteckend ist.«

»Das hoffe ich auch«, erwiderte Cindy.

Yuki grinste, klopfte auf den freien Hocker neben sich und sagte, nachdem Cindy sich daraufgesetzt hatte: »Los, erzähl schon. Ein Antrag auf Knien im Angesicht Gottes und all seiner Engel… Ich will jede Einzelheit hören.«

Cindy lachte, und Yuki beugte sich möglichst weit nach vorn, um ja nichts zu verpassen. Und Cindy ließ kein einziges Detail aus.

Yuki hatte Rich immer schon gemocht. Es war nicht leicht, einen Kerl zu finden, der aussah wie ein Filmstar und trotzdem nicht in sich selbst verliebt war. Yuki wusste, dass Rich alles andere als ein Narzisst war. Er war ein durch und durch liebevoller Mann, und zwar von der altmodisch, ritterlichen Sorte. Genau das Richtige für Cindy.

Und jetzt war auch Yuki mit einem Polizisten zusammen.

Einem verheirateten Polizisten.

»Hey, bis jetzt habe nur ich geredet«, sagte Cindy. »Das ist ja noch nie vorgekommen, glaube ich. Los, erzähl mir was, was ich noch nicht weiß.«

Yuki platzte heraus: »Ich bin mit Jackson Brady zusammen.«

»Nein. Bist du nicht! Soll das ein Witz sein?«, entgegnete Cindy.

Yuki sah sich um, nur für den Fall, dass Brady in die Kneipe gekommen war, ohne dass sie es mitbekommen hatte. Dann sagte sie: »Es stimmt, ich schwöre.«

»Ich fass es nicht.« Der Schock auf Cindys Gesicht verriet, wie sehr sie beeindruckt war. »Erzähl, und zwar alles. Dass du mir ja nichts auslässt.«

Yuki lachte und erzählte ihrer Freundin die ganze Geschichte: die Besprechungen mit Brady im Zusammenhang mit dem Fall Martin, ihr erstes Date im First Crush, einer coolen Weinstube mit Restaurant und dem perfekten Namen. Und auch das Essen am Freitagabend im Renegade ließ sie nicht aus. »Er hat mir ein paar Sachen über sich verraten, die ziemlich erhellend waren.«

»Hast du mit ihm geschlafen?«, wollte Cindy wissen.

»Warum interessieren sich bloß alle immer so für mein Sexleben?«

»Und? Hast du?«

»Nein. Nein, hab ich nicht. Aber ich hätte gerne.«

»Wann trefft ihr euch wieder?«

»Also… wenn ich mich recht erinnere, am Samstag«, erwiderte Yuki, begleitet von einem koketten Lächeln.

»Ha! Tja, ich habe das Gefühl, du kriegst noch eine Chance, ihn nackt zu sehen. O Gott, o Gott. Du musst mir alles erzählen, meine Süße. Auf jeden Fall!«

Der Kellner brachte ihre Drinks an einen kleinen Tisch am Fenster. Gleich darauf servierte er auch das Essen und sagte: »Vorsicht, bitte, die Teller sind heiß. Kann ich Ihnen vielleicht noch etwas zu trinken bringen?«

Yuki lehnte das zweite Bier ab, pflückte die Zwiebeln von ihrem Hamburger und schnitt ihn in zwei Hälften. »Ich finde Brady unglaublich attraktiv«, sagte sie.

»Wer nicht?«, entgegnete Cindy, zielte mit der Ketchupflasche auf ihre Pommes frites und klopfte gleichzeitig auf den Flaschenboden. »Er erinnert mich an Don Johnson in dieser alten Fernsehserie, *Miami Vice*. Tubbs. Nein, Crockett.«

»Da wäre nur ein Problem«, sagte Yuki.

»Nur eins?«

»Er ist verheiratet. Sagt Lindsay.«

»Moment mal. Er ist *verheiratet*? Und das hat er dir nicht erzählt?«

»Nein. Aber das kommt noch. Du weißt ja, womit ich mein Geld verdiene.«

»Pass bloß auf, Yuki. Hängst du erst mal am Haken, landest du ganz schnell in der Pfanne. Und die ist heiß.«

»Ich pass schon auf«, sagte Yuki. »Ganz bestimmt.« Nachdem sie den größten Teil ihres Burgers aufgegessen hatte, warf sie einen Blick auf ihre Armbanduhr. Gut möglich, dass Richter LaVan ziemlich ungnädig wurde, wenn sie sich verspätete. »Mist, ich muss los.«

»Ich übernehme die Rechnung«, sagte Cindy.

»Aber ich wollte doch dich einladen.«

»Nächstes Mal.«

Yuki tupfte sich mit einer Serviette die Lippen ab, gab Cindy einen Kuss auf die Wange und rieb mit dem Daumen über deren Verlobungsring, als ob er Aladins Wunderlampe wäre und sie sich etwas wünschen wollte. Dann verließ sie, begleitet von Cindys Gelächter, im Laufschritt das Lokal.

53

Yukis Zeuge wirkte etwas überrascht, plötzlich im Mittelpunkt der Aufmerksamkeit zu stehen, schien es aber zu genießen.

»Mr White, sind Sie der Inhaber eines Geschäfts in der Pierce Street mit dem Namen ›Oldies But Goodies‹?«, fragte sie ihn.

»Ja, das ist richtig. In der Pierce, ganz in der Nähe der Haight Street.«

»Was verkaufen Sie denn in Ihrem Geschäft so alles?«

»Ach, alles Mögliche. Musiktruhen. Instrumente. Vinyl-Schallplatten. Dieses und jenes.«

»Verkaufen Sie auch Schusswaffen?«

»Auch, aber nur selten.«

»Haben Sie im April letzten Jahres eine Smith and Wesson, Kaliber zweiundzwanzig, an Mr Dennis Martin verkauft?«

»Ja. Er hatte den nötigen Waffenschein. Ich habe ihn mit eigenen Augen gesehen, genau wie seinen Führerschein. Er war persönlich bei mir im Laden.«

»Euer Ehren«, wandte sich Yuki an den Richter. »Ich möchte diese Quittung, die den Kauf einer Pistole der Marke Smith and Wesson, Kaliber zweiundzwanzig, dokumentiert, als Beweismittel zu den Akten geben.«

Sie übergab dem Richter die Quittung, der gab sie an den Gerichtsschreiber weiter, und der zeigte sie Phil Hoffman.

»Irgendwelche Einwände, Mr Hoffman?«, erkundigte sich LaVan.

»Nein.«

»Hiermit wird Anlage dreißig der Anklagevertretung als Beweismittel zugelassen«, sagte LaVan.

Yuki fuhr mit der Befragung fort. »Mr White, wann haben Sie die Polizei verständigt?«

»Letzte Woche. Nachdem ich in der Zeitung einen Artikel über diesen Prozess gelesen habe. Ich habe Mr Martin auf einem Foto erkannt.«

»Danke, Sir«, sagte Yuki und wandte sich an die Verteidigung. »Ihr Zeuge.«

Hoffman erhob sich, kam zum Zeugenstand und begrüßte den Zeugen.

»Mr White, Sie wissen sicherlich, dass die Seriennummer der Pistole, die Sie an Mr Martin verkauft haben, nicht auf der Quittung vermerkt ist. Haben Sie die gesetzlich vorgeschriebene Übertragung der Registrierung vorgenommen?«

»Ich bin kein Waffenhändler. Ich handle mit Antiquitäten. Diese Pistole war in einer Kiste, die ich letztes Jahr bei einer Auktion erstanden habe.«

»Dann haben Sie sich also nicht an das Gesetz gehalten?«

»Wie gesagt, ich habe diese Kiste für dreißig Dollar gekauft. Da habe ich nicht einmal gewusst, dass da eine Pistole drin war. Ich bin kein Waffenhändler. Ich arbeite alleine in meinem Laden. Der Mann kommt rein und entdeckt die Pistole in der Kiste. Er hat auch noch einen Füllfederhalter gekauft. Und ein Buch über Elektrizität aus den Zwanzigerjahren des letzten Jahrhunderts. Solche Sachen sind Liebhaberstücke. Ich habe ihm eine Quittung ausgestellt. Ich habe nicht einmal gewusst, dass ich irgendetwas melden muss. Hören Sie, ich habe mir ja sogar seinen Waffenschein angesehen. Ich glaube kaum, dass es viele Leute in meiner Branche gibt, die das gemacht hätten.«

Stephen White warf Yuki einen Blick zu, als wollte er sagen: »Habe ich mich etwa gerade in Schwierigkeiten gebracht?«

Hoffman setzte sein Kreuzverhör fort.

»Also, damit wir uns richtig verstehen, Sie haben die Seriennummer der Pistole, die Sie an Mr Martin verkauft haben, nicht auf der Quittung notiert. Haben Sie die Seriennummer vielleicht sonst irgendwo aufbewahrt?«

»Das ist sehr unwahrscheinlich.«

»Das heißt, es lässt sich unmöglich feststellen, ob die Pistole, die Sie an Dennis Martin verkauft haben, auch die Tatwaffe war. Habe ich recht?«

»Das habe ich ja auch nie behauptet.«

»Das ist alles, Mr White. Danke.«

Der Richter legte die gefalteten Hände vor sich auf den Tisch. »Wollen Sie den Zeugen erneut vernehmen, Ms Castellano?«

»Ja, Euer Ehren.«

Yuki schlug den Ordner, den sie vor sich auf dem Tisch liegen hatte, auf, holte ein Foto heraus und trat auf den Zeugen zu. Sie hatte gehofft, dass es genau so laufen würde.

»Mr White, dies hier ist ein Foto der Tatwaffe, einer Smith and Wesson, Kaliber zweiundzwanzig. Haben Sie Mr Martin so eine Pistole verkauft?«

»Ja.«

»Wie viele solcher Pistolen haben Sie im April letzten Jahres verkauft?«

»Nur die eine.«

»Wie viele Smith and Wesson, Kaliber zweiundzwanzig, haben Sie im ganzen letzten Jahr verkauft?«

»Nur die eine.«

»An Mr Dennis Martin?«

»Ja, genau, wie ich gesagt habe. Ich habe seinen Namen auf die Quittung geschrieben.«

»Danke, Mr White. Ich bin fertig, Euer Ehren.«

Während sie an ihren Platz zurückkehrte, bemühte sich

Yuki um einen neutralen Gesichtsausdruck, aber innerlich führte sie Freudentänze auf.

White war ein sehr glaubwürdiger Zeuge. Er hatte Dennis Martins Waffenschein und Führerschein überprüft und den Mann auf dem Foto eindeutig identifiziert. Und er hatte ihm eine Pistole verkauft.

Das war kein Beweis, aber eine Aussage von erdrückendem Gewicht.

Yuki wartete, bis Stephen White den Zeugenstand verlassen hatte, dann rief sie ihre nächste Zeugin auf.

54

Ich stand an der Rückwand des vollbesetzten Gerichtssaals und sah zu, wie Yuki Sharon Carothers befragte, eine höherrangige Kriminaltechnikerin. Sie war diejenige, die keine halbe Stunde nach den tödlichen Schüssen auf Dennis Martin Candace Martins Hände nach Schmauchspuren untersucht hatte.

Ich kannte Carothers schon seit vier Jahren und hatte bei rund einem Dutzend Fälle mit ihr zusammengearbeitet, und nie hatte sie auch nur einen einzigen Fehler gemacht. Sie hielt sich strikt an die Vorschriften, war aber durchaus in der Lage, sie von Fall zu Fall etwas freier zu interpretieren, ohne gleich dagegen zu verstoßen.

»Ms Carothers, waren Sie für die kriminaltechnischen Ermittlungen im Mordfall Dennis Martin zuständig?«

»Ja, das war ich.«

»Haben Sie am 14. September letzten Jahres gegen 18.45 Uhr Frau Dr. Martins Hände nach Schmauchspuren untersucht?«

»Ja. Und die Untersuchung hat ein positives Testergebnis erbracht.«

In diesem Augenblick wurde eine Frau, die dicht an der Wand saß, von einem Hustenanfall geschüttelt, der einfach nicht enden wollte. Yuki wartete, bis das letzte Röcheln verstummt war, dann fuhr sie fort. »Ms Carothers, haben Sie die Angeklagte gefragt, ob sie mit der Pistole geschossen hat, die am Tatort gefunden wurde?«

»Ja. Und sie hat meine Frage bejaht.«

»Wie hat sie diese Schüsse erklärt?«

»Sie hat mir, bevor ich ihre Hände untersucht habe, eine Erklärung gegeben, und danach eine andere, etwas detailliertere.«

»Sie hat Ihnen zwei Erklärungen gegeben?«, fragte Yuki, drehte sich um und warf Candace Martin einem Blick zu. Wäre dieser Blick eine Pistole gewesen, er hätte *peng* gemacht.

Ich war hin und her gerissen. Einerseits wünschte ich Yuki, dass sie Erfolg hatte, andererseits aber empfand ich Mitleid für und Angst um Candace Martin. Viele Menschen, die ich kannte und vor denen ich großen Respekt hatte, hätten ihre berufliche Laufbahn darauf verwettet, dass Candace Martin ihren Mann umgebracht hatte. Konnten sie wirklich alle im Unrecht sein?

Warum sagte mir mein Gefühl, dass sie unschuldig war?

Yuki sagte zu ihrer Zeugin: »Bitte geben Sie einmal wieder, wie diese beiden Erklärungen gelautet haben.«

Carothers wandte sich ohne jede Nervosität an die Geschworenen. »Bevor ich ihre Hände nach Schmauchspuren untersucht habe, hat Frau Dr. Martin mir erzählt, dass ein Eindringling auf ihren Mann geschossen habe. Nach dem Test hat sie diese Version noch einmal wiederholt, hat aber hinzugefügt, dass der Eindringling die Waffe fallen lassen habe, als sie den Namen ihres Mannes gerufen hat. Sie hat gesagt, dass sie die Pistole genommen habe und dem Eindringling nachgelaufen sei. Und dass sie Schüsse in Richtung Straße abgefeuert habe, um ihn zu vertreiben.«

Still und leise verließ ich den Gerichtssaal. Ich war mit Avis Richardson und ihrem Baby immer noch keinen Schritt weiter, und Brady hatte mir unmissverständlich klargemacht, dass der Fall Candace Martin abgeschlossen war.

Was er nicht wusste, war, dass ich mir am Abend zuvor die gesamte Akte durchgesehen hatte. Ich hatte sämtliche Eintragungen von Paul Chi gelesen und dabei einen Hinweis entdeckt, dem ich nachgehen wollte. Dem ich nachgehen *musste,* um Candace Martins Stimme in meinem Kopf zum Schweigen zu bringen, die Stimme, die immer wieder sagte: »Ich habe ihn nicht umgebracht, Sergeant. Bitte, helfen Sie mir. Es geht um mein Leben.«

55

Ich hatte in Chis Notizen einen Klavierlehrer entdeckt, der zwei Mal pro Woche ins Haus kam, wo er Caitlin und Duncan Martin unterrichtete. Sein Name lautete Bernard St. John.

Chi hatte Mr St. John im Laufe der Ermittlungen befragt und dabei notiert, dass St. John keinen Verdacht hatte, wer der Killer sein könnte. Er hatte vielmehr ausdrücklich betont, dass er sich nicht vorstellen konnte, dass Candace Martin ihren Ehemann erschossen hatte.

Chi hatte St. John nur dieses eine Mal befragt, aber der Klavierlehrer war so fest von Candace Martins Unschuld überzeugt gewesen, dass ich von ihm persönlich hören wollte, wie und weshalb er zu dieser Überzeugung gelangt war.

Bernard St. John bewohnte eine Mietwohnung in einem viktorianischen Haus in einer ruhigen Wohngegend in der Octavia Street 2400. Ich hatte meinen Besuch angekündigt und klingelte im Erdgeschoss. Daraufhin betätigte er bereitwillig den Summer für die Haustür.

Ich musterte St. John, der mich im Türrahmen seiner Wohnung erwartete, gründlich.

Er war Anfang vierzig, etwa einen Meter zweiundsiebzig groß, mit schmalem Körperbau und Igelhaaren. Ich folgte ihm in sein Apartment und stellte fest, dass er eine Vorliebe für eine gewisse Dramatik haben musste. Der Salon besaß goldfarbene Wände und rote Vorhänge. Überall auf dem Fußboden lagen künstliche Zebrafelle aus, und im Erker stand ein sehr schöner Steinway-Flügel.

St. John bot mir einen Stuhl an und ließ sich dann auf ein mit Fransen verziertes Sitzkissen sinken. Er teilte mir mit, dass er sich über meinen Anruf sehr gefreut hatte.

»Aber was ich nicht verstehe, ist, wieso die Polizei erst jetzt zu mir kommt«, sagte er. »Für meine Zeugenaussage hat sich jedenfalls niemand interessiert.«

»Am Tag des Mordes waren Sie nicht bei den Martins, richtig?«

»Das stimmt. Also habe ich auch keine Pistole gesehen. Keine Drohungen gehört«, meinte er und zuckte mit den Achseln.

»Sie haben ja am Telefon bereits angedeutet, dass Sie über bestimmte Dinge informiert waren, die sich bei den Martins abgespielt haben und die Sie für relevant halten.«

»Nun ja, Sergeant, es gibt da ein paar Gedanken und Beobachtungen, das stimmt. Angefangen damit, dass Candace vor einigen Jahren Brustkrebs hatte.«

St. John brauchte keine Extraeinladung, um mir über die letzten beiden Jahre seines Engagements bei den Martins zu berichten, begleitet von allerhand kleinkarierten Nörgeleien sowie Klatsch und Tratsch. Aber die Tatsache, dass er eine Tratschtante war, machte ihn nicht automatisch zu einem schlechten Zeugen.

Ganz im Gegenteil.

»Während der Chemotherapie war Candace zickig zu allen«, sagte er. »Ganz besonders zu Ellen.«

»Ellen Lafferty. Das Kindermädchen.«

»Ganz genau«, bestätigte St. John. »Ich weiß nicht, wann es angefangen hat, aber jedenfalls hat Ellen mir vor über einem Jahr anvertraut, dass sie eine Affäre mit Dennis hat.«

»Warum haben Sie der Polizei nichts davon gesagt?«

»Ich dachte, das ist nicht wichtig. Oder?«

»Ich weiß nicht genau. Aber was mich interessiert … Warum

haben Sie gegenüber Inspektor Chi ausgesagt, dass Sie Candace nicht zutrauen, ihren Mann erschossen zu haben.«

»Sie ist Ärztin. ›Primum non nocere‹, so heißt es doch im Hippokratischen Eid. ›Die erste Pflicht ist, niemandem zu schaden.‹ Aber wenn Dennis ermordet worden wäre, hätte das allen im Haus geschadet. Und so war es dann ja auch.«

Ich klappte mein Notizbuch zu und bedankte mich bei St. John. Auf dem Weg nach draußen dachte ich an Phil Hoffman, der mir gesagt hatte, dass das, was er über Ellen Lafferty wusste, dafür sorgen konnte, dass die Anklage gegen Candace Martin fallen gelassen wurde.

Candace hatte den Verdacht geäußert, dass ihr Mann mit Ellen Lafferty geschlafen hatte, und jetzt war dieser Verdacht durch Bernard St. John bestätigt worden.

War in Ellen Lafferty die Eifersucht aufgeflammt, so wie Candace es vermutete? War sie der sogenannte Eindringling gewesen, der Dennis Martin ermordet hatte?

56

Vermutlich war Paul Chi immer noch stinkwütend auf mich, weil ich die hieb- und stichfeste Mordanklage gegen Candace Martin in Zweifel zog. Und wenn er jetzt noch nicht auf hundertachtzig war, dann spätestens, wenn ich ihm gestanden hatte, dass ich immer noch in seinem Fall herumwühlte, dass ich immer noch nicht bereit war, die Dinge auf sich beruhen zu lassen.

Gegen 17.00 Uhr brachte ich ihm einen Café Latte und setzte mich ihm gegenüber an seinen sehr aufgeräumten Schreibtisch im Bereitschaftsraum.

Chi sah mich mit absolut ausdrucksloser Miene an. »Hast du immer noch vor, meinen abgeschlossenen Fall noch einmal aufzurollen?«

Ich nickte. »Die Sache lässt mir einfach keine Ruhe. Ich muss das unbedingt loswerden. Wenn du an meiner Stelle wärst, du würdest genau das Gleiche machen.«

»Du bist der Boss.«

»Erinnerst du dich an Bernard St. John?«, fragte ich ihn.

»Den Klavierlehrer. Wie könnte ich den vergessen?«

»Ich war gerade bei ihm.«

»Ich bin nicht sauer, Lindsay, wirklich nicht. Ich versuche bloß, dich zu verstehen. Wir bearbeiten im Jahr ungefähr fünfzig Tötungsdelikte, und davon klären wir die Hälfte auf, in einem guten Jahr, wohlgemerkt. So, und dann haben wir hier einen Fall, der tatsächlich abgeschlossen ist. Warum lässt ausgerechnet der dich nicht wieder los?«

»Kann ich nicht erklären.«

»Du bringst mich, McNeill, Brady, das gesamte San Francisco Police Department und die Staatsanwaltschaft in Misskredit und kannst es nicht erklären? Glaubst du eigentlich, wir machen uns mit diesem Theater neue Freunde bei der Staatsanwaltschaft?«

»Ich habe keine Wahl, Paul, ich muss das machen. Wenn Candace Martin schuldig ist, dann werde ich mit meiner Herumstöberei nichts daran ändern.«

»Aber du glaubst nicht, dass sie schuldig ist, stimmt's?«

»Ich weiß es nicht.«

Chi grinste. Ein Ereignis, das nur alle Jubeljahre einmal zu bewundern war.

»Was gibt's denn da zu lachen?«, wollte ich wissen.

»Genau das mag ich an dir, Lindsay. Du gibst nie auf. Aber du solltest wissen, dass Brady keinen Sinn für Humor hat.«

»Mit ihm beschäftige ich mich, sobald es nötig ist.«

Chi zuckte mit den Schultern und sagte: »Also, was hat Bernard St. John dir erzählt?«

»Dass Dennis Martin mit Ellen Lafferty geschlafen hat. Ellen hat sich ihm anvertraut.«

»Oha. Na, bitte, da hast du dein Motiv, Sergeant. Noch ein Punkt, der gegen Candace Martin spricht. Sie ist dahintergekommen, dass ihr Mann mit dem Kindermädchen ins Bett geht, und hat ihn erschossen. Das Motiv ist so alt wie die Menschheit.«

»Aber … was, wenn es genau andersherum war?«

»Du meinst, dass Ellen *Lafferty* geschossen hat?«

»So verrückt ist das gar nicht, Paul. Ich würde gerne mehr über diesen Auftragskiller erfahren. Diesen Gregor Guzman.«

Chi schüttelte nur den Kopf und seufzte.

»Diese Hartnäckigkeit passt zu dir, Lindsay. Also gut, was willst du wissen?«

»Ganz einfach alles, was du hast.«

57

Während Chis Finger über die Computertastatur huschten, sagte er: »Insgesamt gehen wir davon aus, dass Guzman elf Auftragsmorde begangen hat – zumindest haben wir elf ungelöste Fälle mit seinem Tatmuster in den Akten.«

Ich rutschte so dicht an Chis Schreibtisch heran, dass ich mein Spiegelbild im Monitor sehen konnte.

»Ein sehr elegantes Tatmuster«, sagte Chi gerade. »Zunächst einmal ist er sehr vorsichtig. Er wird nie gesehen und hinterlässt keine Spuren. Zweitens: Er benutzt immer eine Zweiundzwanziger und tötet seine Opfer mit einem Kopfschuss. Danach folgt noch eine zweite Kugel praktisch an die gleiche Stelle. Sozusagen als Versicherung, würde ich sagen. Er ist ein verdammt guter Schütze.«

»Dennis Martin hat zwei Kugeln in die *Brust* bekommen.«

»Das ist richtig.«

Chi drückte ein paar Tasten und holte einige Fotos auf den Bildschirm, die den schwer greifbaren Auftragskiller zeigten. Das erste Bild war eine grobkörnige Schwarz-Weiß-Aufnahme, ein Standbild aus einem Überwachungsvideo. Es zeigte einen Mann beim Verlassen des Circus Circus, eines bekannten Spielcasinos in Vegas.

Das zweite Foto zeigte einen Mann mit schütterem Haar in einem Auto. Es stammte aus einer Überwachungskamera an einer Mautstelle am Stadtrand von Bogotá.

Auf dem dritten Foto war höchstwahrscheinlich derselbe Mann in einem dunklen Anzug zu sehen. Er stand neben einer

Reklametafel und beobachtete die Menschenmenge vor einem öffentlichen Gebäude. Die Bildunterschrift lautete: »Lincoln Center, New York«.

Das letzte Bild war ein Volltreffer. Es war nachts und mit einem starken Teleobjektiv durch das Beifahrerfenster eines dunklen Geländewagens aufgenommen worden. Der Datumsstempel zeigte den ersten September des letzten Jahres an. Auf dem Beifahrersitz war Candace Martin im Profil zu erkennen, auch wenn ihre Haare einen Teil ihres Gesichts verdeckten.

Auf dem Fahrersitz saß ein Mann mit schütterem Haar. Er hatte sich ihr zugewandt. Seine Gesichtszüge waren schwer auszumachen, da der Innenraum des Wagens im Schatten lag.

Es war schwer zu sagen, ob der Mann tatsächlich Gregor Guzman war, ja, ich war mir nicht einmal sicher, ob es sich bei der Frau auf dem Beifahrersitz um Candace Martin handelte.

»Wie sicher bist du, dass das da Guzman ist?«, wollte ich von Chi wissen.

»Wir müssen im Prinzip bei jedem Bild von Guzman raten. Es gibt kein einziges offizielles Foto, das wir zum Vergleich heranziehen könnten, aber unsere Gesichtserkennungssoftware hat dreiundachtzig Prozent Übereinstimmung zwischen diesen vier Fotos ausgemacht.«

»Paul, wenn dein Fall sich allein auf dieses Foto stützen würde, Candace Martin würde niemals schuldig gesprochen werden.«

»Die Staatsanwaltschaft wollte es verwenden. Es beweist, dass sie die Tat geplant hat. – Ich muss dir was gestehen, Lindsay.«

»Ich bin ganz Ohr, Paul. Keine Hemmungen.«

»Abgesehen von dieser ziemlich miesen Aufnahme mit Candace Martin ist Gregor Guzman in den letzten drei Jahren kein einziges Mal irgendwo gesichtet worden. Wer weiß, ob er überhaupt noch am Leben ist?«

58

Es war kurz vor sechs Uhr abends. Cindy stand an der Kreuzung von Turk Street und Jones Street, einer zugigen Ecke im Tenderloin District, sicherlich eine der ungemütlichsten Gegenden von San Francisco.

Ein leichter Nieselregen setzte ein. Die Obdachlosen zogen sich die Kapuzen über den Kopf und krochen, über ihre Einkaufswagen gebeugt, unter den Dachvorsprung eines Stundenhotels mit dem schönen Namen *Ethel* oder des *Aunt Vicky's*, der berühmt-berüchtigten Schwulenkneipe gleich nebenan.

Cindy knöpfte ihren Mantel zu, schlug den Kragen hoch und starrte hinüber auf die andere Straßenseite, zur Nordwestecke der Kreuzung, wo ein Taxiunternehmen seine Büroräume hatte. In den beiden großen Fenstern im Erdgeschoss hing jeweils ein flackerndes Neonschild. Auf dem einen stand QUICK EXPRESS TAXI, auf dem anderen WIR BIETEN FIRMENVERTRÄGE. Das ganze Ambiente wirkte jedoch so wenig einladend, dass Cindy sich fragte, was das für Firmen sein mussten, die so ein Angebot überhaupt in Betracht ziehen würden.

Rich hatte ihr als Treffpunkt ein nur wenige Häuser entferntes Café genannt, aber Cindy hielt es nicht länger aus. Sie rief Richs Nummer an, hinterließ eine Nachricht auf seiner Mailbox und überquerte bei Rot die Turk Street.

Auf dem Weg zu Quick Express sah sie auch die Einfahrt des Taxiunternehmens an der Turk Street – eine höhlenartige

Öffnung mit einer Rampe, die hinunter in die Tiefgarage führte. Am Straßenrand parkten mehrere gelbe Taxis in Reih und Glied. Männer standen auf dem Bürgersteig, rauchten und tranken ab und zu einen Schluck aus Flaschen, die in braunen Papiertüten verborgen waren.

Cindy stellte sich vor das Fenster und sah die Funkzentrale vor sich, einen Raum, der an den Ticketschalter eines Kinos erinnerte, nur größer. Sie klopfte an die Scheibe.

Der Mann in der Funkzentrale war durchschnittlich groß, Mitte vierzig, hatte dunkle Haare und ein blasses Vollmondgesicht. Er trug ein zerknittertes, kariertes Hemd und eine Kakihose. Mit fahrigen Bewegungen bediente er mehrere Telefone und blaffte gleichzeitig alle möglichen Anweisungen in ein Funkmikrofon.

Cindy musste laut sprechen, um die eingehenden Funksprüche zu übertönen.

»Ich heiße Cindy Thomas«, sagte sie in das Drahtgitter. »Sind Sie der Eigentümer?«

»Nein, ich bin Geschäftsführer und gleichzeitig Disponent. Al Wysocki mein Name. Was kann ich für Sie tun?«

»Ich bin Journalistin und arbeite für die *Chronicle*.« Sie wühlte ihren Presseausweis aus der Handtasche und legte ihn an das Fenster.

»Worum geht es denn?«

»Es könnte sein, dass einer Ihrer Fahrer jemandem das Leben gerettet hat. Wir haben einen entsprechenden Anruf bekommen, aber der Anrufer weiß nur noch, dass es sich um einen Minivan gehandelt hat«, log Cindy.

»Hat man Ihnen auch einen Namen genannt?«

»Nein.«

»Und wie sieht der Fahrer aus?«

»Der Anrufer kann sich nur noch daran erinnern, dass auf dem Heck des Autos eine Filmwerbung war.«

»Ach, Gott. Eine Filmwerbung«, sagte Wysocki. »Hören Sie. Wir haben sechs Vans in unserer Flotte. Drei sind zurzeit da. Drei sind unterwegs. Aber keiner unserer Fahrer hat einen festen Wagen. Wer eine Schicht anfängt, nimmt das, was gerade da ist.«

»Kann ich vielleicht trotzdem mal nachsehen? Es dauert bestimmt nicht lange.«

»Tun Sie sich keinen Zwang an.«

Wysocki erklärte Cindy, dass die Tiefgarage drei Ebenen hatte, das Erdgeschoss, in dem sie sich jetzt befand, und zwei unterirdische Geschosse. Zwei der Vans standen im ersten Untergeschoss, der dritte im zweiten.

Cindy bedankte sich und machte sich an die Besichtigung der parkenden Taxis. Nach zwanzig Minuten in dem dunklen, öligen, nach Abgasen stinkenden, unterirdischen Parkhaus hatte sie sich alle drei Minivans angesehen. Aber bei keinem klebte eine Filmwerbung am Heck.

Sie ging über die Treppe wieder nach oben, gab dem Disponenten ihre Karte und nahm sich eine von seinen.

»Kann ich Sie vielleicht noch einmal anrufen?«

»Jederzeit«, erwiderte Wysocki, griff nach seinem Mikrofon und bellte einem Taxifahrer eine Adresse zu.

Cindy trat auf die Turk Street hinaus und entdeckte Rich an der Straßenecke.

»Wir wollten uns doch im Café treffen«, sagte er.

»Tut mir leid, Rich. Ich war ein bisschen zu früh da und wollte schnell noch einen Hinweis abklären. Schätzchen, das ist ganz normale Fleißarbeit. Und das da ist nichts weiter als ein Taxiunternehmen.«

»Ein Taxiunternehmen, genau. Und du hast den Verdacht, dass ein Taxifahrer mehrere Frauen mit Drogen außer Gefecht gesetzt und vergewaltigt hat.«

»Jedenfalls war es keines von den Taxis, die hier sind.«

»Du riskierst eine ganze Menge für deine Artikel, Cindy, und das gefällt mir überhaupt nicht«, sagte Rich und hielt ihr die Beifahrertür auf. »Hier treiben sich überall zwielichtige Gestalten herum. Ich bringe dich jetzt nach Hause. Und anschließend muss ich mich mit Lindsay treffen.«

Cindy sah ihren Verlobten an, stellte sich auf die Zehenspitzen und küsste ihn. »Du nimmst deine Beschützerrolle viel zu ernst, finde ich. Aber das Seltsame daran ist: Irgendwie gefällt mir das.«

59

Conklin und ich waren wieder einmal bei den Richardsons in ihrer kostspieligen Suite im Mark Hopkins mit dem Milliarden-Dollar-Blick auf Nob Hill und den Union Square. Mit eingeschlossen waren die Transamerica Pyramid und die Wolkenkratzer des Finanzdistrikts, die San Francisco Bay sowie der westliche Teil der Bay Bridge, der sich nach Treasure Island hinüberspannte.

Ich habe mein ganzes Leben in San Francisco verbracht und die Stadt trotzdem nur äußerst selten von einem solchen Aussichtspunkt zu Gesicht bekommen.

Ich starrte auf die vielen Lichter hinab, während Conklin den Richardsons erklärte, dass wir eine Stunde lang mit Avis ungestört bleiben mussten. Es sei einfacher für Avis, wenn wir hier mit ihr sprachen, anstatt sie auf die Wache zu bestellen. Und er sagte auch, dass ein Gespräch ohne die Anwesenheit der Eltern die Wahrheit möglicherweise eher ans Licht brachte, als wenn sie die ganze Zeit dabei waren.

Sonja Richardson meinte: »Ich glaube nicht, dass es noch irgendetwas gibt, was sie für sich behalten hat«, aber sie und ihr Mann waren damit einverstanden, dass wir alleine mit ihrer Tochter sprechen konnten.

Jetzt saßen die Eltern bei einem Abendessen oben im Top of the Mark, während Avis in der kleinen Einbauküche stand und mich über die Schulter hinweg mit grimmiger Miene anstarrte.

»Wie oft soll ich's eigentlich noch sagen?«, knurrte sie.

Dann zog sie den Kühlschrank auf, holte eine Schale mit einem Dip heraus und durchsuchte den Küchenschrank, bis sie eine Tüte mit Chips gefunden hatte. »Ich habe Ihnen alles gesagt, was ich weiß.«

»Avis, komm her und setz dich«, sagte Conklin.

Sein Tonfall schien sie zu verblüffen, aber das war noch harmlos gegen die Bilder, die mir im Kopf herumgingen. Ich hätte sie am liebsten am Schlafittchen gepackt und gegen die Wand gedonnert.

Avis brauchte noch eine trotzige Minute, um ihren Naschkram und eine Flasche Limonade ins Wohnzimmer zu schleppen, wo sie die ganzen Sachen auf dem Couchtisch ausbreitete.

»Erzähl uns doch mal was über deinen Englischlehrer«, sagte ich.

»Mr Ritter?«

»Hast du mehr als einen Englischlehrer?«

»Mr Ritter ist okay. Nicht gerade mein Lieblingslehrer, aber in Englisch habe ich gute Noten. Ich kann ziemlich gut schreiben.«

»Ist Jordan Ritter der Vater deines Babys?«

»Wie beknackt ist *das* denn? Ich kenne ihn doch kaum.«

Ich saß auf einem Sessel, auf Augenhöhe mit ihr, die Hände gefaltet und die Ellbogen auf den Knien. Ich beugte mich über den Couchtisch zu ihr hinüber und sagte: »Hältst du mich eigentlich für bescheuert?«

»Was?«

»Ich habe gesagt: Hältst du mich eigentlich für bescheuert?«

»Was spielt das eigentlich für eine Rolle, wer der Vater ist?«

Ich sagte: »So, mir reicht's jetzt. Avis, steh auf. Inspektor Conklin, Sie legen ihr Handschellen an. Avis Richardson, ich nehme dich hiermit fest wegen Verschwörung, Behinderung der Justiz und mutwilliger Gefährdung eines Neugeborenen. Und falls wir seine Leiche finden, wird daraus eine Mordanklage.«

»Oh mein Gott, was machen Sie denn da?«, sagte sie, als die Handschellen um ihre Handgelenke zuschnappten. »Mein Baby ist nicht tot. Er *ist nicht tot*!«

»Das kannst du uns alles auf der Polizeiwache erzählen. Los, vorwärts«, sagte ich.

»Hier. Ich sage es Ihnen *hier*.«

Ich nickte Rich zu, und er nahm ihr die Handschellen ab. Avis warf sich auf das Sofa, und dann erzählte sie uns eine Version der Geschichte, die ich noch nicht kannte. Aber ob es die Wahrheit war?

Jedenfalls nahm die ganze Angelegenheit jetzt eine sehr merkwürdige Wendung.

60

»Wenn du noch ein einziges Mal versuchst, mich anzuschwindeln«, sagte ich zu Avis Richardson, »jede Form der Lüge, jede Halbwahrheit, jede noch so winzige Übertreibung, ich kriege es raus. Und wenn das passiert, dann wanderst du ins Gefängnis.«

»Ich sage Ihnen die Wahrheit«, erwiderte sie. »Ich sage Ihnen alles, was Sie wissen wollen. Ich halte es einfach nicht mehr aus.«

»Fang an«, kommandierte ich.

»Sie haben recht. Jordan ist der Vater meines Babys. Er hat tolle Gene.«

Tolle Gene? Dieses Mädchen war völlig verblendet. Ich hatte Angst, dass ich sie mit einem Schwall von Beschimpfungen überziehen würde, wenn ich jetzt den Mund aufmachte. Also fuhr ich mir durch die Haare und sammelte mich kurz, um meine Wut wieder in den Griff zu bekommen. Ich wusste gar nicht mehr, wann ich zum letzten Mal so aufgebracht gewesen war, aber ich wollte nicht, dass das Mädchen die Wut in meinen Augen sah und aufhörte zu reden. Jetzt war der Zeitpunkt gekommen, wo Conklin seine Zauberkräfte entfalten musste.

Er sagte: »Ist der Kleine noch am Leben, Avis? Weißt du, wo er ist?«

»Er lebt. Aber ich weiß nicht, wo.«

»Also gut, Avis. Mal sehen, ob wir das gemeinsam rauskriegen können.«

Sie fuhr fort. »Vieles von dem, was ich schon gesagt habe,

stimmt. Ich habe die Schwangerschaft geheim gehalten. In den ersten fünf Monaten habe ich es nicht einmal Jordan erzählt. Danach schon, aber da ist er richtig eklig geworden. ›Woher soll ich überhaupt wissen, ob es von mir ist?‹«

»Männer können richtige Idioten sein«, sagte Conklin.

Avis nickte. »Dann habe ich bei Prattslist nachgesehen und diese Anzeige entdeckt.«

»Da war aber keine Anzeige«, warf ich ein.

»Es stand was anderes drin als das, was ich Ihnen erzählt habe«, sagte Avis. »Und es ist auch erst drei Wochen her. Ich habe mit diesen beiden Frauen Kontakt aufgenommen. Ein Paar. Sie wollten ein Baby haben und haben mir fünfundzwanzigtausend Dollar dafür geboten.«

»Die Namen?«, sagte ich.

»Toni und Sandy.«

»Das ist alles?«, sagte ich.

»Du hast also mit zwei Frauen Kontakt aufgenommen«, sagte Conklin zu der jugendlichen Verrückten auf der Couch.

Ich warf einen Blick zur Tür. Mit etwas Glück verriet sie uns alles, was wir wissen mussten, bevor ihre Eltern wiederkamen. Im Augenblick sah es so aus, als würde Jordan Ritter im Gefängnis landen. Und Avis Richardson in einer Jugendstrafanstalt. Und was wir jetzt am allerwenigsten gebrauchen konnten, war ein überteuerter Anwalt, der nichts Besseres zu tun hatte, als uns in die Suppe zu spucken.

»Sie haben auf mich gewartet, eine Querstraße von der Schule entfernt, aber … aber es stimmt nicht, dass sie mir Drogen gegeben haben oder so was. Sie haben gesagt, dass sie alles vorbereitet haben, damit ich das Kind ganz friedlich auf die Welt bringen kann. Und dann bin ich auf dem Rücksitz eingeschlafen.«

»Und nach dem Aufwachen, hast du da gewusst, wo du bist?«, wollte Conklin wissen.

»Nein, überhaupt nicht. Es war dunkel. Und es war einsam. Ich hatte Wehen. Ich habe mich ins Bett gelegt und sechs Stunden lang geschrien wie am Spieß. Ich habe das Baby auf die Welt gebracht, und danach habe ich ihn im Arm gehalten. Er war das Schönste, was ich überhaupt jemals gesehen habe. Dann habe ich ihn Toni und Sandy gegeben. Sie waren sehr nett und wollten ihn wirklich gerne haben.«

Bei mir brannte eine Sicherung durch. Machte dieses Mädchen sich eigentlich überhaupt keine Sorgen um seinen Sohn? Nein.

Ich brüllte sie an: »Und das war das letzte Mal, dass du dein Baby gesehen hast? Mehr hast du uns nicht zu sagen? Ist an dieser ganzen Geschichte eigentlich ein Wort wahr? Wenn du tatsächlich bei diesen zwei netten Frauen dein Kind entbunden hast, warum hat man dich dann blutend irgendwo beim See gefunden?«

»Das war ganz allein meine Schuld«, sagte Avis Richardson.

61

Halleluja! Das Mädchen war endlich bereit, so etwas wie Verantwortung zu übernehmen. Wenn sie uns jetzt noch etwas verriet, was uns zu ihrem Baby führte, dann konnte ich ihr unter Umständen sogar verzeihen, dass sie uns die ganze letzte Woche beinahe in den Wahnsinn getrieben hatte.

Also, wie sieht's aus, Avis? Gibst du uns noch eine Chance?

Ich ging zum Kühlschrank in der kleinen Küchenzeile, holte eine Flasche Mineralwasser heraus und schenkte drei Gläser voll, ohne Eis.

»Toni hat gesagt, dass sie und Sandy bei mir bleiben wollen, bis es mir besser geht«, erzählte Avis. »Anschließend wollten sie dann das Baby zu sich nach Hause nehmen.«

»Haben sie gesagt, wo dieses Zuhause ist?«, hakte Conklin nach.

Avis schüttelte den Kopf.

Ich war immer noch dabei, Avis' neue Geschichte mit ihrer bisherigen Version zu vergleichen, aber viele Übereinstimmungen ließen sich nicht entdecken. Der Mann mit dem französischen Akzent war im Papierkorb gelandet. Die Entführung war Schnee von gestern. Der Vater des Babys war ihr Englischlehrer. Avis hatte auf eine Anzeige von zwei *Frauen* reagiert, und jetzt behauptete sie auch noch, dass sie ihr Baby *freiwillig* weggegeben hatte.

War sie überhaupt in der Lage, die Wahrheit zu sagen? Toni und Sandy. Ob sie sich die beiden Namen spontan ausgedacht hatte?

»Gleich nach der Geburt, als ich noch in diesem Haus war, da hat Toni mir ihr Handy gegeben. Ich wollte Jordan anrufen, damit er mich abholen kommt«, fuhr Avis fort. »Aber als ich das Handy dann Toni wiedergegeben habe, damit sie ihm den Weg beschreiben kann, hat Jordan einfach aufgelegt.«

Diesen Anruf würden wir in Jordan Ritters Anrufliste finden. Also würden wir vielleicht zumindest ein kleines Stückchen weiterkommen.

»Ich wollte einfach nur noch weg. Ich wollte nicht bei dem Baby sein, also habe ich abgewartet, bis die Luft rein war, und dann bin ich zur Hintertür rausgeschlichen. Ich habe ein Auto angehalten, und die Leute haben mich bis zum Brotherhood Way mitgenommen, aber dann wollten sie Richtung Osten weiter, und ich bin ausgestiegen.«

»Was für ein Auto war das, Avis? Kannst du dich an einen Namen oder das Kennzeichen erinnern? Wir wollen uns doch ein möglichst vollständiges Bild von allem machen. Verstehst du?«, sagte ich.

»An so was hab ich gar nicht gedacht. Ich bin einfach weggelaufen, und ich war immer noch mitten in der Wildnis. Ich hatte keine Handtasche dabei, kein Handy, gar nichts, und dann habe ich wieder angefangen zu bluten. Es ist immer schlimmer geworden. Damit hatte ich irgendwie nicht gerechnet.«

Endlich zeigte das Mädchen erste Anzeichen von Verzweiflung. Sie schwitzte und rang die Hände. Dachte an die Schmerzen, die sie erlitten hatte.

Conklin sagte: »Kannst du weitermachen, Avis? Oder brauchst du eine Pause?«

»Es geht schon«, antwortete sie. »Das meiste hab ich sowieso schon erzählt. Im Schilf am Seeufer hab ich einen Regenumhang gefunden. Also hab ich mich ausgezogen und bin in den Umhang geschlüpft. Ich hab mich total schwach und schwindelig gefühlt und bin ein paar Mal hingefallen. Dann hat ein Auto angehalten und mich ins Krankenhaus gebracht. Und da waren dann *Sie*«, sagte sie und versuchte, mir einen bösen Blick zuzuwerfen.

»Bekommt Jordan jetzt Schwierigkeiten, weil ich minderjährig bin?«

»Jordan braucht sich keine Gedanken zu machen«, log ich. »Avis, das Wichtigste, noch wichtiger als Jordan Ritter, ist jetzt, dass wir dein Baby finden und nachsehen können, ob es ihm gut geht.«

Das war nicht gelogen.

Wo war das Baby?

Falls diese Frauen echt waren und nicht wieder irgendwelche Figuren aus Avis Richardsons kreativer Schreibwerkstatt, hatten sie den Jungen behalten?

Lag er irgendwo in einem warmen Zimmer unter einer kleinen blauen Decke? War er satt? Hatte er ein Kuscheltier? War er in Sicherheit?

Oder hatte man ihn außer Landes geschmuggelt, den Darm voller Heroin? Um aufgeschlitzt zu werden, kaum dass er sein Ziel erreicht hatte?

»Wie haben sie dir das Geld gegeben?«, wollte ich wissen.

Bitte, lieber Gott, mach, dass sie diesem naiven kleinen Mädchen einen Scheck gegeben haben.

»Gar nicht. Ich wollte das Geld nicht haben. Das ist doch illegal, oder? Ein Baby zu verkaufen? Ich habe ihn jedenfalls nicht verkauft. Und was wollen Sie jetzt machen?«, wandte sie sich schließlich an Conklin.

»Alles wird gut«, sagte Conklin.

Ach, tatsächlich? Für wen?

62

Wir verließen das Mark Hopkins, während Avis von ihren Eltern getröstet wurde. Sie zeigten so gut wie keine Reaktion, als Conklin sagte, dass wir später noch einmal anrufen würden, und wir zogen die Tür der Suite hinter uns ins Schloss.

Mein Partner und ich hielten anschließend noch einen kleinen Plausch vor meinem Wagen ab – oder besser: Er hörte zu, wie ich mich über das dämlichste und moralisch orientierungsloseste Mädchen auf der ganzen Welt ausließ –, dann fuhren wir in unser jeweiliges Zuhause.

Von unterwegs rief ich Quentin Tazio an.

Quentin ist einer unserer freien Mitarbeiter, ein technischer Berater. Irgendjemand hat ihn mal das »Gehirn im Reagenzglas« genannt. Er lebt in einer Art Kerker, den er sich ganz nach seinen Vorstellungen eingerichtet hat, einer düsteren, trostlosen Wohnung über zwei Etagen, vollgestopft mit Computerausrüstung im Wert von einer Million Dollar.

Dafür hat er sein gesamtes Erbe ausgegeben und sich zum glücklichsten Menschen gemacht, den ich kenne.

Ich erzählte QT – so wollte er am liebsten angesprochen werden – von der Anzeige auf Prattslist, dem Anruf auf Jordan Ritters Handy und den beiden Frauen, die sich Sandy und Toni genannt hatten. Entweder hießen sie wirklich so oder es waren Spitznamen oder irgendwelche Pseudonyme, die sie nur in Avis' Gegenwart benutzt hatten.

Vielleicht hatte Avis uns wenigstens dieses eine Mal die Wahrheit gesagt, zumindest, soweit sie selbst sie kannte.

Zu Hause machte ich Joe etwas zum Abendessen und trank ein großes Glas Merlot zu meiner Pasta. Wir gingen lange mit Martha spazieren, und ich erzählte meinem Mann von den neuesten Entwicklungen im Fall Avis Richardson.

Joe meinte: »Ich glaube, QT wird etwas finden, was dir weiterhilft, Linds. Ich hab's im Gefühl.«

Joe hat ganz hervorragende, FBI-geschulte Gefühle.

Ich verbrachte eine sehr erholsame Nacht, eingeklemmt zwischen Joe und Martha, und als ich um 8.30 Uhr im Büro eintraf, hatte QT bereits angerufen.

Ich rief ihn zurück, und während ich wartete, bis er meine Nachricht abgehört hatte und seinerseits wieder zurückrief, bat Brady mich in sein Büro. Er wollte, dass ich ihn im Fall Richardson auf den neuesten Stand brachte. Ich lieferte ihm einen detaillierten, aber knappen Bericht, und er stellte die richtigen Fragen. Aber ich hätte ihm gerne etwas wirklich Berichtenswertes erzählt.

»Sehen Sie zu, dass Sie da irgendwie weiterkommen, sonst reichen wir den Fall an das Dezernat für Gewaltverbrechen weiter und konzentrieren uns wieder auf unseren eigenen Kram«, sagte er.

Als ich an meinen Schreibtisch zurückkehrte, klingelte das Telefon. Hoffentlich war das QT! Aber ein Blick auf das Display verriet mir, dass der Anrufer Direktor Hanover aus der Brighton Academy war.

»Boxer«, meldete ich mich und sah den Mann regelrecht vor mir, wie er mit seiner gepunkteten Fliege in seinem fein säuberlich aufgeräumten Büro stand.

»Sergeant, gut, dass ich Sie erreiche.«

»Stimmt etwas nicht?«

»Avis Richardson ist verschwunden«, sagte der Schuldirektor. »Gestern war sie zum ersten Mal wieder in der Schule, aber heute Morgen war sie nicht auf ihrem Zimmer. Und soeben musste ich feststellen, dass auch einer unserer Lehrer verschwunden ist. Jordan Ritter ist heute nicht zum Unterricht erschienen. Das ist sehr ungewöhnlich für ihn. Beide sind spurlos verschwunden. Keine Nachricht, kein gar nichts. Einfach weg.«

63

Keine vierundzwanzig Stunden waren vergangen, seit Phil Hoffman in seinem Büro gesessen hatte und seine Verteidigungsstrategie noch einmal durchgegangen war, als ein Anruf aus der Polizeidienststelle die Aussichten seiner Mandantin auf einen Freispruch radikal erhöht hatte. Es hatte sich angefühlt wie eine göttliche Fügung.

Jetzt stand er hinter seinem Tisch in Richter LaVans Gerichtssaal und sagte: »Die Verteidigung ruft Bernard St. John in den Zeugenstand.«

Bernard St. John trat ein. Er trug einen teuren Nadelstreifenanzug und ein blaues Seidenhemd. Jedes einzelne seiner Igelhaare stand fein säuberlich kerzengerade an Ort und Stelle. Nachdem er vereidigt worden war und sich gesetzt hatte, trat Hoffman vor den Zeugenstand.

Wie erwartet sprang Yuki sofort auf. »Euer Ehren. Wir haben erst gestern Abend von diesem Zeugen erfahren und hatten noch keine Möglichkeit, eigene Nachforschungen anzustellen.«

Hoffman wandte sich an den Richter: »Ich selbst bin auch erst gestern Abend auf den Zeugen aufmerksam gemacht worden. Sofort im Anschluss haben wir Ms Castellano eine E-Mail geschickt.«

LaVan linste durch seine Brille, sah von seinem erhöhten Platz hinter der Richterbank herab und sagte: »Ms Castellano, Sie bekommen Gelegenheit, den Zeugen zu befragen. Mr Hoffman, machen Sie weiter.«

»Danke, Euer Ehren. Mr St. John, welcher Arbeit gehen Sie nach?«

»Ich bin Pianist und außerdem Klavierlehrer.«

»Sind Sie zurzeit als Klavierlehrer der beiden Kinder von Candace Martin tätig?«

»Nein. Ich wurde vor vier Monaten entlassen. Die Kinder haben verschiedene Aktivitäten verfolgt, und Klavierunterricht stand offensichtlich nicht mehr besonders hoch im Kurs.«

»Was war Ihre Aufgabe bei den Martins vor der Kündigung?«

»Ich habe überwiegend Caitlin unterrichtet«, sagte St. John. »Aber auch Duncan hat seine Etüden geübt und ein paar Anfängerstücke einstudiert.«

»Wann genau hat Ihr Engagement bei der Familie Martin begonnen?«

»Im vergangenen Monat vor zwei Jahren.«

»Und sind Sie mit anderen Personen, die für die Martins gearbeitet haben, befreundet?«, wollte Hoffman wissen.

»Ja.«

»Waren Sie mit Ellen Lafferty befreundet, dem Kindermädchen?«

»Ja, Sir.«

»Hat Ms Lafferty Ihnen von einer Verbindung zwischen ihr und Mr Martin erzählt?«

»Ja. Vor etwas über einem Jahr.«

»Was hat sie Ihnen damals gesagt?«

»Dass sie eine Affäre mit Mr Martin hat. Begonnen hat das in der Zeit, als Frau Dr. Martin sich einer Brustkrebsoperation mit einer anschließenden Chemotherapie unterziehen musste. Ellen hat gesagt, dass sie am Anfang nur mit Mr Martin geschlafen hat, weil er so *traurig* wirkte.«

Hoffman wartete, bis sich das Kichern im Zuschauerraum gelegt hatte, dann bat er den Zeugen, fortzufahren.

St. John sagte: »Als Ellen mir von der Affäre erzählt hat, war sie schon in Dennis verliebt. Sie hat gesagt, sie weiß nicht, was sie machen soll.«

»Hörensagen, Euer Ehren«, warf Yuki ein.

»Ich lasse es trotzdem zu, Ms Castellano. Fahren Sie fort, Mr Hoffman.«

»Hat Ms Lafferty noch öfter von dieser Liebesbeziehung zu Mr Martin gesprochen?«

»Ja. Sie hat mir Geschenke gezeigt, die er ihr gemacht hat. Und bevor er … gestorben ist, hat sie mir erzählt, dass sie so schrecklich in ihn verliebt ist, dass es richtig *wehtut* – das war ihre wortwörtliche Formulierung –, und in die Kinder auch.«

»Aber warum haben Sie uns das nicht schon viel früher erzählt, Mr St. John?«

»Die Polizei hat mich lediglich gefragt, ob es zwischen Frau Dr. Martin und ihrem Mann Feindseiligkeiten gegeben hat. Ich habe gesagt, dass ich sie manchmal habe streiten hören. Und dann wollten sie noch wissen, ob ich am Abend des Mordes im Haus war. War ich aber nicht. Und in den Tagen davor auch nicht.«

»Haben Sie der Polizei gesagt, dass Sie glauben, dass Frau Dr. Martin ihren Ehemann getötet hat?«

St. John erwiderte: »Nein. Ich habe ihnen gesagt, dass ich das gerade *nicht* glaube. Die Martins hatten große Schwierigkeiten miteinander, aber ich wusste, dass Candace den Vater ihrer Kinder niemals umbringen würde. Und genau *das* habe ich der Polizei gesagt.«

»Glauben Sie, dass Ms Lafferty darunter gelitten hat, die andere Frau zu sein?«

Yuki stand auf. »Spekulation, Euer Ehren. Aufforderung zur Spekulation, suggestive Fragestellung, dazu noch Hinterlist und Kalkül.«

»Die Geschworenen werden diese Bemerkung ignorieren«,

sagte LaVan und deutete mit seinem Hammer auf Hoffman. »Reißen Sie sich zusammen.«

»Jawohl, Euer Ehren.« Hoffman neigte den Kopf, sodass der Richter sein schmales Lächeln nicht sehen konnte, und sagte: »Ich habe keine weiteren Fragen an den Zeugen.«

64

Yuki kritzelte etwas auf ihren Notizblock und schob ihn Nicky hin. »Weißt du was über diesen Klavierspieler?«, stand darauf.

Gaines notierte ebenfalls etwas: »*Null Komma nichts.*«

Mist. St. John hatte die Theorie der ermittelnden Beamten hinsichtlich des Tathergangs nicht gestützt und war daher einfach ignoriert worden. Und jetzt stand sie mit einem Mal und völlig unvorbereitet unter Beschuss. Als Hoffman sie einige Tage zuvor angesprochen hatte, da hatte er ihr garantiert das mit Ellens und Dennis Martins Affäre erzählen wollen. Aber sie hatte ihn nur rüde abblitzen lassen.

Yuki kämpfte gegen die aufsteigende Panik an und sortierte geschäftig ihre Karteikarten, während sie krampfhaft überlegte, welche Konsequenzen sich aus diesem Überraschungscoup ergeben konnten.

St. Johns Aussage bedeutete, dass Ellen Lafferty ein Motiv gehabt hatte. Und da Dennis Martin im Besitz einer Pistole gewesen war – ein Beweismittel, das Yuki höchstpersönlich eingebracht hatte –, konnte man nicht ausschließen, dass Ellen diese Pistole möglicherweise gefunden hatte. Dann hatte sie auch die nötigen Mittel gehabt, um Dennis Martin zu erschießen. Ein Motiv? Vielleicht. Die Möglichkeit zur Ausführung der Tat? Tagtäglich.

Verdammt. Das Erste, was man als Prozessanwalt eingebläut bekam, war, keine Fragen zu stellen, deren Antwort man nicht kannte. Sie stand unmittelbar vor einem Blindflug durch Nacht und Nebel.

Yuki stand auf. »Guten Morgen, Mr St. John.«

»Guten Morgen.«

Yuki kam hinter ihrem Tisch hervor und fing an zu reden, während sie sich dem Zeugenstand näherte.

»Ich möchte von Ihnen nichts anderes hören als die Fakten«, sagte Yuki. »Nichts, was Ihnen jemand erzählt hat. Nichts, was Sie vielleicht irgendwo aufgeschnappt haben.«

»Ms Castellano«, meldete LaVan sich müde zu Wort. »Ich habe hier die Robe an, nicht Sie. Ich gebe die Anweisungen, nicht Sie. Wenn Sie eine Frage an den Zeugen haben, dann fragen Sie bitte.«

»Ja, Euer Ehren. Mr St. John, bitte schließen Sie in Ihre Antwort nur die Dinge ein, die Sie persönlich miterlebt haben.«

»Ja, natürlich. Okay. Ich habe verstanden«, erwiderte St. John.

Yuki schickte ein schnelles Stoßgebet hinauf zu ihrer verstorbenen Mutter und sagte: »Mr St. John, haben Sie Mr Martin und Ms Lafferty jemals in einer Situation erlebt, die man als kompromittierend bezeichnen könnte?«

»Beim Sex, meinen Sie?«

»Ja. Oder bei einem Kuss. Offenkundig sexuellem Verhalten.«

»Nein. Ich weiß nur das, was Ellen mir erzählt hat.«

»Danke. Das ist alles, Euer Ehren.«

»Sie sind entlassen«, sagte der Richter.

65

Phil Hoffman erhob sich von seinem Platz neben Candace Martin. »Euer Ehren, wir rufen Ellen Lafferty in den Zeugenstand.«

Ellen Lafferty betrat erhobenen Hauptes den Gerichtssaal und kam mit selbstbewussten Schritten den Mittelgang entlang.

Alle Blicke waren auf die hübsche junge Frau in dem dunkelgrauen Hosenanzug und der Kette mit dem goldenen Kreuz um den Hals gerichtet – tadellos gekleidet und bescheiden zugleich. So jemandem übertrug man gerne die Verantwortung für die eigenen Kinder.

Phil Hoffman tat sein Möglichstes, um seine freudige Erregung zu verbergen. Ellen Lafferty war Yuki Castellanos Starzeugin gewesen. Mit den Informationen, die er jetzt besaß, würde er Lafferty so gründlich demontieren, dass sie zu einer Zeugin der Verteidigung wurde. Aber er musste es so anstellen, dass die Geschworenen ihn nicht für ein erbarmungsloses Ungeheuer hielten.

Nachdem Ellen Lafferty vereidigt war und Platz genommen hatte, trat Phil vor sie hin, begrüßte sie und stellte seine erste Frage.

»Ms Lafferty, wie würden Sie Ihre Beziehung zu Dennis Martin beschreiben?«

»Wie meinen Sie das, Mr Hoffman?«

»Ich denke, meine Frage war ziemlich eindeutig. Ich wiederhole sie noch einmal: Welche Beziehung hatten Sie zu Dennis Martin?«

»Er war der Vater der beiden Kinder, für die ich verantwortlich war. Alles andere war für mich nicht von Bedeutung.«

»Euer Ehren, hiermit beantrage ich, Ms Lafferty als Zeugin der Gegenseite einzustufen.«

LaVan ließ seinen Sessel um neunzig Grad herumschwingen und sagte: »Ms Lafferty, zu Ihrer und zur Information der Geschworenen: Ein Zeuge wird dann als Zeuge der Gegenseite eingestuft, wenn er von der gegnerischen Partei – in diesem Fall also von der Staatsanwaltschaft – nominiert worden ist und bei der Befragung durch die andere Seite – in diesem Fall die Verteidigung – möglicherweise Aussagen zurückhalten möchte. Indem ich Sie, Ms Lafferty, als Zeugin der Gegenseite einstufe, gestatte ich Mr Hoffman, Suggestivfragen zu stellen. Sie stehen unter Eid. Vergessen Sie das nicht.«

»Nein, Euer Ehren.«

Hoffman fixierte Ellen Lafferty und sagte: »Hatten Sie eine Affäre mit Mr Martin?«

»O Gott …«

»Ja oder nein? Hatten Sie eine Affäre mit ihm?«

»Ja.«

»Könnten Sie das bitte so laut sagen, dass die Geschworenen es auch hören können?«

»Ja, hatte ich. Hatten wir.«

»Und wann hat diese sexuelle Beziehung angefangen?«

Tränen drangen aus Ellen Laffertys Augen und rollten ihre Wangen hinab. »Im April waren es zwei Jahre.«

»Also über ein Jahr vor den tödlichen Schüssen auf Mr Martin?«

»Mm-hmm. Ja.«

»Und diese Affäre hatte auch zum Zeitpunkt seines Todes noch Bestand?«

»Ja.«

»Sie geben also zu, eine sexuelle Beziehung zu einem Mann gehabt zu haben, und zwar in dem Haus, das er zusammen mit seiner Frau und seinen Kindern bewohnt hat. Ist das richtig?«

»Ja.«

»Und als Ms Castellano Sie vor einigen Tagen in den Zeugenstand gerufen hat, da hielten Sie es nicht für notwendig, uns über diese Affäre aufzuklären?«

»Nein.«

»Was empfinden Sie gegenüber Frau Dr. Martin?«

»Ich finde, dass sie grausam ist.«

»Waren Sie eifersüchtig auf Frau Dr. Martin?«

In der nun folgenden Pause waren Ellen Laffertys Blicke überall. Bei Yuki. Bei den Geschworenen. Bei Candace Martin.

»Beantworten Sie meine Frage, Ms Lafferty«, sagte Hoffman. »Waren Sie eifersüchtig auf die Ehefrau Ihres Liebhabers?«

»Euer Ehren, muss ich das wirklich beantworten?«

»Dazu sind Sie verpflichtet, Ms Lafferty.«

Sie seufzte, griff nach dem Kreuz in ihrem Ausschnitt, und schließlich sagte sie, sodass es in dem stillen Gerichtssaal laut und deutlich zu verstehen war: »Ich hätte sehr gerne ihr Leben geführt. Aber ich hätte mir nicht vorstellen können, ihr etwas anzutun.«

»Und was war mit Mr Martin? Er wollte seine Frau ja nicht verlassen, nicht wahr? Hätten Sie sich vielleicht vorstellen können, ihm etwas anzutun?«

»Nein. Niemals. Ich habe ihn geliebt.«

»Was hat Mr Martin eigentlich für Sie empfunden? Hat er Ihnen versprochen, sich scheiden zu lassen und Sie zu heiraten?«

»Warum tun Sie mir das an? Merken Sie, was er vorhat, Herr Richter?«, sagte Lafferty. »Er versucht es so hinzustellen, als hätte ich ihn umgebracht, dabei war *sie* es. *Sie* hat es getan.«

»Ms Lafferty, bitte beantworten Sie die Frage.«

Ellen Lafferty verschluckte sich und fing an zu schluchzen. Es war, als hätte sie ihre Tränen schon sehr lange Zeit unterdrückt. Der feine Riss im Damm wurde zu einer großen Kluft, und schließlich gab es kein Halten mehr. Die Wassermassen stürzten zu Tal.

66

Phil Hoffman klimperte mit dem Schlüsselbund und dem Kleingeld in seiner Hosentasche. »Brauchen Sie noch einen Moment?«, wandte er sich an Ellen Lafferty.

Sie nickte. Hoffman gab ihr eine Schachtel Papiertücher, und als die Zeugin sich wieder etwas gefangen hatte, sagte er: »Lassen Sie mich meine Frage noch einmal wiederholen. Hat Mr Martin gesagt, dass er seine Frau verlassen und Sie heiraten will?«

»Ja. Das hat er ein paar Mal gesagt. Oft, sogar.«

»Hat er diese Pläne durch Taten untermauert, Ms Lafferty?«

»Wie meinen Sie das? Ich verstehe nicht ganz.«

»Das ist doch ganz einfach. Hat Dennis Martin ein Scheidungsverfahren gegen seine Frau in Gang gesetzt?«

»Nein.«

»Hat er Sie seinen Freunden und Bekannten vorgestellt?«

»Nein. Das habe ich auch gar nicht erwartet.«

»Hatten Sie sich zum Beispiel schon gemeinsam auf einen Hochzeitstermin verständigt?«

»Verdammt noch mal, nein. So konkret ist er nie geworden. Ich habe mich um seine Kinder gekümmert. Ich habe ihn jeden Tag gesehen. Er hat gesagt, dass er mich liebt und dass er *sie* hasst. Ich habe ihm geglaubt, dass er sie verlässt, schließlich hat er es gesagt. Und das habe ich bis zum Tag seines Todes geglaubt.«

»Oder… hat er die Beziehung zu Ihnen vielleicht beendet, Ms Lafferty? Hat er Sie in die Wüste gejagt? Hat er Sie behandelt wie all seine anderen abgelegten Freundinnen und Ihnen gesagt, dass er bei seiner Frau bleibt? Waren Sie deshalb vielleicht wütend auf ihn?«

»Nein. Wir waren ein Paar, und wir waren verliebt.«

»Der Mistkerl hat Sie angelogen, nicht wahr?«

»Nein.«

»Sind Sie daraufhin so wütend geworden, dass Sie ihn erschossen haben, Ms Lafferty? Haben wir es mit einem Verbrechen aus Leidenschaft zu tun?«

Yuki schaltete sich ein: »Euer Ehren, der Verteidiger setzt die Zeugin unmenschlichen Qualen aus.«

»Stattgegeben. Die Geschworenen werden die letzte Frage des Verteidigers ignorieren. Mr Hoffman, das war schon das zweite Mal. Haben Sie noch eine Frage an die Zeugin? Oder soll ich *Sie* vereidigen, damit Sie selbst aussagen können?«

Ellen Lafferty packte das Geländer des Zeugenstands mit beiden Händen und stieß voller Nachdruck hervor: »Ich habe ihn nicht umgebracht, *ich doch nicht*! Das ist die Wahrheit! Ich hätte Dennis niemals etwas angetan. Nie, nie, *niemals*!«

»So, wie Sie auch nie, nie, niemals lügen würden? Habe ich recht, Ms Lafferty?«

»Ganz genau. Ich würde niemals lügen.«

»Als Sie am Abend des Mordes das Haus verließen, hatte Candace Martin da eine Waffe in der Hand?«

»Ich glaube schon. Ich habe es zumindest geglaubt. Jetzt weiß ich es nicht mehr genau.«

»Aha. Aber Sie würden nie, nie, niemals lügen. Vielen Dank. Ich habe keine weiteren Fragen.«

67

Yuki wurde von einer stürmischen Wut gepackt, die alle Furcht und alles Zögern überlagerte. Die Verteidigung hatte ihre verdammte Zeugin in der Luft zerrissen, hatte sie selbst in der Luft zerrissen und den Samen des berechtigten Zweifels gesät.

Yuki wusste nicht, ob sie in der Lage war, die Glaubwürdigkeit einer Frau wiederherzustellen, die bereit gewesen war, eine Familie zu zerstören, und die höchstwahrscheinlich auch das Gericht angelogen hatte, aber sie wusste, dass der Erfolg ihrer Anklage davon abhängen konnte.

Sie sah den Zettel kaum, den Nicky ihr hinschob: »Fahr die Krallen aus.« Sie stand auf und ging zum Zeugenstand, der die Zeugin wie ein Käfig umgab. Sie platzierte die Hand auf dem Geländer, als wollte sie Ellen das Gefühl vermitteln, dass sie ihr beruhigend die Hand auf den Arm legte.

»Ms Lafferty, haben Sie Mr Martin umgebracht?«

»*Nein*. Das habe ich *nicht*!«

»Haben Mr und Mrs Martin miteinander gestritten?«

»Ständig.«

»Haben Sie am Abend des Mordes eine Waffe in Candace Martins Hand gesehen?«

»Ich dachte schon. Aber es ist so lange her. Und es ging alles so schnell. Heute bin ich mir nicht mehr sicher.«

»Also gut. Haben Sie die Wahrheit gesagt, als Sie vor den hier versammelten Geschworenen Ihrer Überzeugung Ausdruck verliehen haben, dass Candace Martin ihren Ehemann erschossen hat?«

»Ja, bei Gott, das ist die reine Wahrheit.«

»Die Vertretung der Anklage hat keine weiteren Fragen an Ms Lafferty.«

Phil Hoffman sah der Zeugin hinterher, während sie zum Ende des Gerichtssaals ging und sich mit einem Taschentuch die Augen trocknete.

Es war erst Viertel nach elf.

Bevor die Geschworenen überhaupt die Chance hatten, Ellen Lafferty zu bemitleiden, würde Phil Hoffman die nächste Bombe platzen lassen.

68

Phil Hoffman sagte: »Die Verteidigung ruft Frau Dr. Candace Martin in den Zeugenstand.«

Für einen kurzen Moment glaubte Yuki, sie hätte sich verhört. Doch als Candace Martin sich mit Pokermiene, einem Zweitausend-Dollar-Kostüm und sündteuren Schuhen hinter dem Tisch der Verteidigung erhob, wusste Yuki, dass Hoffman das Spiel an sich gerissen hatte.

Candace war nicht verpflichtet, auszusagen.

Richter LaVan hatte die Geschworenen darüber aufgeklärt, dass die Angeklagte das Recht hatte, die Aussage zu verweigern, und dass die Jury dies nicht gegen sie verwenden durfte.

Wenn Phil also seine Mandantin als Zeugin der Verteidigung aufbot, dann war das entweder ein Akt schierer Verzweiflung oder aber der Beweis eines unerschütterlichen Selbstbewusstseins.

Und Hoffman machte keinen verzweifelten Eindruck.

Candace legte die Hand auf die Bibel, und als sie gebeten wurde, die Wahrheit und nichts als die Wahrheit zu sagen, antwortete sie: »Ich schwöre.« Dann setzte sie sich auf den Stuhl mit Blick auf die Zuschauerränge und sah ihren Verteidiger aufmerksam an.

»Frau Dr. Martin«, sagte Hoffman, »das eine oder andere ist ja bereits bekannt, aber damit wir uns ein vollständiges Bild machen können, hier noch einmal die Frage: Waren Sie zu Hause, als Ihr Ehemann ermordet wurde?«

»Ja.«

»Wo waren Caitlin und Duncan?«

»Sie waren auf ihren jeweiligen Zimmern.«

»Und nur damit die Geschworenen wissen, wo alle zu dieser Zeit Anwesenden sich aufgehalten haben: Wo war Cyndi Parrish, Ihre Köchin?«

»Sie war oben in ihrem Zimmer.«

»Und Ellen Lafferty?«, wollte Hoffman jetzt wissen.

»Das weiß ich nicht. Sie hat sich ungefähr fünfzehn Minuten, bevor Dennis erschossen wurde, von mir verabschiedet.«

»Und wo war Ihr Mann unmittelbar vor dem Zwischenfall?«

»Das weiß ich auch nicht. Ich habe ihn jedenfalls nicht gesehen. Als ich nach Hause gekommen bin, habe ich zuerst in die Kinderzimmer gesehen und den Kindern Hallo gesagt. Danach habe ich mich in mein Arbeitszimmer gesetzt. Dort war ich auch, als Ellen sich von mir verabschiedet hat.«

»Was haben Sie in Ihrem Arbeitszimmer gemacht?«

»Ich habe ein paar Telefonate erledigt.«

»Und als Sie die Schüsse gehört haben, da waren Sie immer noch dort?«

»Ja. Ich wollte gerade die Frau eines Patienten anrufen. Ich habe die Brille abgenommen und mir die Schläfen massiert, so etwa.« Sie nahm ihre Brille ab und legte sie auf die Armlehne. Dann rieb sie sich mit dem Daumen und dem Mittelfinger der linken Hand die Schläfen. »Das Telefon hatte ich in der anderen Hand«, sagte sie und stellte mit der Rechten symbolisch einen Telefonhörer dar.

Ein geniales Bild, dachte Yuki. Man hatte plastisch vor Augen, dass Candace Martin ein Telefon in der Hand hielt und nicht etwa eine Pistole. Eine bewundernswerte Idee von Hoffman.

»Bitte erzählen Sie den Geschworenen, was geschehen ist, nachdem Sie die Schüsse gehört hatten«, sagte Hoffman. Er trat beiseite, um den Geschworenen nicht die Sicht auf seine Mandantin zu verstellen.

Candace Martin berichtete nun genau die gleiche zeitliche Abfolge, die schon Hoffman in seinem Eröffnungsplädoyer geschildert hatte. Sie war ins Foyer gerannt, hatte ihren Mann mit einer blutenden Wunde in der Brust auf dem Fußboden liegend vorgefunden und seinen Puls überprüft. Dann sagte sie, dass sie zwar ihre Brille nicht aufhatte, aber hörte, wie etwas Hartes, Metallisches auf den Boden fiel. In dem Moment, in dem sie eine Gestalt im Schatten in Richtung Haustür laufen sah, sei ihr klar geworden, dass es sich um eine Pistole handeln musste.

Yuki beobachtete Candace Martin aufmerksam, suchte in ihrem Gesicht nach verräterischen Zeichen, nach Zuckungen oder hastigen Augenbewegungen, lauschte auf Lügen. Aber Candace Martin wirkte durch und durch glaubwürdig.

Und Yuki nahm an, dass die Geschworenen ihr ebenfalls glauben würden.

In wenigen Minuten musste sie diese Frau, eine Herzchirurgin und gute Mutter, unglaubwürdig machen, musste Phil Hoffmans Werk, den frisch polierten Heiligenschein, den Candace Martin über der Krone auf ihrem hübschen blonden Kopf trug, wieder zerstören.

Yuki wusste, was sie zu tun hatte.

Sie wusste nur nicht, ob sie es konnte.

69

Phil Hoffman kam zum Höhepunkt seiner Befragung. Er versuchte, jedes sichtbare Anzeichen des Hochgefühls, das ihn durchströmte, zu unterdrücken. Das Risiko hatte sich gelohnt. Candace war die perfekte Zeugin: prägnant, präzise, eindeutig.

Und – natürlich – unschuldig.

»Nachdem Sie Ihren Mann auf dem Fußboden gefunden und festgestellt haben, dass er nicht mehr lebte, was haben Sie dann gemacht?«, wollte Hoffman wissen.

»Ich weiß noch, wie ich die Pistole genommen habe. Es war das erste Mal in meinem Leben, dass ich eine Waffe in der Hand hatte, aber ich habe gesehen, wie jemand das Haus verlassen hat. Die Haustür stand offen. Es war ganz instinktiv, ich wollte denjenigen, der meinen Mann erschossen hatte, aufhalten. Also rannte ich dem Eindringling hinterher. Ich habe ein paar Mal gerufen: ›Stopp!‹ Und dann habe ich geschossen.«

»Frau Dr. Martin, haben Sie mit Ihren Schüssen jemanden getroffen?«

»Nein. Ich habe gar niemanden gesehen. Ich habe einfach in die Luft geschossen, um ihm Angst zu machen, damit er ja nicht noch einmal zurückkommt. Dann bin ich wieder ins Haus gegangen, habe die Haustür abgeschlossen und mich neben Dennis gesetzt. Mittlerweile waren die Kinder auch da und haben geweint. Es war grässlich. Grässlich! Ich habe Caitlin auf ihr Zimmer geschickt, und Duncan ist nach oben zu Cyndi gegangen.«

»Was ist danach passiert?«

»Ich habe die Notrufnummer angerufen. Und kurz danach ist die Polizei gekommen.«

»Bitte sagen Sie den Geschworenen, wie Sie sich gefühlt haben.«

»Ich? Ich war vom Schock und der Trauer wie gelähmt. Aber dann, es ist wirklich unglaublich, dann kam das Allerschlimmste. Soll ich weitermachen?«

»Bitte.«

Die Ärztin nickte, schluckte trocken und fuhr fort: »Eigentlich war es das normale Ende eines normalen Arbeitstags gewesen. Dann plötzlich – Schüsse. Irgendjemand war in mein Haus eingedrungen und hatte meinen Mann ermordet. Dann ist die Polizei gekommen und hat angefangen, mich auszufragen. Das war der mit Abstand furchtbarste Augenblick meines ganzen Lebens, und dann musste ich auch noch meine Kinder alleine lassen. Musste an meinem toten Mann vorbeigehen und mich in einen Streifenwagen setzen, um auf der Polizeiwache einem Verhör unterzogen zu werden. Ich wurde acht Stunden lang befragt, und danach durfte ich immer noch nicht nach Hause gehen. Und dann hat man mir am Morgen einen Mord vorgeworfen, den ich nicht begangen habe. Das hat mir eine Todesangst versetzt, und diese Angst begleitet mich bis heute. Sie lässt mich niemals los, keine einzige Sekunde. Es ist auch die Angst um meine Kinder, weil ich nicht bei ihnen sein kann.«

Verdammter Mist, dachte Yuki. Candace Martin hatte die Geschworenen um den Finger gewickelt. Diese Frau sollte eine Mörderin sein? Für die Geschworenen selbst im besten Fall kaum mehr vorstellbar. Yuki kritzelte etwas auf ihren Block und schob ihn Nicky zu, der sich sofort über seinen Laptop beugte. Er öffnete ein paar Dateien, während Hoffman sich bei seiner Mandantin bedankte.

»Ihre Zeugin«, sagte Phil Hoffman.

70

Yuki ließ den Finger über Nickys Laptopbildschirm gleiten, wo die Abschrift der eidesstattlichen Erklärung, die Candace Martin im letzten Jahr abgegeben hatte, zu sehen war. Dann stand sie auf und ging zu der Zeugin.

»Frau Dr. Martin, haben Sie Ihren Ehemann geliebt?«

»Ja.«

»Trotzdem haben Sie schon vor seinem Tod über ein Jahr lang eine Affäre gehabt?«

»Ja.«

»Was empfinden Sie für Felix Ashton, Ihren Geliebten?«

»Einspruch, Euer Ehren«, meldete Hoffman, ohne aufzustehen.

»Abgelehnt. Frau Dr. Martin, bitte beantworten Sie die Frage«, sagte der Richter.

»Ich empfinde tiefe Zuneigung für Felix.«

Yuki sagte: »Mr Ashton hat ausgesagt, dass er Sie liebt. Erwidern Sie seine Gefühle nicht?«

»Ich bin nicht sicher, wie ich meine Gefühle für Felix genau beschreiben soll.«

»Hat Ihr Mann Ihnen gesagt, was er von dieser Affäre hält?«

»Nicht direkt.«

»Hat er sich darüber aufgeregt? Ist er wütend geworden?«

»Ich glaube, es war ihm egal«, sagte Candace Martin. »Alles andere hätte ihn als Heuchler entlarvt.«

»Nun, Ihr Liebhaber hat ausgesagt, dass Ihr Mann Sie beide verfolgt hat. Ist das richtig?«

»Ja. Aber ich glaube nicht, dass es Dennis groß gestört hat, dass ich mit Felix zusammen war. Er wollte lediglich, dass ich in eine Scheidung einwillige.«

»Aber das wollten Sie nicht?«

»Nicht zu seinen Bedingungen.«

»Dann sind Sie also der Meinung, dass es für die Kinder besser ist, wenn ein Elternpaar zusammenbleibt, selbst wenn beide Ehepartner Affären haben?«

»Euer Ehren«, warf Hoffman ein. »Die Anklagevertretung bedrängt die Zeugin.«

»Stattgegeben. Kommen Sie zum Punkt, falls es einen gibt, Ms Castellano.«

»Jawohl, Euer Ehren.« Sie stellte sich in die Mitte des Raums und wandte sich dann wieder der Zeugin zu, zwang sie dadurch, auf ihre Frage laut und vernehmlich zu antworten. »Ellen Lafferty hat ausgesagt, dass sie eine Affäre mit Ihrem Mann gehabt hat. Wussten Sie davon?«

»Nein, das habe ich erst durch ihre Aussage erfahren.«

»Waren Sie eifersüchtig, weil die Aufmerksamkeit Ihres Mannes anderen Frauen gegolten hat?«

»Nein, daran war ich gewöhnt.«

»Dann hat es Sie also kein bisschen wütend gemacht, dass Ihr Mann in Ihrem eigenen Haus Ehebruch begangen hat? Und das, obwohl Sie ihn geliebt haben? Das ist bemerkenswert«, sagte Yuki.

»Lassen Sie Ihren Einspruch stecken, Mr Hoffman«, meinte LaVan. »Ms Castellano, Ihre persönliche Meinung tut absolut nichts zur Sache. Machen Sie das nicht noch einmal. Stellen Sie Ihre Fragen, und sehen Sie zu, dass wir weiterkommen.«

»Bitte entschuldigen Sie, Euer Ehren. Frau Dr. Martin, nur um sicherzugehen, dass ich Ihre Aussage wirklich verstanden habe: Sie hatten eine außereheliche Affäre. Sie geben zu, dass Ihr Ehemann Sie gewohnheitsmäßig betrogen hat. Und doch wollen Sie behaupten, dass Sie ihn geliebt haben. Es gibt ein Foto, das Sie neben einem polizeibekannten Auftragskiller zeigt. Sie haben also die Pistole Ihres Mannes gefunden …« Yuki formte aus Daumen und Zeigefinger eine symbolische Pistole und machte eine paar Schritte auf die Zeugin zu. Dann richtete sie ihre »Pistole« aus zwei Metern Entfernung auf Candace Martin und sagte: »Und als Sie eine Gelegenheit gesehen haben, ihn umzubringen, da haben Sie ihn erschossen.«

Yuki gab einen imaginären Schuss ab und ließ die imaginäre Waffe wie bei einem Rückschlag nach hinten schnellen. Und sie ignorierte Hoffman, der seine Einsprüche in den Saal brüllte, ignorierte den Hammer des Richters, der ihre Handbewegungen mit seinen Schlägen so effektiv begleitete, dass man fast meinen konnte, dass Yukis Hand echte Schüsse abfeuerte.

Sie übertönte die allgemeine Unruhe und sagte: »Und darum haben Sie, Frau Dr. Martin, nachdem Ihr Mann tot war, noch ein paar Schüsse in die Luft abgegeben, um die Schmauchspuren an Ihren Händen erklären zu können. Habe ich nicht recht?«

»*Euer Ehren!*«, brüllte Hoffman. »Das war Ms Castellanos Schlussplädoyer. Abgesehen von ihrem hinterhältigen ›Habe ich nicht recht?‹ hat sie keine einzige Frage in diesem Haufen Mist untergebracht. Ich beantrage, dass dieses gesamte Kreuzverhör aus dem Protokoll *gestrichen* …«

»Du meine Güte«, sagte Candace Martin, packte mit beiden Händen die Umrandung des Zeugenstands, beugte sich vor und überschrie mit angeschwollenen Halsschlagadern die Einwände ihres Rechtsanwalts.

»Wenn ich Dennis hätte umbringen wollen, warum hätte ich das zu Hause machen sollen, wo meine Kinder alles mitbekommen? Dieses ganze Schmierentheater hier ist einzig und allein das Ergebnis schlampiger Ermittlungen und einer schwachsinnigen, tollwütigen Staatsanwaltschaft. Sehen Sie *sich* doch einmal an, Ms Castellano. Ich war wütend auf Dennis, aber ich habe ihn nicht umgebracht. Genau so wenig, wie ich *Sie* umbringen würde.«

71

Der Richter ließ seinen Hammer wieder und wieder auf die Tischplatte donnern und bellte: »*Ruhe!* Mr Hoffman, Rufen Sie Ihre Mandantin zur Ordnung, und zwar *sofort!*«, wodurch er jedoch nur zusätzlich Öl in das Feuer goss, das den Gerichtssaal erfasst hatte.

Yuki stand mitten im Saal, hatte die Hände vor dem Bauch gefaltet und hoffte, dass das Durcheinander möglichst lange anhielt. Selbst wenn ihr Verhör komplett gestrichen wurde, selbst wenn sie eine Strafe aufgebrummt bekam, wenigstens hatte sie Candace Martins ach so beherrschte Fassade zum Einsturz gebracht. Die vehementen Beteuerungen der Ärztin, dass sie ihren Mann niemals hätte umbringen können, hatten an Glaubwürdigkeit verloren.

Das Motiv war klar.

Ihr Wutausbruch hatte den Geschworenen demonstriert, dass es durchaus denkbar war, dass sie die Beherrschung verloren und ihn erschossen hatte.

Der Richter ließ seinen Hammer noch ein letztes Mal auf sein Richterpult krachen, und endlich legte sich die Unruhe. Er rückte seine Brille zurecht, nahm Yuki scharf ins Visier und sagte: »Sonst noch etwas, Ms Castellano? Oder haben Sie für heute genug angerichtet?«

Yuki erwiderte: »Ich habe keine weiteren Fragen an die Zeugin.«

Hoffman sagte: »Ich beantrage eine ergänzende Befragung, Euer Ehren.«

Aber der Richter hörte schon nicht mehr zu. All seine Aufmerksamkeit war auf sein Handy gerichtet. Er war kreidebleich geworden.

Hoffman wiederholte seine Bitte, die Zeugin erneut befragen zu dürfen.

»Das muss warten«, erwiderte Richter LaVan. »Ich muss sofort ins Krankenhaus. Frau Dr. Martin, Sie können aufstehen. Die Verhandlung ist für heute geschlossen. Ms Castellano. Mr Hoffman. Wir sehen uns morgen früh um acht Uhr in meinem Amtszimmer. Seien Sie pünktlich. Dann sorgen wir dafür, dass hier wieder Ordnung einkehrt.«

72

Am nächsten Morgen ging ich als Erstes zu Brady ins Büro. Ich hoffte auf die schnellste Sitzung aller Zeiten.

Brady beendete sein Telefonat. »Boxer, ich muss Sie vom Fall Richardson abziehen. Die weiteren Ermittlungen werden vom Dezernat für Gewaltverbrechen koordiniert. Sehen Sie mal, was wir in der letzten Woche alles reinbekommen haben.« Er wies mit dem Kinn auf die weiße Tafel in der Mitte des Bereitschaftsraums. Die schwarze Schrift darauf war durch die Glaswände seines Büros gut zu erkennen.

Sechs offene Fälle wurden dort aufgelistet. Abgeschlossene Fälle wurden immer mit rotem Stift geschrieben. Aber es gab keine abgeschlossenen Fälle.

»Lieutenant, wir haben jetzt richtig Bewegung in den Fall bekommen«, sagte ich, zog mir einen Stuhl heran und setzte mich meinem breitschultrigen Chef gegenüber. Er hatte die sonnengebleichten Haare nach hinten gekämmt, aber an seinem Ringfinger war kein Ehering zu erkennen. Ich dachte an Yuki, so zierlich und klein, fast wie ein Vogel, stellte mir vor, wie sie in den Armen dieses Polizisten lag, den ich kaum kannte, und bekam ein wenig Angst um sie.

Yuki war eine hervorragende und couragierte Staatsanwältin – und in Bezug auf ihre Männerauswahl eine absolute Versagerin.

Brady starrte mich an und wartete.

»Quentin Tazio ist auf eine Querverbindung gestoßen, die der entscheidende Schritt zur Lösung sein könnte«, sagte ich.

»QT ist unser Computerspezialist, richtig?«

»Der beste, den man sich vorstellen kann.«

Ich erzählte Brady, dass QT bei Telefongesellschaften Erkundigungen eingezogen und elektronische Datenbanken durchwühlt hatte und dabei auf einen Anruf bei Jordan Ritter aus der Gegend um den Lake Merced gestoßen war, und zwar aus dem Zeitraum, in dem Avis Richardson ihr Baby zur Welt gebracht hatte.

»Avis behauptet, sie hätte eine der beiden Frauen, die ihr bei der Geburt zur Seite gestanden haben, gebeten, ihr ein Handy zu leihen, um damit ihren Freund anzurufen. Das fragliche Handy gehört einer gewissen Antoinette Burgess, vierzig Jahre alt, ehemalige Lehrerin. Sie wohnt in Taylor Creek, Oregon, einem Dorf mit genau dreitausendundzweiundvierzig Einwohnern.«

Brady erwiderte: »Und Sie glauben, dass diese Burgess das Baby haben könnte?«

»Avis behauptet, dass sie bei der Geburt dabei gewesen sei.«

»So langsam spüre ich so was wie einen Funken Hoffnung. Was meinen Sie, Boxer, ist ein kleiner Funken Hoffnung in diesem Fall vielleicht gerechtfertigt?«

Ich nickte und teilte Brady noch mit, dass es über Antoinette Burgess keine Polizeiakte gab und dass ich mich mit ihr treffen wollte. Falls sie das Baby hatte, dann würde ich es aus Taylor Creek wegschaffen, bevor Sirenen und Hubschrauber und das Sondereinsatzkommando ein Eingreifen lebensgefährlich machten.

»Conklin bleibt hier und versucht, Avis und ihren Freund aufzutreiben«, fuhr ich fort. »Claire Washburn begleitet mich. Wir machen das in unserer Freizeit.«

»Sie erledigen das im *Dienst*«, sagte Brady. »Bringen wir die Sache zu Ende. Ich setze mich mit den lokalen Dienststellen in der nächstgrößeren Stadt in Verbindung. Auf der Stelle.«

»Lieutenant, bei allem gebührenden Respekt, aber ich finde, wir sollten erst einmal versuchen, ein Gefühl für die Situation dort zu bekommen.«

Anschließend besprachen wir noch ein paar logistische Dinge, aber ich merkte, wie aufgeregt er wurde. Nachdem ich versprochen hatte, ihn anzurufen, sobald ich in Taylor Creek angekommen war, und ihn auch danach auf dem Laufenden zu halten, gab er mir grünes Licht.

Ich verließ Bradys Büro und war froh, dass ich den Fall behalten durfte. Ich wusste, dass diese Spur zu einer Frau in Oregon wahrscheinlich meine letzte Chance war, Avis Richardsons vermisstes Kind zu finden.

Gut möglich, dass es auch die letzte Chance des Babys war.

Drittes Buch

Dienstfahrt

73

Ich holte Claire auf dem Parkplatz vor dem Gerichtsmedizinischen Institut ab. Sie zwängte sich zusammen mit einer Windeltasche, die heute als Picknickkorb diente, auf den Beifahrersitz meines Explorers.

Genau wie ich hatte Claire seit über einem Jahr keine Dienstreise mehr gemacht. Im Gegensatz zu mir war sie in prächtiger Stimmung.

Ich gab »Taylor Creek, Oregon, Zentrum« in das Navigationsgerät ein und fuhr los, Richtung Bay Bridge und Interstate 80 nach Osten. Fast siebenhundert Kilometer lagen vor uns, und ich wollte die Strecke an einem Tag schaffen.

Morgen um diese Zeit, so hoffte ich, befand sich der kleine Sohn von Avis Richardson in meiner Obhut. Ich hatte das Bild deutlich vor Augen, wie er als kleines Bündel in der Babyschale auf der Rückbank lag.

»Ich habe dir aus dem Deli ein Spiegelei-Sandwich mitgebracht«, sagte Claire, als wir an Berkeley vorbeikamen und einen nebelverhangenen Blick über den Jachthafen hinweg nach Westen bekamen. »Mit einer Extrascheibe Schinken. Und hier ist dein Kaffee. Extra viel Milch.«

»Du bist wirklich eine ganz Süße, weißt du das?«

»Weiß ich«, meinte Claire und kicherte. Mannomann, war sie froh, endlich einmal aus der Stadt zu kommen. Als wir schließlich auf den Highway fuhren, hatte sie bereits einen ausführlichen Lobgesang auf Ruby Rose Washburn angestimmt, ihre kleine Tochter und mein Patenkind.

Sie ließ nicht das kleinste Detail aus, weder Rubys Abenteuer im Küchenschrank zwischen Töpfen und Bratpfannen noch ihren ersten Bissen in einen Hotdog mit scharfer Soße oder dass Ruby ihren Daddy vergötterte.

»Edmund spielt ihr immer etwas auf dem Cello vor«, sagte Claire, als ich vor der Mautstelle auf die FasTrak-Spur wechselte. Wir überquerten die Carquinez Bridge. Ich genoss den Blick über die San Pablo Bay und Mare Island mit der alten Werft sowie über die östlich gelegene Zuckerfabrik in der Stadt Crockett.

»Wenn er übt, legt sie sich in den Polstersessel und summt die Melodie mit. Sie liebt Vivaldi, sagt Edmund. Das ist alles einfach nur himmlisch, Lindsay.«

Mehr als ein »Mm-hmm« brachte ich nicht zustande. Ich liebe Ruby Rose. Ich war auf der Suche nach einem Neugeborenen. Und meine Gedanken drehten sich ständig um Babys.

Ich wünschte mir so sehnlich ein Kind mit Joe. Ich wollte das, was Claire hatte – Hotdogs und Töpfe und Bratpfannen und ein summendes Baby. Ich wollte hören, wie Joe unserem Kind italienische Arien vorsang. Und plötzlich spürte ich, wie mir salzige Tränen über die Wange liefen. Ich wischte sie mit dem Handrücken beiseite, aber Claire ertappte mich.

»Was ist denn los, Lindsay? Was hast du denn?«

»Bin bloß müde.«

»Glaubst du ernsthaft, dass du mich nach so vielen Jahren noch anschwindeln kannst?«

»Nein. Nein, natürlich nicht.«

»Also, was ist los?«

Ich erzählte es meiner besten Freundin. »Einmal im Monat ist es wie ein Schlag, der mich bis ins Mark erschüttert, weil wieder eine Gelegenheit verstrichen ist, verstehst du? Seit der Heirat ist mein Kinderwunsch noch viel stärker geworden. Wie ein Gefühls-Tsunami, der mich einfach mitreißt.«

»Probiert ihr es denn ernsthaft, du und Joe?«

Ich nickte.

»Wie lange schon?«

»Noch nicht lange. Drei, vier Monate.«

»Das ist ja gar nichts«, sagte Claire.

Mittlerweile waren wir auf dem Interstate 5, ungefähr hundertsechzig Kilometer nördlich von San Francisco. Kniehohe Hecken flankierten den Highway zu beiden Seiten, und Drahtzäune grenzten die Straße von den ausgedörrten Grasflächen ab, die sich bis an den Horizont erstreckten.

Es war ein Anblick, bei dem sich zwangsläufig der Begriff »Ödnis« aufdrängte.

»Hast du gerade mit dem Prämenstruellen Syndrom zu tun?«, erkundigte sich Claire.

»Mm-hmm«, erwiderte ich.

Claire tätschelte mir die Schulter. »An der nächsten Tankstelle kriegst du einen Schokoriegel.«

»Was soll das denn sein? Eine ärztliche Anweisung etwa?«, krächzte ich.

Claire lachte. »O ja, ganz genau, du Schlaubergerin. Ganz genau das ist es.«

74

Wer emotional in einen Fall verstrickt ist, der kann nicht mehr objektiv urteilen, das ist in Polizeikreisen eine Binsenweisheit. In diesem Beruf muss man einfach akzeptieren, dass Tag für Tag unschuldige Menschen verletzt, vergewaltigt, betrogen, entführt und ermordet werden.

Aber wenn man als Polizist oder Polizistin nicht alles, was man hat, in die Waagschale wirft, um all die Ganoven und Halsabschneider dingfest zu machen, was soll das Ganze dann? In derselben Zeit und für dasselbe Geld könnte man genauso gut Schaffner werden und Fahrkarten knipsen.

Kurz vor Williams tankten wir den Explorer auf und setzten uns zum Mittagessen in ein Restaurant namens Granzella's, das zwar von außen wie ein Gasthaus, aber von innen eher wie eine Jagdhütte aussah. An den Wänden hingen jedenfalls nicht nur die Köpfe von Hirschen und Bären, sondern auch die von Zebras, Wasserbüffeln und Langhornziegen.

Neben exotischen Tierpräparaten hatte das Granzella's noch eine andere Spezialität zu bieten, nämlich sehr gute Linguine mit einer würzigen roten Soße. Während des Essens lästerten wir über Avis.

»Bloß wegen ihr haben wir über eine Woche sinnlos vergeudet, Claire. Und sie lügt uns ständig an. Sogar diese Fahrt jetzt könnte sich als komplett sinnlos herausstellen.«

Claire gluckste mitfühlend, während ich weiter schimpfte, und dann brachte sie das Fass zum Überlaufen, indem sie mich an den letzten großen Fall erinnerte, den wir gemeinsam bearbeitet hatten. Vor etlichen Monaten hatte ein gewisser Pete Gordon, ein Psychokiller wie aus dem Lehrbuch, in einer Mordserie, die Claire und mir das Äußerste abverlangt hatte, vier junge Mütter und fünf kleine Kinder umgebracht.

Ich ging zur Toilette, setzte mich auf den rostigen Thron und heulte wie ein Schlosshund. Dann wusch ich mir das Gesicht, ging wieder nach draußen und sagte zu Claire: »Ich bezahle. Und dann nichts wie los, mein Schmetterling.«

Um Viertel nach zwei waren wir wieder unterwegs. Ungefähr dreihundertfünfzig Kilometer nördlich von San Francisco führte der Highway über den Shasta Lake hinweg.

Zum ersten Mal seit einer Woche kreisten meine Gedanken nicht um Babys. Der Anblick der rosa-gelben Sandsteinbänke, die sich aus den unfassbar lebendigen, meergrünen und pfauenblauen Wassermassen erhoben, verjagte jeden anderen Gedanken aus meinem Kopf.

Doch dann war das Besichtigungsprogramm auch schon wieder zu Ende. Wir würden Avis' neugeborenen Jungen finden. Ganz bestimmt würden wir das.

Um 17.00 Uhr hatten wir Taylor Creek erreicht.

Es war eine typische Kleinstadt im wundervollen Nordwesten Kaliforniens mit genau einer Ampel. Die Hauptstraße wurde von Wild-West-Fassaden vom Ende des 19. Jahrhunderts gesäumt. Backsteingebäude, die einst Banken oder Lagerhäuser gewesen waren, beherbergten heute Boutiquen und andere kleine Läden.

Autos krochen die Straße entlang. Während das Sonnenlicht langsam zu einem sanften Rosa verblasste, wurden die ersten Straßenlaternen und Scheinwerfer eingeschaltet.

»Ich würde gerne erst einmal bei Antoinette Burgess vorbeifahren«, sagte ich zu Claire. »Damit ich ein Gefühl für das Ganze kriege.«

Die körperlose Stimme des Navigationsgeräts leitete uns in

die Clark Lane, eine schmale, von Bäumen gesäumte Sackgasse. Grüne Lattenzäune schützten die Vorgärten, und dahinter war ein ganzes Sammelsurium von Häusern aus unterschiedlichen Jahrzehnten zu erkennen – viktorianisch oder schlicht, im Heimwerker- oder im Western-Ranch-Stil.

Das Haus von Anoinette Burgess war ein mit Holzschindeln gedecktes Nurdachhaus mit umlaufender Terrasse und einer Satellitenschüssel auf dem Giebel. Im Inneren brannte kein Licht, und in der Einfahrt stand kein Auto.

Ich stellte den Explorer auf einem Haufen Herbstlaub am Straßenrand ab, und Claire meinte scharfsinnig: »Sieht so aus, als wäre niemand zu Hause, Lindsay.«

Hervorragende Gelegenheit, um ein bisschen herumzuschnüffeln, dachte ich.

Ich schaltete die Scheinwerfer aus und sagte: »Bin gleich wieder da.« Dann stieg ich aus.

75

Der Vorgarten war ungepflegt, der Rasen ungemäht, und überall lagen Blätter herum. Zu meiner Rechten führte ein mit Unkraut übersäter Kieselsteinpfad am Haus vorbei zu einer offenen, frei stehenden Doppelgarage.

Ich schaltete meine Taschenlampe ein und ging die Auffahrt entlang. Die Kiesel und die trockenen Blätter knirschten hörbar.

In der Garage roch es nach Motoröl, und auf dem Boden war ein Schmierfilm zu erkennen. Der Strahl meiner Taschenlampe glitt über ein Ruderboot, das auf den Dachbalken lag, Stapel von Plastikwannen und Kartons, die nach allem, was ich erkennen konnte, Motorrad-Ersatzteile enthielten: Ritzel, Ventile und Bremsblöcke.

Nichts von Interesse.

Ich verließ die Garage und ging zur Rückwand des Hauses. Ließ die Taschenlampe durch die mehrfachverglasten Fenster leuchten. Erkannte abgewetzte Möbel, einen Holzofen und einen Babysitz für das Auto auf dem Küchentisch.

Mein Blick blieb an der Babyschale hängen. Sie war blau und leer. Mein Pulsschlag schoss noch einmal zwanzig Schläge pro Minute nach oben, als ich die Hand an den Türknauf legte und drehte.

Die Tür war nicht abgeschlossen … Aber eine halbe Sekunde, bevor ich sie aufdrücken wollte, sah ich ein winziges, pulsierendes rotes Licht, das sich in der Klappe der Mikrowelle spiegelte.

Eine Alarmanlage, und sie war eingeschaltet. Ich ließ den Türknauf los. Im selben Augenblick hörte ich das Knattern und Röhren von Motorrädern, das beständig lauter wurde.

Die Motorräder kamen genau hierher, da war ich mir sicher. Ich musste verschwinden, und zwar sofort. Also knipste ich meine Taschenlampe aus und eilte zurück zum Auto.

Claire machte das Fenster auf und rief: »Hörst du das, Linds?«

»Ist ja kaum zu überhören«, erwiderte ich.

Ich hievte mich auf den Fahrersitz und ließ den Motor an, während sieben oder acht einzelne Scheinwerfer auf uns zukamen.

Ich drückte das Gaspedal durch und suchte mit quietschenden Reifen und einer scharfen Wende das Weite.

»Sehr unauffällig. So hat uns bestimmt niemand gesehen, oder?«, bemerkte Claire und hielt sich krampfhaft am Armaturenbrett fest.

»Tja, so bin ich eben. Dezent wie ein Presslufthammer.«

Wir fuhren an der entgegenkommenden Motorradkolonne vorbei, und ich blickte aufmerksam in den Rückspiegel. Die Maschinen fuhren bis zum Haus von Antoinette Burgess und bogen in die Einfahrt zur Garage ein.

Ob sie auf einem dieser Motorräder saß?

Und wo war das Baby?

Ich blickte noch einmal in den Spiegel und sah ein Motorrad vor der Einfahrt stehen, darauf die Silhouette des Fahrers. Und als ich um die nächste Kurve jagte, stand er immer noch da.

Mist.

Es sah ganz so aus, als hätte sich jemand mein Kennzeichen gemerkt.

76

Das Hotel Clearwater war ein verblasstes, zweistöckiges Haus aus dem viktorianischen Zeitalter und stand in der Main Street. Der Balkon im ersten Stock wurde von Säulen getragen. Es sah aus, als wäre es direkt dem Wilden Westen entsprungen oder vielleicht einem Kinofilm über Butch Cassidy und Sundance Kid.

Claire und ich betraten das Foyer, in dem seit den Zwanzigerjahren des letzten Jahrhunderts nichts mehr verändert worden war. Ich betrachtete die viktorianischen Tapeten mit Blütenmuster, die mit Satin bezogenen Sessel und die sepiafarbenen Fotografien längst Verstorbener, die in schnörkeligen Rahmen an den Wänden hingen.

Der Mann hinter dem Tresen war ebenfalls ein Relikt aus vergangenen Tagen. Beim Anblick seines ausgedünnten, grauen Pferdeschwanzes und der runden, rahmenlosen Brille beschlich mich unwillkürlich die Vermutung, dass das Hotel nach Creedence Clearwater Revival benannt war, einer Band aus den Siebzigerjahren, die ich immer noch mochte.

Ich unterschrieb die Anmeldung und die Kreditkartenquittung und nahm die Zimmerschlüssel in Empfang. Während Claire mit ihrem Mann telefonierte, verriet mir der Portier, dass sein Name Buck Keene und er der Besitzer des Hotels sei.

Wir plauderten über das Wetter und die örtlichen Restaurants, dann sagte ich: »Ich suche jemanden. Vielleicht kennen Sie sie ja? Eine gewisse Antoinette Burgess?«

»Toni, na klar, die kennt jeder hier. Sie ist die Präsidentin der Devil Girlz… Girlz mit Z. Das ist ein Motorradclub nur für Frauen. Sie arbeiten meistens als Rausschmeißer in einem der Saloons in Winchester.«

»Sie müsste auch eine Freundin haben – Sandy irgendwas?«

Der Mann mit dem grauen Pferdeschwanz zuckte zurück, als hätte er zu viel geredet oder ich ihm Ammoniak unter die Nase gehalten. »Sie sind von den Bullen«, sagte er. »Da hätte ich auch gleich draufkommen können.« Er zog eine Schublade auf und zeigte mir seinen Sheriffsstern. Ich zeigte ihm im Gegenzug meine Marke.

»Steckt Toni in Schwierigkeiten?«, wollte Keene wissen.

»Überhaupt nicht. Ich möchte mich nur mit ihr unterhalten, im Zusammenhang mit einem Fall, den wir gerade bearbeiten.«

»Sie sollten sich eine andere Quelle suchen«, erwiderte Keene. »Toni hat ein ziemlich hartes Leben geführt, aber jetzt ist sie sauber. Kriegt ihr Leben in den Griff. Aber eine Befragung durch die Polizei…« Keene schüttelte den Kopf. »Sie müssen bis morgen Mittag auschecken.«

Meine Badewanne stand auf Klauenfüßen. Der Handtuchhalter war aus Messing, und auf dem Sockelwaschbecken stand ein Korb mit Toilettenartikeln. Ich ließ das heiße Wasser laufen, schüttete etwas Badesalz in die Wanne und rief Conklin an.

»Antoinette Burgess ist Mitglied in einem Motorradclub namens Devil Girlz«, sagte ich. »Ein rebellischer Charakter, nehme ich an.«

»Warte mal kurz«, sagte Conklin und startete eine Web-Suche, während ich die Wassertemperatur prüfte und meine Haare hochsteckte.

»So, da gibt es durchaus ein paar Einträge über diese Girlz-Group«, sagte Conklin. »Drogen. Waffenhandel. Das sind keine Avon-Beraterinnen, Linds. Sieh dich vor.«

»Versprochen«, sagte ich. »Rich. Ich habe im Haus von Antoinette Burgess etwas gesehen. Eine Babyschale für das Auto, auf dem Küchentisch. In Blau.«

»*Im Ernst?* Ehrlich?«

»Ja. Tu mir einen Gefallen und erzähl es Brady.«

Joe hob nach dem ersten Klingeln ab. Ich trat in die Wanne, ließ mich langsam tiefer gleiten und seufzte, als das heiße Wasser über meine Schultern schwappte.

»Wie ist es dort?«, erkundigte sich Joe.

»Hübsches, kleines Örtchen. So was wie eine Kreuzung aus *Ausgerechnet Alaska* und *Twilight Zone*.«

»Sei vorsichtig, Blondie.«

Der zweite Kerl innerhalb von nicht einmal zehn Minuten, der mir sagt, ich soll vorsichtig sein. Mein Gott. Wie lange war ich jetzt Polizistin? Seit zehn Jahren.

»Ich habe eine Dienstmarke und eine Pistole in der Tasche«, sagte ich zu meinem Ehemann.

»Dein Tonfall passt mir überhaupt nicht.«

»Wieso, wie ist er denn, mein Tonfall?«

»Hochnäsig. Und gleichzeitig ein bisschen geistesabwesend.«

»Ich hab den ganzen Tag im Auto gesessen.«

»Hol dir Hilfe, wenn du welche brauchst. Das musst du mir versprechen.«

»Ich versprech's. Und jetzt gib mir einen Kuss.«

Nachdem ich mein Bad beendet hatte, rief ich über das Haustelefon den Sheriff unten am Empfang an.

»Sheriff Keene. Haben Sie vielleicht etwas Zeit? Ich würde mich gern mit Ihnen über den Fall unterhalten, mit dem ich gerade zu tun habe.«

77

Am nächsten Morgen kurz nach acht Uhr lenkte ich den Explorer in südlicher Richtung in die Clark Lane.

»Nun sieh mal einer an«, sagte Claire.

Ein dichter Pulk aus Motorradfahrern bildete mit eingeschalteten Scheinwerfern und heulenden Motoren eine Barriere zwischen uns und dem Haus von Toni Burgess. Je näher wir kamen, desto enger schob sich der Pulk zusammen. Die Motorradfahrer zeigten keinerlei Bereitschaft, uns Platz zu machen.

Ursprünglich hatte ich vorgehabt, einfach bei ihr zu klingeln. Ihr meine Dienstmarke unter die Nase zu halten. Ins Haus zu gehen und das Baby mitzunehmen. Mit einer Massenschlägerei hatte ich nicht gerechnet. Dieser verdammte Buck Keene, er musste Toni Burgess gewarnt haben.

»Was nun, Kemo Sabe?«, sagte Claire.

»Wir improvisieren, Tonto«, erwiderte ich und fühlte mich tatsächlich beinahe wie ein Texas Ranger. »Muss mich auf meinen viel gerühmten Charme verlassen.«

Ich hielt fünf Meter vor den Motorrädern an, sodass ich die männlichen Frisuren und die schmuddeligen Klamotten ebenso erkennen konnte wie die Ketten, die sie um die Schultern und die Hüften geschlungen hatten, und die Tätowierungen, die bis zu den Fingerspitzen reichten.

Ich bat Claire, die Türen zu verriegeln, sobald ich ausgestiegen war, und das Handy in der Hand zu behalten.

Sobald ich aus dem Explorer geklettert war, gab es kein Zurück mehr. Ich war fest entschlossen, mir Zutritt zu dem Haus mit den Holzschindeln zu verschaffen. Ich hatte einen genauen Plan, würde die Anführerin einfach links liegen lassen, durch das Gartentor gehen und mich der Haustür nähern.

Die Frau an der Spitze ließ ihre Maschine noch einmal aufheulen, schaltete dann den Motor aus und stieg ab. Sie kam direkt auf mich zu und machte keinerlei Anstalten auszuweichen.

Sie war wohl Ende vierzig und hatte ungefähr meine Größe, eins achtundsiebzig, war aber bestimmt zwanzig Kilogramm schwerer als ich. Die graublonden Haare waren mit Gel stramm nach hinten gekämmt, ihr falsches Grinsen offenbarte etliche Zahnlücken, und ihre Nase war deutlich erkennbar nach rechts gebogen.

Auf der Brusttasche ihrer Lederjacke war ein Aufnäher zu sehen. Darauf stand »Toni«. *Das* war Antoinette Burgess? Nicht gerade das, was man sich unter einer typischen Vorstadt-Mutti vorstellte.

»Was willst du?«, sagte sie zu mir.

Meine Hände waren schweißnass. Es gab ein Dutzend Möglichkeiten, wie das hier schiefgehen konnte. Die Devil Girlz handelten mit Waffen. Ich machte meine Jacke auf und gab den Blick auf meine Glock und die goldene Dienstmarke an meinem Gürtel frei.

»Sergeant Lindsay Boxer, San Francisco Police Department. Ich bin hier wegen des Babys.«

»Ich hab keine Ahnung, was du da quatschst«, sagte die Motorradfahrerin.

In diesem Augenblick war der durchdringende Schrei eines Babys vom Haus her zu hören. Ich hob den Blick und sah die von hinten beleuchtete Silhouette einer Frau mit einem kleinen Bündel im Arm am Fenster stehen.

Ich drehte mich um und ging zurück zum Explorer. Das

Schloss klackte, ich setzte mich auf den Fahrersitz und bat Claire, mir das Handy zu geben.

Die Nummer war eingespeichert.

»Sheriff Keene, hier spricht Sergeant Boxer. Ich bin in der Clark Lane und brauche Unterstützung. Wenn Sie in fünf Minuten nicht hier sind, rufe ich das FBI. Die nehmen dann alles und jeden auseinander, der sich zwischen sie und das entführte Baby stellt.«

78

Drei grün-weiße Streifenwagen kamen im morgendlichen Dämmerlicht mit jaulenden Sirenen die Clark Lane entlanggerast und hielten am Fahrbahnrand an. Sheriff Keene stieg aus dem ersten Wagen. Er trug einen Cowboyhut und eine graubraune Jacke mit Fransen an den Ärmeln und einem Stern auf der Brusttasche. Außerdem hielt er ein Gewehr im Arm.

»Mädels, macht Platz. Machen wir die Sache nicht unnötig kompliziert, okay?«

Dafür erntete er ein paar Buhrufe und dumme Sprüche. »Was hast du gesagt? Wir sollen Platz machen? Was glaubst du eigentlich, was wir sind? Hunde oder was?«

Doch dann schoben die Devil Girlz ihre Maschinen beiseite, sodass Sheriff Keene sich zwischen ihnen hindurchschlängeln konnte.

Toni Burgess, Claire und ich folgten ihm durch den Unkrautgarten, über den Schotterpfad und die quietschende Treppe hinauf, bis wir auf der Eingangsterrasse vor der Haustür standen.

Keene klopfte an und rief: »Sandy, mach auf. Ich bin's, Buck.«

Die Tür ging einen Spaltbreit auf.

Eine Frauenstimme ertönte: »Verschwinde, Buck. Wir haben niemandem was getan.«

Ich sagte: »Sandy, mein Name ist Sergeant Lindsay Boxer, und das hier ist Dr. Claire Washburn vom San Francisco Police Department. Wir möchten uns nur mit Ihnen unterhalten.«

»Wenn das so ist, dann rufen Sie mich doch einfach an.«

»Wir würden uns gerne das Baby anschauen«, sagte Claire. »Um sicherzustellen, dass mit ihm alles in Ordnung ist.«

Sheriff Keene brüllte: »Was ist denn da los, Sandy? Was habt ihr bloß gemacht?«

»Wir haben gar nichts Schlimmes gemacht, Buck. Und jetzt geht einfach. Es sei denn, ihr habt einen Durchsuchungsbeschluss.«

»Du kannst die Polizei nicht einfach wegschicken, Sandy. Du machst einen großen Fehler«, sagte Keene.

»Das steht noch nicht fest, wer hier den Fehler macht. Verschwindet. Ich will es nicht noch mal sagen. Das ist Hausfriedensbruch.«

Jetzt hatte ich die Schnauze endgültig voll von diesem Theater. Ich nahm einen halben Schritt Anlauf, rammte die Schulter gegen die Tür und stieß sie weit auf. Claire und der Sheriff stürmten direkt hinter mir ins Haus.

»Dezent«, murmelte Claire.

»Wie ein Presslufthammer«, fuhr ich fort. In diesem Augenblick sah ich die Frau, die hinter der Tür gestanden hatte. Sie trug einen Overall und ein langärmeliges pinkfarbenes T-Shirt. Sie hatte ein hübsches Gesicht und lange, glänzende Haare. Sie musste Ende zwanzig, Anfang dreißig sein.

Unter einer Decke, die über ihrer linken Schulter hing, zappelte ein neugeborenes Baby.

War das Avis Richardsons kleiner Junge?

Das Einzige, was sich mit Sicherheit sagen ließ, war, dass der Kleine *am Leben* war.

Erst dann erkannte ich, dass Sandy mit einer Neun-Millimeter-Handfeuerwaffe direkt auf meinen Kopf zielte. Und ihr Gesichtsausdruck ließ keinen Zweifel daran, dass sie nicht zögern würde abzudrücken.

79

»Buck, verzieh dich, verflucht noch mal!«, rief Sandy.

»Ich gehe nicht, ehe du nicht diese Knarre weglegst und mir erzählst, was zum Teufel hier eigentlich los ist«, sagte er. »Das *ist* doch dein Baby, oder, Sandy? Du *warst* doch schwanger. Ich hab dich geseh…«

»Ach, mein *Gott*, Buck…«, erwiderte die Frau mit dem Baby über der Schulter.

»Was willst du denn damit sagen? Dass du alle angelogen hast? Dass du deine Schwangerschaft bloß vorgetäuscht hast? Toni? Großer Gott. Wie konntet ihr so was bloß tun?«

Sandy drückte sich den Lauf der Pistole unter das Kinn. »Ich will kein Wort mehr hören. Verschwindet, alle miteinander! Haut ab! Ich mein's ernst«, sagte sie.

Alles Blut wich mir aus dem Gesicht. Kaffee kletterte meine Speiseröhre empor.

»Sandy«, sagte Keene. »Wir helfen dir. Aber so geht es doch nicht.«

»Doch, genau so geht es. Und jetzt raus hier, verschwindet! Verschwindet! *Haut ab!*«, schrie sie.

Das Baby stieß jetzt herzzerreißende Klagelaute aus.

Mein Mund wurde trocken. Ich hatte mir so viele verschiedene Möglichkeiten überlegt, wie das hier schiefgehen konnte, aber *das* nicht. Ich sagte: »Wir wollen Sie doch gar nicht in Schwierigkeiten bringen, Sandy. Wir wollen nur mit Ihnen über die ganze Situation reden. Buck, lassen Sie uns doch für einen Moment allein. Bitte.«

»Toni, bring sie wieder zur Vernunft, verdammt noch mal«, sagte der Sheriff zu der Frau in der Ledermontur. »Ich warte draußen.«

Nachdem der Sheriff gegangen war, sagte ich zu Sandy. »Ich lege jetzt meine Waffe ab.« Dann griff ich unter meine Jacke, holte mit zwei Fingern meine Glock hervor und legte sie auf den Fußboden.

Toni Burgess hob sie auf und ging unter Kettenklirren in die Küche, warf die Pistole in den Mülleimer unter der Spüle und klappte den Schrank wieder zu.

Sandy steckte ihre Waffe in die Tasche ihres Overalls und umschlang dann das Baby mit beiden Armen.

Ich stieß den Atem aus, den ich schon viel zu lange angehalten hatte, und blickte mich um. Auf dem Tresen standen Babyfläschchen, und auf einem Schaffell auf dem Boden lag Spielzeug. Der Kühlschrank war gepflastert mit Babyfotos.

Sandy hielt das Baby an ihre Schulter gedrückt und klopfte ihm auf den Rücken, aber es hörte nicht auf zu weinen.

»Ich heiße Sandra Wilson«, sagte sie. »Und das hier ist mein Sohn, Tyler Burgess Wilson. Ich bin jetzt seine Mutter. Ich habe mich auf Avis Richardsons Anzeige bei Prattslist gemeldet und ihr fünfundzwanzigtausend Doller gegeben, als Aufwandsentschädigung und für das Austragen und die Geburt des Babys. Sie hat die Papiere unterzeichnet. Alles ganz legal. Sagen Sie Avis, dass es zu spät ist, dass sie die Entscheidung nicht mehr rückgängig machen kann.«

»Avis hat die Anzeige geschaltet?«

»Aber klar hat sie das. Ich kann sie Ihnen zeigen. Avis hat gesagt, dass sie uns das Baby geben will, und dann haben wir das Geld überwiesen. Und jetzt hören Sie mir genau zu. Wir lieben Tyler und wir geben ihn nicht wieder her. Dieser kleine Junge gehört uns.«

80

»Ich bin Ärztin, Schätzchen«, sagte Claire. »Und ich habe selbst ein Baby, das nicht viel älter ist als Tyler. Darf ich ihn mir vielleicht ganz kurz anschauen? Bitte?« Sie streckte die Arme nach dem Baby in Sandys Armen aus.

»Er will einfach nichts essen«, erwiderte Sandy, und ihre Stimme klang mit einem Mal brüchig und voller Gefühl.

Claire nahm die junge Frau in den Arm. »Ist ja gut. Ist ja gut.« Dann brachte sie den kleinen Jungen zum Küchentisch. »Haben Sie ein paar Tücher und eine frische Windel da?«, fragte sie. Ihre Stimme war so ruhig, als ob es weit und breit keine Pistolen gäbe.

Ich stand neben Claire, als sie den Kleinen auswickelte, und ich konnte erkennen, dass er braune Augen und rosige Haut hatte und dass alle Körperteile an Ort und Stelle waren. Dazu kam ein kleiner dunkelroter Fleck auf einem Handrücken. Ich legte meine Finger in seine kleine Hand. Er trat mit den Füßen und stieß einen erneuten Schrei aus.

Während Claire das Baby sauber machte und untersuchte, verschwand Toni Burgess. Eine Minute später war sie wieder da, mit der Anzeige aus Prattslist und einem Zettel in den zitternden Händen.

»Sergeant, sehen Sie sich das bitte an. Und danach lassen Sie uns in Ruhe und sagen Buck, dass er nach Hause gehen soll.«

»Lesen Sie's mir vor. Ich höre«, sagte ich.

»*Hiermit übergebe ich, Avis Richardson, volljährig und im*

vollen Besitz meiner geistigen Kräfte, meinen neugeborenen Sohn an Sandra Wilson und Antoinette Burgess, die mir als Gegenleistung für die Schwangerschaft und die Geburt den Betrag von $ 25.000 überlassen haben.«

Die Anzeige entsprach genau Sandys Beschreibung. Der Zettel war von Avis Richardson unterschrieben und datiert und die Richtigkeit von Antoinette Burgess und Sandra Wilson bezeugt worden.

Ich seufzte, und dann musste ich es ihnen sagen.

»Toni, es gibt da ein Problem. Avis Richardson ist erst fünfzehn.«

»Sie ist *achtzehn*. Sie hat uns ihren Ausweis gezeigt.«

»Sie hat Sie angelogen«, erwiderte ich. »Und das ist erst der Anfang.«

»Das darf doch nicht *wahr* sein«, sagte Sandy und sank schluchzend auf einen Küchenstuhl. Sie weinte so sehr, dass viele ihrer Worte nicht zu verstehen waren, nur das: »Wir haben alles vorbereitet. Wir haben bei der Geburt geholfen. Wir geben ihm ein liebevolles Zuhause. Avis wollte ihn nicht haben. Sie hat ihn überhaupt nicht geliebt.«

Ich trat neben Sandy und holte die Pistole aus ihrer Overalltasche. Dann ließ ich das Magazin herausschnappen.

Sie sah mich mit flehenden Blicken an. »Helfen Sie uns! Was müssen wir machen, damit wir ihn behalten dürfen?«

»Sie können ihn nicht behalten, Sandy«, sagte ich, obwohl mir klar war, dass ich ihr damit nachgerade das Herz aus dem Leib riss. »Dieses Baby hat bereits eine Familie, und diese Familie sehnt sich nach ihm. Es tut mir sehr leid, dass ich Ihnen einen solchen Schmerz zufügen muss.«

81

Unser Abschied aus der Clark Lane war qualvoll, langsam und tränenreich.

Polizisten, Nachbarn und Devil Girlz kreisten den Explorer ein, während Toni mir den Kindersitz und andere Babyutensilien reichte. Sandy drückte mir die Papiere in die Hand.

»Dieser Brief hier ist für Tyler, wenn er älter ist und lesen kann«, sagte Sandy. Dann gab sie mir noch ihr Tagebuch und einen dicken Umschlag voller Bilder von der Geburt.

Ich steckte die Fotos in das Türfach – Beweismittel, die zunächst einmal ausreichen würden, bis Tylers DNA analysiert war – und machte die Babyschale auf dem Rücksitz fest.

Claire startete den Motor, und sobald wir Taylor Creek hinter uns gelassen hatten, klappte ich die Lehne nach hinten und fing an zu dösen. Während der nächsten siebenhundert Kilometer machte ich alle paar Minuten die Augen auf, drehte mich um und sah nach Tyler.

Was würde das Leben als Nächstes für ihn bereithalten?

Würde es ihm gut gehen?

Als der Sonnenuntergang über der Bryant Street in die Abenddämmerung überging, bogen wir auf den Parkplatz vor dem Gerichtsmedizinischen Institut ein. Conklin stand neben seinem Auto, warf immer wieder die Schlüssel in die Luft und wartete auf uns.

Er kam zum Wagen, machte die hintere Tür auf und starrte sprachlos auf das Baby. »Was für ein hinreißendes Kind«, sagte er. »Also, was habt ihr jetzt vor?«

Ich stieg aus dem Explorer, streckte die schmerzenden Glieder und sagte: »Wir warten noch ein bisschen, bevor wir das Jugendamt anrufen.«

Ich umarmte Claire zum Abschied, holte Tyler mitsamt der Babyschale aus dem Auto und setzte mich in einen Streifenwagen.

Conklin nahm auf dem Fahrersitz Platz und sagte: »Das letzte Mal, als Avis Richardson ihr Handy benutzt hat, war sie in Tijuana. Sie hat ihre Eltern angerufen. Das war vor zwölf Stunden.«

»Ich stelle mir das Ganze folgendermaßen vor«, sagte ich. »Wir zeigen das Baby den Richardsons und sagen ihnen, sie sollen Avis anrufen. Auch wenn sie nur die Mailbox erreichen. Es reicht völlig, wenn sie ihr eine Nachricht hinterlassen. Sie sollen ihr sagen: ›Dein Baby ist wieder da.‹ Wir legen eine Fangschaltung und bringen das Baby ins St. Francis. Dann schleusen wir verdeckte Ermittler auf der Neugeborenenstation ein, bis Avis kommt und das Baby sehen will. Und ein zweites Team platzieren wir im Hotel.«

»Und wenn sie nicht auftaucht?«

»Dann denke ich mir was anderes aus. Darauf kannst du dich verlassen.«

»Hört sich gut an«, meinte Conklin.

82

Sonja und Paul Richardson warteten im Flur vor ihrer Suite. Aus ihren Gesichtern sprachen Hoffnung, Erwartung und ein vielstimmiger Halleluja-Chor.

Als wir aus dem Fahrstuhl stiegen, kamen sie auf uns zu, und ich bereitete mich innerlich auf die bevorstehende Trennung von dem Baby vor.

Ich hielt den Kleinen fest umklammert, während ich Sonja mitteilte, dass wir ihn aufgrund der gesetzlichen Vorschriften zunächst einmal ins Krankenhaus bringen mussten. Danach würden dann die Gerichte entscheiden, was weiter mit ihm zu geschehen hatte.

»Aber mir war klar, dass Sie ihn so schnell wie möglich sehen wollen«, sagte ich und übergab das Kind seiner Großmutter.

Es war ein Augenblick von großer Schönheit.

Tränen glitzerten auf Sonjas hübschem Gesicht, als sie ihn im Arm hielt. Ihr Mann legte ihr schützend den Arm um die Schultern und die andere Hand auf die Brust seines Enkels. Sonja sah mich an und sagte: »Vielen, vielen Dank dafür, dass Sie ihn gefunden haben.«

»Das ist ein großartiger Tag«, sagte Paul. »Ein großartiger Tag.«

Dann setzten wir uns gemeinsam in die Suite und beratschlagten intensiv.

»Sonja, Paul«, sagte ich. »Avis muss sich stellen. Sie *selbst* hat die Anzeige bei Prattslist aufgegeben. Wir haben eine

Kopie davon. Sie war selbst aktiv und hat nicht nur auf ein Angebot reagiert. Sie *selbst* hat das Baby zum Verkauf angeboten und fünfundzwanzigtausend Dollar dafür bekommen. Das ist Menschenhandel. Wir haben auch eine Kopie des Vertrags, den sie unterschrieben hat.«

Conklin fuhr fort: »Avis hält sich zurzeit in Mexiko auf, das heißt, falls sie dort geschnappt wird, wird sie in die USA ausgeliefert. Und falls Ritter bei ihr ist, dann hat er sich auch noch des Schmuggels einer Minderjährigen über eine Staatsgrenze schuldig gemacht. Er hat so viele Schwierigkeiten am Hals, dass er eine ganze Armada von Rechtsanwälten auf Jahre hinaus beschäftigen kann.«

»Aber da Avis minderjährig ist«, übernahm ich wieder das Wort, »können wir versuchen, ein gutes Wort für sie einzulegen, vorausgesetzt, sie kommt freiwillig zurück. Wir versuchen mit der Staatsanwaltschaft zu reden, damit sie nach dem Jugendstrafgesetz behandelt wird. Aber wenn sie von Mexiko ausgeliefert wird…«, ich zuckte mit den Schultern, »…dann wird sie wie eine Erwachsene behandelt. Und glauben Sie mir, das kann nicht in ihrem Interesse sein.«

Der Mann und die Frau wechselten einen Blick.

Paul Richardson stieß einen tiefen Seufzer aus.

»Avis ist im Schlafzimmer«, sagte er. »Und, um ehrlich zu sein, Jordan auch.«

83

Ich sagte zu den Richardsons: »Bitte bringen Sie das Baby in die Küche. Und legen Sie sich mit ihm auf den Boden. Jetzt. Sofort.«

Die beiden wirkten völlig verdutzt, taten aber, was ich gesagt hatte.

Ich zog meine Pistole, Rich zog seine, und wir bauten uns links und rechts der Schlafzimmertür auf.

Ich rief: »Avis Richardson, Jordan Ritter, hier spricht Sergeant Boxer. Es ist vorbei. Kommen Sie mit erhobenen Händen heraus.«

Zunächst ernteten wir nur Schweigen, aber noch bevor Rich die Tür eintreten konnte, hörten wir Ritters Stimme.

»Sergeant, wir sind nicht bewaffnet.«

Die Tür ging auf, und Ritter kam mit erhobenen Händen heraus. Er war unrasiert und hatte einen Sonnenbrand auf den Wangen. Trotzdem hätte er einer Werbung für eine exklusive Bekleidungslinie entsprungen sein können. Rich wirbelte Ritter herum und drückte ihn flach an die Wand. Er durchsuchte ihn und legte ihm Handschellen an. Im selben Moment kam Avis wie ein Pfeil aus dem Schlafzimmer geschossen.

Sie hatte ebenfalls die Hände über dem Kopf, aber gleichzeitig wackelte sie mit einem Finger, um meine Aufmerksamkeit auf ihren glänzenden, goldenen Ehering zu lenken.

»Wir sind verheiratet«, rief sie. »Jordan und ich haben geheiratet.«

»Gratuliere«, sagte ich und stieß sie mit großer Befriedigung gegen die Wand.

Wieder einmal hätte ich das Mädchen am liebsten geohrfeigt. Stattdessen legte ich ihr Handschellen an und sagte: »Avis Richardson, ich nehme dich hiermit fest wegen Menschenhandels, Vernachlässigung eines Neugeborenen und Behinderung der Justiz. Du hast das Recht zu schweigen …«

Da brach unvermittelt ein Tumult der Verzweifelten los. Sonja und Paul Richardson scharten sich um ihre Tochter, das Baby weinte, holte einmal tief Luft und weinte noch mehr.

Zu meiner Linken nahm Conklin Jordan Ritter wegen Entführung und Unzucht mit Minderjährigen fest. Ritter brüllte: »Ich will meinen Sohn sehen!«, und Conklin las ihm seine Rechte vor.

Meine Nase war nur wenige Zentimeter von Ritters entfernt. »*Halten Sie verdammt noch mal die Schnauze*«, zischte ich.

Als Nächstes rief ich per Telefon einen Krankenwagen für das Baby.

»Was geschieht denn jetzt mit Avis?«, wollte Paul Richardson wissen, als ich seiner Frau das Baby aus den Armen nahm.

»Sie bekommt eine Anzeige, und wir halten sie so lange fest, bis sie dem Haftrichter vorgeführt wird«, erwiderte ich. »Wenn Sie einen guten Rat haben wollen: Besorgen Sie sich den besten Anwalt, den Sie kriegen können. Vielleicht kann er ja erreichen, dass Avis nach dem Jugendstrafrecht behandelt wird. Außerdem würde ich an Ihrer Stelle ein paar Telefonate führen und die Ehe Ihrer Tochter mit diesem Widerling annullieren lassen.«

Viertes Buch

Ein kleiner Herzensbrecher

84

Meine Augenlider flogen auf. Ich starrte auf die Informationen, die Joes Projektionswecker an die Decke warf.

Heute war der 11. Oktober. Zwölf Grad Celsius. 6.02 Uhr.

Ich war mitten in einem Gedankengang aufgewacht, aber in welchem?

Joe regte sich neben mir. »Linds? Bist du wach?«

»Tut mir leid, wenn ich dich geweckt habe, Liebling. Ich hab was geträumt, glaube ich.«

Er drehte sich zu mir und schloss mich in seine Arme. »Weißt du noch, was es war?«

Ich versuchte mich zu erinnern, aber es fiel mir nicht mehr ein. Was beschäftigte mich bloß? Joe lag neben mir. Baby Richardson war im St. Francis wunderbar versorgt. Dann hatte ich es.

Candace Martin.

An *sie* musste ich denken.

Ich erzählte Joe, warum Candace Martin auf meinen nächtlichen Gehirnwellen surfte, aber er schnarchte schon wieder leise an meiner Schulter.

Ich machte mich von ihm los und schwang die Beine aus dem Bett.

»Was ist?«, murmelte Joe.

»Muss zur Arbeit«, sagte ich. »Ich ruf dich später an.«

Ich gab ihm einen Kuss auf die Wange und zog ihm die Decke unters Kinn. Dann schnipste ich mit den Fingern, und Martha sprang auf das Bett. Sie drehte sich ein paar Mal um die eigene Achse und ließ sich in die Kuhle sinken, die ich hinterlassen hatte.

Keine Stunde später stürmte ich mit zwei großen Kaffeebechern in den Händen in die Hall of Justice.

Ich eilte die Hintertreppe hinauf und drückte die Tür zum siebten Stock mit dem Ellbogen auf. Dort arbeitete ich mich durch ein Gänge-Labyrinth, bis ich schließlich in den Räumen der Staatsanwaltschaft angelangt war.

Yuki saß in einem fensterlosen Büro an ihrem Schreibtisch. Die schwarz glänzenden, in der Mitte gescheitelten Haare hingen ihr über die Stirn, während sie ihren Laptop anstarrte. Ich machte einen Schritt auf sie zu, und mein Schatten fiel auf ihren Schreibtisch.

Sie hob den Kopf. »Oh«, sagte sie, »Lindsay. Was ist denn los?«

»Ich weiß nicht genau. Aber irgendwas stimmt nicht. Kann ich mir vielleicht mal das Foto von Candace Martin und diesem Auftragskiller, Gregor Guzman, ansehen? Das, wo sie bei ihm im Auto sitzt?«

»Wieso?« Sie streckte die Hand aus und nahm mir einen der beiden Kaffeebecher ab. »Du hast doch bestimmt nichts dagegen, dass es mich interessiert, weshalb du immer noch in meinem Fall herumpfuschst, oder?«

»Kann ich es einfach noch mal sehen, Yuki? Bitte! Dieses Foto beschäftigt mich die ganze Zeit.«

Yuki stierte mich böse an, dann drückte sie ein paar Tasten auf ihrem Laptop und drehte das Gerät zu mir herum.

»Ich könnte einen Ausdruck davon gebrauchen.«

Yuki schüttelte den Kopf. Aber gleichzeitig gab der Drucker ein mahlendes Geräusch von sich und schob ein Schwarz-Weiß-Foto in das Ausgabefach. Yuki gab es mir.

»Ich würde dich gerne noch ein bisschen zappeln lassen«, sagte sie, »aber der Richter hat mich in sein Amtszimmer bestellt. Ich habe wieder einmal den Schwarzen Peter. Mach mir ja keinen Ärger, Lindsay. Das meine ich ernst.«

Ich wünschte ihr viel Glück bei LaVan und rannte los, bevor sie es sich anders überlegen konnte.

85

Wenige Minuten, nachdem ich Yukis Büro verlassen hatte, trug ich mich in das Besucherregister am Eingang des Frauengefängnisses im sechsten Stock ein. In diesem Flügel ging es sehr laut zu. Zwischen laut knallenden Stahltüren und dem wütenden Geschrei der Gefangenen wurde ich von einer Wärterin in eines der kleinen, karg möblierten Besprechungszimmer eskortiert.

Es dauerte nicht lange, bis Candace Martin hereingeführt wurde. Sie sah mir in die Augen, während die Wärterin ihr die Handschellen abnahm, und setzte sich dann mir gegenüber an den mit Kratzern übersäten Metalltisch.

»Das ist aber eine Überraschung«, sagte sie.

Candace war nicht geschminkt, hatte seit einem Jahr keinen Friseur mehr besucht und trug einen orangeroten Gefängnisoverall, eine Farbe, die Blondinen eigentlich nicht stand.

Aber trotzdem hatte sie sich ihre Würde und ihre professionelle Haltung bewahrt.

Ich sagte: »Offiziell bin ich gar nicht hier.«

»Aber mit guten Neuigkeiten, so hoffe ich.«

Ich holte das Foto aus meiner Tasche und legte es vor ihr auf den Tisch. »Bitte sehen Sie sich dieses Bild einmal an, und verraten Sie mir, was Sie bei diesem Mann im Auto wollten.«

Sie erwiderte: »Ich habe dieses Bild schon einmal gesehen. Aber das bin nicht ich.«

Die Deckenlampe strahlte dreihundert Watt weißes Neonlicht ab und leuchtete in jeden Winkel des winzigen Zimmers.

Das rote Auge einer Überwachungskamera sah aus einer Ecke unter der Decke zu, wie die Frau in Orange das Foto zu sich heranzog und es in die Hand nahm.

»Ich kenne weder den Mann noch die Frau«, sagte sie. Aber dann, als sei ihr plötzlich etwas aufgefallen, betrachtete sie sich das Foto noch einmal genauer und fragte mich: »Was sehen Sie in der Hand dieser Frau?«

Sie schob den grobkörnigen Schwarz-Weiß-Ausdruck wieder zurück. Die Frau auf dem Bild hatte den Kopf nach vorn geneigt, sodass die blonden Haare das halbe Gesicht bedeckten, und sie schien die Hand an eine Halskette gelegt zu haben. Zwischen ihren Fingern sah ich etwas glitzern, was wie ein Anhänger aussah.

»Vielleicht so eine Art Amulett?«, sagte ich.

»Könnte es auch ein Kreuz sein?«, meinte Candace Martin.

»Ich nehme an.«

»Ich trage keine schmalen Goldketten mit Anhänger«, sagte Candace Martin dann. »Aber Sie kennen doch Ellen Lafferty, oder? Sie trägt immer so ein Kreuz um den Hals. Ehrlich gesagt frage ich mich schon länger, was es ihr wohl bedeutet.«

86

Candace Martin sollte in einer Stunde vor Gericht erscheinen, und falls ich mit meiner Vermutung recht hatte und sie unschuldig war, dann konnte ich gar nicht schnell genug in Yukis Fall »herumpfuschen«. Jeder Tag, den Candace vor Gericht stand, brachte sie ihrer Verurteilung wegen vorsätzlichen Mordes einen Tag näher.

So schwer es war, das Gericht davon zu überzeugen, dass die falsche Person auf der Anklagebank saß, es war immer noch ein Kinderspiel im Vergleich zu dem Aufwand, den man betreiben musste, um einen Schuldspruch rückgängig zu machen.

Ich lief die Hintertreppe der Hall of Justice hinunter bis ins Foyer, tippte eine Nummer in mein Handy und wartete auf die Stimme des Privatdetektivs Joseph Podesta. Er klang sehr verschlafen, meinte dann aber, dass ich ihn in zwanzig Minuten besuchen dürfe.

Ich fuhr über die Bay Bridge nach Lafayette und dann zu Podestas gelber Vorstadt-Ranch in der Hamlin Road, einer Straße, die von unterschiedlichen Baumarten und relativ ähnlichen Häusern, alle im Ranch-Stil, gesäumt wurde. Ich parkte in seiner Auffahrt, ging eine kleine Steintreppe hinauf, durchquerte einen Steingarten und klingelte.

Podesta machte mir die Tür auf. Er war barfuß und trug einen Jogginganzug voller Brotkrumen. Ich zeigte ihm meine Marke, und er ging mit mir nach hinten in seinen Arbeitsbereich.

Dort lagerte auf stählernen Regalen ein gewaltiges Arsenal an Spionageausrüstung. Er setzte sich auf den Schreibtischstuhl und rollte zu seinem Computer, hob eine alte Tigerkatze vom Tisch auf seinen Schoß.

»Wenn mein Mandant nicht tot wäre«, sagte er, während er die Maus bediente, »dann würde ich Ihnen diese Sachen nur mit einem Durchsuchungsbeschluss zeigen.«

»Ich weiß Ihre Hilfe wirklich zu schätzen«, entgegnete ich.

Podesta klickte auf den Ordner mit den Fotos von Candace Martin und einem Mann, der womöglich Gregor Guzman war, ein Auftragskiller, der in etlichen US-Bundesstaaten und mehreren anderen Staaten polizeilich gesucht wurde.

Das erste Foto, das Podesta auf den Bildschirm holte, war jenes, das Yuki als Beweismittel verwendet hatte.

»Mir ist schon klar, dass das beschissene Aufnahmen sind«, sagte er. »Aber ich konnte ja keinen Blitz benützen, verstehen Sie? Ich kann nicht beschwören, dass der Mann da wirklich Guzman ist, aber die Frau ist hundertprozentig Candace Martin. Ich habe sie an diesem Abend von ihrem Haus am Montgomery Boulevard verfolgt. Sie ist auf dem I-280 ein Stück Richtung Norden gefahren, dann bei der Cesar Chavez wieder runter, nach rechts in die Third Street und dann wieder rechts in die Davidson Avenue. Ich war die ganze Zeit hinter ihr. Das ist eine ziemlich finstere Gegend, Sergeant, Sie kennen das bestimmt. Ich war vorsichtig, hab mich immer wieder umgesehen. Eine richtige Müllkippe, ein Schrottplatz. Ich hätte da echt überfallen werden können und sie auch. Ich habe sie beobachtet. Sie ist aus ihrem Lincoln aus- und in den Geländewagen von diesem Typen eingestiegen. Zehn Minuten später war sie wieder draußen.«

»Können Sie mir die Bilder vielleicht auf eine CD brennen?«

»Warum nicht, unter diesen Umständen?«, meinte er.

Der Computer surrte.

Die Katze schnurrte.

Und bald schon war ich im Besitz einer Plastikscheibe mit vielen grobkörnigen Bildern, aufgenommen etliche Wochen vor dem gewaltsamen Tod von Dennis Martin.

87

Um Viertel nach neun war ich wieder in der Hall of Justice, Wache Süd, Mordkommission, meinem zweiten Zuhause.

Ich hängte meine Jacke über die Stuhllehne und suchte Conklin. Ich fand ihn im Pausenraum. Er stand über die Spüle gebeugt da und aß einen Donut. Seine gelbe Krawatte hing ihm über der Schulter.

»Hey«, sagte er. »Ich hab dir einen zurückgelegt.«

»Ich hab keinen Hunger. Aber ich muss dir etwas zeigen.«

»Das klingt ja wahnsinnig geheimnisvoll.«

»Sehen ist besser als hören.«

Chi saß an seinem Schreibtisch. Sein Computer summte, sein Kaffeebecher stand auf einer Serviette, und ungefähr dreißig Stifte lagen exakt an der oberen Kante des Mousepads ausgerichtet nebeneinander aufgereiht.

Ich reichte Chi die CD, die ich von Joe Podesta bekommen hatte, und sagte: »Wärst du so nett, Paul? Ich finde, das solltest du dir auch anschauen.«

Wir sahen uns jedes der zwölf Digitalfotos an, die der Privatdetektiv Joseph Podesta von einer blonden Frau gemacht hatte. Sie war im Profil zu erkennen und saß neben einem mutmaßlichen Auftragskiller in dessen Geländewagen.

Conklin bat Chi, die besten davon zu vergrößern und sich dabei vor allem auf die Faust der Frau zu konzentrieren. Vielleicht ließ sich ja erkennen, ob sie tatsächlich ein goldenes Kreuz zwischen den Fingern hielt. Aber je stärker Chi das Bild vergrößerte, desto verschwommener wurde es.

»Besser geht's beim besten Willen nicht«, sagte Chi und starrte auf die abstrakte Ansammlung grauer Punkte auf seinem Bildschirm. »Was haltet ihr davon?«

»Lass es mal durchs Gesichtserkennungsprogramm laufen«, meinte Conklin.

»Gesichtserkennungsprogramm, geht klar.«

Chi öffnete das Programm, und es erschienen zwei Fenster auf seinem Monitor. Jetzt wurde Candace Martins Polizeifoto mit der grobkörnigen Aufnahme der Frau im Auto verglichen. Chi drehte sich zu uns um. Auf seinem Gesicht war für einen kurzen Augenblick ein Hauch von Aufregung zu erkennen. »Sie ist es nicht«, sagte er. »Wer immer die Frau auf diesem Bild sein mag, es ist nicht Candace Martin.«

Anschließend ließ er die grobkörnige Blondine in rasendem Tempo durch eine Datenbank mit Zehntausenden von Fotos laufen.

Als ich gerade jede Hoffnung aufgeben wollte, erhielten wir einen Treffer.

88

Conklin und ich setzten uns in ein Zivilfahrzeug und rasten den James Lick Freeway entlang. Conklin saß am Steuer, und ich zählte an den Fingern meiner beiden Hände ab, warum ich Ellen Lafferty für die Mörderin von Dennis Martin hielt.

»Erstens war sie in ihn verliebt. Zweitens war sie enttäuscht von ihm. Drittens hatte sie Zugang zu seiner Pistole. Sie wusste, wo er und Candace sich gegen Abend aufhielten.

Das wäre dann viertens und fünftens. Und sechstens, wenn sie es nicht selbst getan hat, dann ist durchaus denkbar, dass sie den Mord in Auftrag gegeben hat.«

»Stimmt alles«, sagte Conklin, »und dazu kommt noch, dass sie schlau genug ist, um Candace in eine Falle zu locken.«

»Sie muss ein verdammt bösartiges, schlaues Köpfchen sein«, sagte ich.

Eine Viertelstunde später stellte Conklin den Wagen vor einem blassgelben Apartmenthaus in dem für San Francisco so typischen Marina-Stil ab. Es war in den Zwanzigerjahren des letzten Jahrhunderts erbaut worden und sah gepflegt aus. Die bogenförmige Fensterfront zeigte auf die Ulloa Street hinaus. Das Haus der Martins lag knapp zwei Kilometer entfernt.

Ich drückte auf den Klingelknopf, und Ellen Lafferty rief: »Wer ist da?« Dann machte sie die Tür auf.

»San Francisco Police Department«, sagte Conklin, zeigte ihr seine Dienstmarke und nannte dem knapp über zwanzig Jahre alten Kindermädchen unsere Namen. Sie zögerte kurz, dann ließ sie uns ein.

Vor ein paar Tagen hatte ich ihre Aussage von der Rückwand des Gerichtssaals aus verfolgt. In Anzug und hochhackigen Schuhen hatte sie ziemlich erwachsen gewirkt. Aber jetzt, mit den Jeans, dem weißen Rollkragenpullover und dem Pferdeschwanz, sah sie eher wie ein Teenager aus.

Conklin bejahte, als Ellen Lafferty uns eine Tasse Kaffee anbot, aber als das ehemalige Kindermädchen der Martins ihn in die Küche führte, blieb ich im Wohnzimmer zurück.

Mit einem einzigen Rundblick registrierte ich in dem kleinen Zimmer fünf Bilder von Dennis Martin. Auf manchen war auch Lafferty zu sehen. Dennis Martin war aus jedem Blickwinkel ein attraktiver Mann gewesen.

Als Ellen Lafferty und Conklin wieder ins Zimmer traten, hob ich den Blick. Sie schien sich über meinen Anblick unglaublich zu freuen. Sie setzte sich in einen Sessel und sagte: »Ich dachte, die Ermittlungen seien abgeschlossen.«

»Es gibt da noch so ein paar störrische offene Fragen. Na ja, um ehrlich zu sein, eigentlich nur eine«, erwiderte ich.

Ich holte das Foto aus der Innentasche meiner Jacke und legte es auf den Couchtisch.

Ellen griff danach und sagte: »Was ist das?«

»Bei dem Mann könnte es sich um einen professionellen Auftragskiller namens Gregor Guzman handeln. Die Frau sieht aus wie Candace Martin«, sagte ich. »Sie hat dieselben blonden Haare, denselben Schnitt wie Candace – aber sie ist es nicht, nicht wahr, Ellen?«

»Schwer zu sagen. Ich weiß nicht«, erwiderte sie.

»Wissen Sie, woher wir wissen, dass es nicht Candace ist?«, sagte Conklin. »Wir haben die Aufnahme durch ein Gesichtserkennungsprogramm laufen lassen, und dabei ist rausgekommen, dass dieses Gesicht hier das gleiche ist wie das auf Ihrem Führerschein. Die Frau auf diesem Bild, das sind Sie, Ms Lafferty.«

Conklin trat an den Kaminsims und nahm einen Goldrahmen mit einem Foto von Ellen und Dennis Martin herunter, das die beiden auf einem Segelboot draußen auf der Bay zeigte.

»Nein«, sagte sie und sprang auf, um Conklin das Bild zu entreißen. »Das können Sie nicht haben.«

»Ich gehe davon aus, dass Richter LaVan uns einen Durchsuchungsbeschluss für Ihre Wohnung ausstellen wird«, sagte ich. »Aber bis dahin sollten wir unser Gespräch auf der Wache fortsetzen.«

Ich holte mein Handy aus der Tasche, um einen Streifenwagen zu bestellen, doch dann begann Ellen: »Warten Sie. Ich sage Ihnen alles, was Sie wissen wollen.«

Ich klappte mein Handy zu und schenkte ihr meine ungeteilte Aufmerksamkeit.

89

Wenn Ellen Lafferty nicht versucht hatte, einen Killer zu engagieren, warum hatte sie sich dann zu Gregor Guzman ins Auto gesetzt? Ich konnte es kaum erwarten, ihre Erklärung zu hören.

»Ich habe nichts Falsches gemacht, und ganz bestimmt nichts Kriminelles«, sagte sie. Sie griff in den Rollkragen ihres Pullovers und zog ein kleines goldenes Kreuz an einer schmalen Kette hervor. Unentwegt spielte sie damit herum… eine nervöse Angewohnheit und eine verräterische noch dazu.

»Dennis hat mich zu diesem ›Mister G.‹ in eine ziemlich üble Gegend geschickt«, sagte sie. »Er hat mir einen Briefumschlag mit Geld in die Hand gedrückt. Den sollte ich diesem Mister G. geben. Aber der hat reingeschaut und mir das Geld wieder zurückgegeben und gesagt: ›Richte Mr Martin aus, meine Antwort heißt: Nein, danke.‹«

»Dieser Mister G. hat das Geld also zurückgewiesen«, sagte Rich.

Ellen nickte.

»Sie behaupten, dass Sie sich mit einem Unbekannten getroffen haben, weil Dennis Sie darum gebeten hat. Sie haben ihm Geld gegeben, und er hat es Ihnen wieder zurückgegeben, aber Sie hatten keine Ahnung, was das alles sollte. Das wollen Sie uns ernsthaft weismachen?«

»Ich habe erst nach Prozessbeginn gelesen, dass er ein Auftragskiller war. Ich war nichts weiter als eine Botin. Das ist die hundertprozentige Wahrheit.«

»Sie brauchen keine Angst zu haben, dass wir Ihnen irgendwelche Schwierigkeiten machen wollen«, sagte Conklin. »Wir versuchen lediglich, einen Zusammenhang zwischen ein paar Fakten herzustellen.«

»Wie war denn das mit den blonden Haaren?«, wollte ich wissen.

»Das war eine Perücke«, platzte Ellen heraus. »Candace hat sie sich besorgt, während der Chemo. Danach hat sie sie weggeworfen, und ich habe sie an mich genommen. Dennis fand es manchmal ganz schön, wenn ich sie aufgesetzt habe. Wollen Sie sie sehen?«

Ellen Lafferty ging durch den Flur in ihr Schlafzimmer.

»Glaubst du wirklich, dass dieses kleine Mädchen einen Killer engagiert hat?«, wollte Conklin wissen.

»Ich weiß auch nicht. Im Moment weiß ich weniger als heute früh beim Aufwachen.«

Ich griff nach dem hochromantischen Sonnenuntergangsfoto von Ellen Lafferty und Dennis Martin und ließ mir die ganze Geschichte noch einmal durch den Kopf gehen.

Hatte Ellen diesen Guzman engagiert, damit er Dennis ermordete? War Ellen der Eindringling? Und hatte sie Dennis selbst umgebracht? Hatte Dennis das Treffen zwischen Ellen und Guzman arrangiert, damit der Privatdetektiv, den er engagiert hatte, ein Candace-Double bei einem konspirativen Treffen mit einem Auftragskiller fotografieren konnte?

Und wenn das der Fall war, hatte Candace Martin ihren Mann getötet, bevor er *sie* hatte töten können?

Ich wälzte all diese Möglichkeiten noch einmal von links nach rechts, da stand Ellen wieder im Wohnzimmer. Sie hatte einen schwarzen Satinbeutel in der Hand, zog die Schnüre auf und schüttelte eine blonde Perücke hervor.

»Ich habe sie hauptsächlich getragen, wenn wir uns geliebt haben«, sagte sie.

Ich konnte mich nicht beherrschen.

»Bitte helfen Sie mir kurz auf die Sprünge, Ellen. Ihr Liebhaber wollte, dass Sie im Bett die Perücke seiner Frau tragen? Fanden Sie das eigentlich nicht ziemlich krank?«

Tränen schossen ihr in die Augen.

»Mist!«, stieß ich leise aus. Würde ich jemals begreifen, wie man ein guter Bulle war?

Conklin nahm den Beutel und sagte zu Lafferty: »Sie müssen mit uns auf die Wache kommen, okay, Ellen?«

»Aber ... Sie verhaften mich nicht, oder?«

»Wir möchten, dass Sie die Aussage, die Sie eben gemacht haben, wiederholen und unterschreiben«, erklärte Conklin.

Ich blieb etwas zurück, während Conklin Ellen nach draußen begleitete, und rief Yuki an, landete aber nur auf ihrer Mailbox.

Ich wartete den Piepston ab und sagte: »Yuki, ich brauche einen Durchsuchungsbeschluss für die Wohnung von Ellen Lafferty. Ja, es gibt einen begründeten Anfangsverdacht. Ruf mich zurück, und zwar so schnell du kannst. Ähm ... Ich glaube, du wirst mir noch dankbar sein.«

Hoffentlich würde ich recht behalten.

90

Yuki und Phil saßen nebeneinander auf zwei identischen Ledersesseln. Ihnen gegenüber, auf der anderen Seite des lederbezogenen Schreibtischs, saß Richter LaVan. Der Raum war im Fuchsjagd-Stil eingerichtet: alte Drucke von Menschen in roten Röcken auf rotbraunen Pferden, dazu schwere Holzmöbel vor waldgrünen Tapeten.

Der Richter blickte mit roten Augen durch seine Brillengläser und erklärte so knapp wie nur möglich, warum er drei Tage lang verschollen gewesen war.

»Meine Mutter hatte Lungenkrebs. Sie ist gestorben. Qualvoll.« Er nickte, während die beiden Rechtsanwälte ihm ihr Beileid aussprachen. Dann räusperte er sich und fuhr fort. »Ich will von diesem ganzen Schwachsinn, der bis jetzt in diesem Prozess gang und gäbe war, nichts mehr hören. Ms Castellano, Sie wissen ganz genau, wie man eine Frage stellt, ohne daraus ein Schlussplädoyer zu machen. Und Sie, Mr Hoffman, wissen, wie man Zeugen bändigt. Also tun Sie das gefälligst auch.«

Yuki wollte widersprechen, doch der Richter ließ keine Zweifel an seinen Absichten aufkommen. Er wollte, dass der Prozess glatt über die Bühne ging, und das so schnell wie möglich.

»Hier sind die neuen Regeln, was Einsprüche angeht«, sagte er jetzt, als hätte er Yukis Gedanken gelesen.

»Wenn Sie Einspruch einlegen möchten, dann stehen Sie einfach auf. Ich bin ein schlaues Kerlchen und war zwanzig Jahre lang Strafverteidiger. Wenn ich mir *nicht* vorstellen kann, warum Sie Einspruch einlegen wollen, beachte ich Sie nicht. In diesem Fall setzen Sie sich einfach wieder hin. Wenn ich mir denken kann, warum Sie aufgestanden sind, dann gebiete ich dem jeweiligen Gegenüber Einhalt. Aber ich gehe davon aus, dass das gar nicht nötig sein wird.«

»Euer Ehren«, erwiderten Yuki und Hoffman einstimmig.

»Keine Theatralik. Kein Drama. Keine dämlichen Rechtsanwaltstricks. Ich bin wild entschlossen, Geldstrafen zu verhängen, wegen ungebührlichen Verhaltens und Missachtung des Gerichts. Haben wir uns verstanden?«

Weder Phil noch Yuki gaben eine Antwort.

»Gut. Wir sehen uns bei Gericht«, sagte LaVan.

»Das ist doch ein Witz«, sagte Hoffman zu Yuki, nachdem sie Richter LaVans Amtszimmer verlassen hatten und den Flur zum Gerichtssaal entlanggingen. »Er kann uns doch nicht verbieten, Einspruch zu erheben.«

»Heute anscheinend doch«, sagte Yuki.

Hoffman lächelte. »Ich habe gleich noch eine Besprechung. Bis später.«

91

Phil Hoffman stellte sich auf seine gut beschuhten Füße, drückte den Rücken durch und sagte: »Die Verteidigung ruft Caitlin Martin in den Zeugenstand.«

Kaum hatte er geendet, sprang Candace Martin auf und brüllte ihn an: »Nein! Wagen Sie es nicht, meine Tochter hier reinzuholen! Dazu haben Sie kein Recht!«

LaVan ließ seinen Hammer auf das Pult krachen und rief: »Gerichtsdiener, bitte entfernen Sie die Angeklagte aus dem Gerichtssaal.«

»Candace. Setzen Sie sich«, sagte Hoffman. »Euer Ehren, bitte gestatten Sie mir ein Wort mit meiner Mandantin.«

»Mr Hoffman, ich verhänge hiermit eine Geldstrafe von achthundert Dollar. Wenn Sie Ihre Mandantin vernünftig vorbereitet hätten, dann hätte sich das vermeiden lassen. *Gerichtsdiener!*«

Nachdem Candace Martin nach draußen geführt worden war, rief der Richter den Saal zur Ordnung, und als schließlich nur noch erwartungsvolles Schweigen zu hören war, bat er die Geschworenen, die Unterbrechung zu ignorieren.

Er erinnerte sie daran, dass sie die Indizien abzuwägen hatten und nicht das Geschrei, und dass sie keinerlei Rückschlüsse aus der Tatsache ziehen durften, dass er die Angeklagte hatte aus dem Gerichtssaal entfernen lassen. Dann sagte er: »Mr Hoffman, Ihre Zeugin, bitte.«

Hoffman sah mit neutraler Miene zu, wie die elfjährige Tochter von Candace und Dennis Martin vom Gerichtsdiener neben dem Zeugenstand vereidigt wurde und sich dann auf den Stuhl hinter dem Gitter setzte. Sie schaffte es nur mit Mühe, und als sie schließlich saß, reichten ihre Füße nicht einmal bis ganz auf den Boden.

Der Richter wandte sich dem dunkelhaarigen Mädchen in dem geblümten Kleid und der blauen Strickjacke zu. Auf ihrem Schoß lag eine passende Handtasche. Er fragte sie: »Caitlin, kennst du den Unterschied zwischen einer Lüge und der Wahrheit?«

»Ja, Sir.«

»Wenn ich behaupten würde, dass ich der Präsident der Vereinigten Staaten bin, wäre das eine Lüge oder die Wahrheit?«

»Das wäre natürlich eine Lüge.«

»Glaubst du an Gott?«

Caitlin nickte.

»Du musst entweder mit Ja oder mit Nein antworten. Der Gerichtsschreiber schreibt jedes Wort mit, das du sagst.«

»Ja. Ich glaube an Gott.«

»Okay. Dir ist klar, dass du auf Gottes Wort geschworen hast, dass du die Wahrheit sagen wirst?«

»Ja, Sir, das ist mir klar.«

»Gut. Danke. Mr Hoffman, bitte fahren Sie fort.«

»Danke, Euer Ehren. Caitlin … Ich darf dich doch Caitlin nennen, oder?«

»Na klar, Mr Hoffman.«

Hoffman lächelte. Er hatte ein nettes Lächeln. Ohne jede Spur von Bosheit.

»Caitlin, ich muss dir ein paar Fragen über den Abend stellen, an dem dein Vater ermordet wurde, okay?«

»Okay. Ja.«

»Warst du zu Hause, als die Schüsse auf deinen Vater gefallen sind?«

»Ja.«

»Weißt du, wer ihn erschossen hat?«

»Ja.«

»Dann sag doch bitte dem Richter und den Geschworenen, was du darüber weißt.«

»Ich war's«, sagte Caitlin Martin. Ihr Blick zuckte zum Richter hinauf und dann wieder zurück zum Rechtsanwalt ihrer Mutter. »Ich habe meinen Vater umgebracht. Ich hatte keine andere Wahl.«

92

Im Zuschauerraum brach lautes Getöse los.

Geschworene beugten sich vor, raunten sich Bemerkungen zu, und Journalisten griffen nach ihren Smartphones. Hoffman stand wie angewurzelt im Mittelpunkt des Geschehens, mit erstarrter Miene, als hätte er gerade auf sich selbst geschossen.

Yuki hätte die letzten zehn Sekunden am liebsten zurückgespult und den Ton lauter gedreht. Hatte Caitlin Martin gerade eben ausgesagt, dass sie ihren Vater getötet hatte?

Das konnte doch nicht wahr sein.

Yuki sprang auf, ballte die Hände zu Fäusten und biss die Zähne so fest aufeinander, als wären sie mit Draht zusammengebunden. Der Richter hatte sie gewarnt, auf keinen Fall Einspruch einzulegen, aber in ihrem Kopf kreischte es ununterbrochen: *Einspruch gegen diese Zeugin, gegen dieses… Theater! Einspruch, Einspruch, Einspruch!*

»Zu mir. Alle beide«, zischte LaVan.

Während der Rechtsanwalt und die Staatsanwältin zur Richterbank kamen, drehte er sich auf seinem Stuhl um neunzig Grad zur Seite, sodass sein Blick weder auf die Zeugin noch auf die Geschworenen, sondern hauptsächlich auf den Notausgang gerichtet war.

Yuki und Hoffman standen etwas seitlich von der Richterbank und blickten zu ihm hinauf.

Mit leiser, zornbebender Stimme sagte LaVan zu Hoffman: »Ich gehe davon aus, dass weder Ihre Mandantin noch die

Staatsanwaltschaft gewusst haben, dass Sie dieses Kind in den Zeugenstand rufen wollten.«

»Ich habe gestern Abend einen Anruf von der Großmutter mütterlicherseits der jungen Dame erhalten. Sie hat mir mitgeteilt, dass Caitlin heute früh mit mir sprechen wollte. Ich habe mich mit ihr im Foyer dieses Hauses getroffen, Euer Ehren. Unmittelbar nach dem Gespräch mit Ihnen. Bis vor fünfzehn Minuten hatte ich wirklich keine Ahnung von dieser Aussage.«

»Euer Ehren«, sagte Yuki, »das ist doch ganz offensichtlich ein Trick der Verteidigung. Caitlin mag beeinflusst worden oder selbst auf diese Idee gekommen sein. Aber in jedem Fall versucht sie damit, ihrer Mutter den Hintern zu retten. Und in jedem Fall hat sie in den Köpfen der Jury einen berechtigten Zweifel gesät.«

»Ich unterbreche die Verhandlung«, sagte LaVan. »Und ich will Caitlin in meinem Amtszimmer sprechen. Sie beide bleiben auf jeden Fall hier. Sobald ich mit der Kleinen geredet habe, unterhalte ich mich mit den Geschworenen. Und danach sprechen wir über die Zukunft dieses Strafprozesses.«

93

Yuki war gerade in Parisis Büro, als ihr Handy piepste.

»Jetzt geht's los«, sagte sie zu ihrem Chef und las ihm die SMS vor: »›Richter LaVan erwartet Sie in seinem Amtszimmer.‹ Also. Len, was raten Sie mir?«

Parisi stemmte seinen massigen Körper aus dem Stuhl und zog die Jalousien vor dem Fenster zur Bryant Street auf. Fahles Licht fiel herein, aber durch den Nebel konnte Yuki nicht das Geringste erkennen.

»Nehmen Sie die Zeugin ins Kreuzverhör«, sagte Red Dog. »Das ist das Beste und das Einzige, was Sie machen können.«

»Und wenn es stimmt, was sie gesagt hat?«

»*Stimmt* es denn tatsächlich? Was glauben *Sie* denn, mal ganz ehrlich?«

»Ich glaube, sie will sich opfern. Sie ist elf Jahre alt. Es ist eine heroische Tat, wie im Film. Aber es ist eine Lüge. Natürlich kann ich sie im Kreuzverhör ordentlich in die Mangel nehmen, aber ich weiß nicht, ob die Geschworenen anschließend noch viele Sympathien für uns hegen werden.«

»Das ist wie Seiltanzen mit Durchfall. Aber ich vertraue Ihnen. Sie machen das schon.«

Yuki verließ Parisis Büro, ging wie in Trance den Flur entlang zum Amtszimmer des Richters und trat ein. Phil Hoffman erhob sich kurz, bis sie sich auf denselben Platz wie vorhin gesetzt hatte.

LaVan hatte seine Robe und die Krawatte abgelegt, die Hemdärmel hochgekrempelt und stand aufrecht hinter seinem Schreibtisch. Wahrscheinlich fängt er jeden Moment an, auf und ab zu gehen, dachte Yuki, doch dann bückte er sich und griff nach dem Metallmülleimer zu seinen Füßen, sechzig Zentimeter hoch und mit knapp fünfzig Zentimeter Durchmesser. Er hob ihn hoch über den Kopf und schleuderte ihn mit voller Wucht an die gegenüberliegende Wand.

Der Mülleimer prallte gegen die Ecke der kleinen Hausbar und riss ein Bild, das den Richter zusammen mit dem Gouverneur zeigte, herunter.

Nachdem das ohrenbetäubende Splittern und Krachen abgeebbt war, riss LaVan die Tür der Hausbar auf und sagte: »Wer möchte etwas trinken? Ich gebe einen aus.«

»Einen Scotch könnte ich vertragen«, sagte Hoffman.

»Ich bin auch so zufrieden«, sagte Yuki. Aber das stimmte nicht. Sie war alles andere als zufrieden. Auf einen Fall wie diesen, der alle zwanzig Minuten so komplett die Richtung änderte, war sie einfach nicht vorbereitet. War sie im Augenblick auf der Sieger- oder auf der Verliererstraße? Sie hatte keinen blassen Schimmer.

Der Richter schenkte sich und Hoffman einen Schluck ein, dann setzte er sich wieder.

»Phil, kennen Sie den Unterschied zwischen Lüge und Wahrheit?«

»Ja, Euer Ehren. Sie sind nicht der Präsident der Vereinigten Staaten.«

»Haben Sie die Aussage von Caitlin Martin in irgendeiner Weise beeinflusst oder mitgestaltet?«

»Nein. Wie gesagt, sie hat heute Morgen um 8.45 Uhr zum ersten Mal mit mir gesprochen. Da hat sie mir erzählt, was passiert ist. Ich habe daraufhin einem anderen Zeugen, der mit einem Mal unwichtig geworden war, abgesagt und beschlossen, Caitlin aussagen zu lassen.«

»Ich möchte sie ins Kreuzverhör nehmen«, meldete sich

Yuki zu Wort. »Ich halte ihre Aussage für sehr unglaubwürdig.«

Der Richter meinte: »Einen Moment noch, Yuki. Ich will Ihnen sagen, was Caitlin mir im Lauf der halben Stunde, die ich gerade mit ihr zugebracht habe, erzählt hat. Das ist zu Ihrem Vorteil.«

»Euer Ehren?«

»Caitlin hat mir erzählt, dass ihr Vater sie misshandelt hat. Sie hat sehr anschauliche Formulierungen gebraucht. Absolut überzeugend. Sie wusste, wo die Pistole versteckt war. Sie hat eine Gelegenheit gesehen und hat ihn erschossen.«

»Und Sie glauben ihr?«, wollte Yuki wissen.

»Ich konnte sie jedenfalls nicht in Widersprüche verwickeln oder dergleichen – obwohl ich es durchaus versucht habe. Nach Caitlins Angaben hat ihre Mutter die Schüsse gehört, hat das Mädchen mit der Waffe in der Hand entdeckt und ihr gesagt, sie solle sich die Hände waschen, auf ihr Zimmer gehen und zu niemandem ein Sterbenswörtchen sagen. Anschließend, immer noch nach Caitlins Angaben, hat ihre Mutter im Freien ein paar Schüsse abgegeben und die Polizei gerufen.«

»Hmm«, meinte Yuki. »Hübsche Geschichte. Und was hat Caitlin veranlasst, jetzt damit herauszurücken?«

»Angeblich will sie, dass die Wahrheit ans Licht kommt.«

Hoffman beugte sich vor.

»Byron. Euer Ehren«, sagte er. »Wir haben hier eine Aussage, die meine Mandantin entlastet. Ich beantrage die Einstellung des Verfahrens.«

94

Yuki starrte durch den Richter hindurch, als wäre er Luft. Ihre Gedanken drehten sich im Kreis, und im Mittelpunkt dieses Kreises lauerte so etwas wie Panik.

Sie wollte nicht, dass das Verfahren eingestellt wurde, nicht nach allem, was sie damit schon durchgemacht hatte, nicht angesichts ihrer Überzeugung, dass sie die wahre Mörderin auf die Anklagebank gesetzt hatte. Sollte sie sich jetzt tatsächlich auf das Mädchen stürzen? Sollte sie wirklich eine Elfjährige, die behauptete, Inzest und Vergewaltigung erlebt zu haben, des Mordes anklagen?

Und wenn ja, auf welcher Grundlage?

Der einzige Hinweis auf Caitlins Schuld war ihre eigene Aussage. Niemand hatte gesehen, wie sie abgedrückt hatte. Und auch, wenn Candace Martin ebenfalls behaupten sollte, dass Caitlin geschossen hatte, war der ganze Fall mit so vielen berechtigten Zweifeln überfrachtet, dass eine Anklageerhebung zumindest fraglich war.

Andererseits, dachte Yuki, wenn der Richter einer Einstellung des Verfahrens nicht zustimmte, dann musste sie diesen Hochseilakt vollbringen, von dem Len gesprochen hatte. Musste dieses misshandelte Kind als Lügnerin entlarven. Die Geschworenen würden sie dafür hassen und Caitlin womöglich trotzdem glauben. Und dann würde Candace Martin unbehelligt in die Freiheit entlassen werden.

»Yuki? Wollten Sie etwas sagen?«

»Ja, Euer Ehren. In der Tat. Es gibt nicht den kleinsten Beweis, der Caitlins Aussage stützen würde. Und falls ihre Geschichte tatsächlich der Wahrheit entsprechen sollte, warum kommt sie erst jetzt damit heraus?«

»Gehen wir doch mal logisch an das Ganze heran, Yuki«, wandte Phil ein. »Mittlerweile haben sich eine ganze Menge mehr als berechtigte Zweifel an der Schuld meiner Mandantin herauskristallisiert. Wir wissen doch beide, dass Candace, falls der Fall zur Verhandlung kommen sollte, aller Wahrscheinlichkeit nach freigesprochen werden würde.«

Jetzt schaltete sich der Richter ein. »Ich will Ihnen die Sache erleichtern. Unter dem Strich sieht es folgendermaßen aus: Es ist eine neue Beweislage entstanden. Ich werde das Verfahren daher einstellen.«

Wenn LaVan das tat, dann war alles vorbei – für alle Zeiten. Niemand konnte zweimal wegen des gleichen Vergehens angeklagt werden. Yuki sah plötzlich eine Chance, einen schmalen Hoffnungsschimmer.

»Ich möchte, mit allem gebührenden Respekt, vorschlagen, noch nicht einzustellen, Euer Ehren, sondern zunächst einmal nur zu unterbrechen.«

LaVan ließ seinen Stuhl hin und her wippen und zupfte an seiner Oberlippe, und zwar so lange, bis Yuki dachte, dass sie jeden Augenblick laut loskreischen müsste.

»Einverstanden«, sagte LaVan. »Ich unterbreche den Prozess für sechzig Tage. In dieser Zeit kommt die Angeklagte gegen Kaution auf freien Fuß. Yuki, Sie besprechen dieses … Kuddelmuddel mit Ihren Kollegen in der Staatsanwaltschaft. Überlegen Sie sich ganz genau, was es bedeuten könnte, wenn wir weitermachen. Falls Sie Caitlin Martin ins Kreuzverhör nehmen wollen, lege ich Ihnen keine Steine in den Weg. Falls nicht, dann stelle ich das Verfahren auf Grundlage von Caitlins Aussage ein. Einverstanden? Damit müssten eigentlich alle Parteien leben können. Bis zum 10. Dezember sind Sie am Zug.«

»Einverstanden, Euer Ehren«, sagte Yuki. »Und danke.«

»Sie müssen über vieles nachdenken.«

»Ich weiß.«

LaVan drückte eine Taste an seiner Sprechanlage.

»Denise, bringen Sie mir meinen Kalender. Und rufen Sie den Gerichtsdiener. Ich will noch einmal mit den Geschworenen sprechen.«

95

Ich spürte Yuki in ihrem Büro auf, wie an diesem Morgen schon, aber irgendwie wirkte sie jetzt kleiner und blasser, als hätte ihr jemand die Luft herausgelassen.

»Hast du meine Nachricht bekommen?«, wollte ich wissen.

»Ich hatte gerade eine Besprechung mit dem Richter«, entgegnete sie. »Und jetzt warte ich auf Red Dog. Der ist noch beim Mittagessen. Wie sehe ich aus?«

»Du könntest ein bisschen Lippenstift vertragen.«

Sie durchwühlte ihre Handtasche.

»Ich habe mit Ellen Lafferty gesprochen«, sagte ich und wartete auf den Wutausbruch, der nicht kam. Yuki zog eine Tube Lipgloss und einen Spiegel aus ihrer Handtasche. Ich machte vorsichtig weiter.

»Ellen Lafferty hat das Treffen mit Guzman zugegeben. Sie ist die Frau auf dem Foto. Das haben wir auch durch einen Abgleich mit dem Bild in ihrem Führerschein festgestellt.«

»Hat sie sich die Haare blond gefärbt?«, wollte Yuki wissen. Ihre Hand zitterte, während sie den Lipgloss auftrug.

»Candace Martin hatte sich während ihrer Chemotherapie eine Perücke gekauft. Sag mal, Yuki, geht's dir nicht gut?«

»Mach weiter«, erwiderte sie und bürstete sich die Haare. Es knisterte.

»Dennis hat Ellen zu diesem Treffen mit dem Killer geschickt, verkleidet als Candace, damit sein Privatdetektiv sie dabei fotografieren kann. Wahrscheinlich wollte er seine Frau mit den Fotos zu einer Scheidung zwingen. Oder er wollte tatsächlich ein Attentat in Auftrag geben. Das werden wir vielleicht niemals erfahren. Hör zu, ich weiß, dass du sauer auf mich bist, also sag es einfach, okay? Ich kann es verkraften.«

»Caitlin Martin hat ausgesagt, dass sie ihren Vater ermordet hat«, erwiderte Yuki. »Jetzt können wir entweder unser Glück im Prozess versuchen, mit der gleichen Jury, oder aber LaVan bricht das Verfahren ab.«

»Caitlin? Caitlin behauptet, dass sie es getan hat?«

Len Parisi kam den Flur entlang und steckte seinen mächtigen Schädel in Yukis Büro.

»Hallo, Lindsay. Yuki, ich habe fünf Minuten. Ab jetzt.«

»Bin schon unterwegs«, erwiderte Yuki.

Sie stand auf und zog ihr Jackett glatt. Dann wandte sie mir noch einmal ihren Blick zu, und ich sah, dass die wilde, entschlossene Yuki wieder da war.

»Candace Martin hat ihren Mann erschossen«, sagte sie. »Nicht Ellen Lafferty. Nicht Caitlin Martin. Ich weiß, dass du das nicht glaubst, aber ich bin davon überzeugt. Nur werde ich nie mehr die Gelegenheit haben, das zu beweisen. Sie wird damit durchkommen.«

Hatte Yuki recht?

War ich einer Fata Morgana hinterhergerannt?

Ich machte den Mund auf, aber kein Laut kam heraus, und dann war Yuki verschwunden.

96

Nach einem Tag, der ganz ohne Zweifel zu den furchtbarsten Tagen in ihrer Karriere als Staatsanwältin zählte, machte Yuki sich auf den Weg nach Hause. Als sie fast schon auf dem Bürgersteig war, hörte sie, wie Brady nach ihr rief.

O Gott. Nicht Brady. Nicht jetzt.

Yuki drehte sich um. Er kam die Treppe herab auf sie zu, mit wehendem Pferdeschwanz.

Sehr attraktiver Mann.

Yuki musste an Lindsays Worte denken, dass er verheiratet war, und sie wollte verdammt noch mal nicht schon wieder eine Beziehung mit einem gebundenen Kerl eingehen, die zu nichts führte. Sie wollte Stabilität, ein Heim …

»Yuki, gut, dass ich dich treffe«, sagte Brady, als er neben ihr stand. »Kann ich dich zum Abendessen einladen?«

»Okay«, erwiderte sie.

Und jetzt saßen sie im ehemaligen Marine Electric Building in SoMa, genauer gesagt im Town Hall, einem der besten Lokale, wenn man in entspannter Atmosphäre speisen wollte, ohne auf das Besondere zu verzichten.

Backsteinwände, Holzfußböden und gedämpfte Beleuchtung sorgten für eine heimelige Atmosphäre. Die Deckenleuchten, die einst einem Theater in Spanish Harlem gehört hatten, bildeten Strahlenkränze, die Jackson Bradys Haaren einen fast magischen Glanz verliehen.

Yuki hatte eine Margarita vor sich stehen, eines ihrer Lieblingsgetränke. Es vertrieb ihre Niedergeschlagenheit und –

wenn sie mehr als eine trank – auch ihren Verstand. Aber wenn es je einen Tag gegeben hatte, an dem sie sich eine Margarita verdient hatte, dann heute.

»Eine Prozessunterbrechung wäre vielleicht nicht das Schlechteste«, sagte Brady gerade, während er sich seiner Vorspeise – einem Shrimpscocktail nach Cajun-Art – und seinem Bier widmete.

»Nein, es wäre sicherlich nicht das Schlechteste«, stimmte Yuki zu, »aber trotzdem eine *Katastrophe.* Weißt du, wie viele Stunden ich in diesen Fall investiert habe?«

»Siebentausend?«

Yuki lachte. »Siebentausend nun auch wieder nicht, aber trotzdem verdammt viele. Und jetzt sieht es so aus, als würde dieses hinterlistige Miststück tatsächlich freikommen.«

»Es sei denn, du findest noch weitere Beweise.«

»Ja, genau. Mit neuen Beweisen könnten wir sie in einem neuen Verfahren mit einer neuen Jury noch einmal anklagen, aber du weißt ja, wie es läuft. Die Welt dreht sich weiter, die Aktenberge wachsen, der nächste ekelhafte Mistkerl wird geschnappt, und wir stürzen uns auf den nächsten Fall.«

»Ich lasse die Akte Candace Martin jedenfalls vorerst auf meinem Schreibtisch liegen.«

»Danke, Jackson. Auch wenn es nicht stimmt.«

»Es stimmt aber.«

»Dann sag mir jetzt sofort, dass du nie lügst. Na los, sag es.«

»Manchmal lüge ich schon.«

Yuki lachte erneut. »Aber dann lüg wenigstens *mich* nicht an.«

»Einverstanden.«

»Ich meine es ernst. Ich habe gehört, dass du angeblich verheiratet bist. Was ist da dran?«

»Ich bin immer noch verheiratet.«

»Verdammt«, sagte Yuki. »Herr Ober!«

Brady griff nach ihrem Arm und zog ihn wieder herunter. »Ich bin *noch* verheiratet. Aber nicht mehr lange, hoffentlich.«

Yuki nahm einen tiefen Schluck von ihrer Margarita, stellte das Glas auf den Tisch, und als der Kellner kam, bat sie ihn, es mitzunehmen. Dann sagte sie zu Brady: »Erzähl mir alles, von Anfang an. Ich höre.«

»Ich habe dir doch von diesem Zwischenfall erzählt, dieser Schießerei, weißt du noch?«

»Du hast einen Typen erschossen, der mit einer Halbautomatik plötzlich in dem Spalt zwischen Bett und Wand aufgetaucht ist.«

»Genau. Damals waren Liz und ich schon so gut wie getrennt, aber als das passiert ist – dass ich um ein Haar draufgegangen wäre, dass ich diesen Typen erschossen habe, die internen Ermittlungen, die Presseleute in unserem Vorgarten –, das war das endgültige Ende. Das hat auch die letzte Verbindung gekappt, die wir noch zueinander gehabt haben.«

»Weil du Polizist bist?«

»Ja. Weil ich Polizist bin«, sagte er. »Sie war nicht die Erste, die irgendwann gesagt hat: ›Davon stand aber nichts im Vertrag.‹ Also haben wir uns getrennt, und ich bin nach San Francisco gezogen, alleine. Die Scheidung läuft. Es hängt davon ab, wie viel sie noch aus mir rauskitzeln kann.«

»Habt ihr Kinder?«

»Nein.«

»Willst du welche?«

»Vielleicht. Ich bin vierzig. Aber hundertprozentig bereit bin ich noch nicht. Wie ist das bei dir?«

»Ich weiß es wirklich nicht.«

»Wir müssen ja heute Abend keine endgültige Entscheidung treffen«, meinte Brady.

»Na gut.« Yuki lachte. Der Mann hatte Humor. Sie mochte ihn. Sehr.

Der Ober brachte jetzt das in Buttermilch gebratene Hühnchen, dazu gedämpftes Gemüse und cremige Süßkartoffeln. Yuki hatte das Gefühl, kurz vor dem Sprung zurück ins Leben zu sein. Sie hatte den ganzen Tag noch nichts gegessen.

Brady nahm seine Gabel, ließ sie für einen kurzen Moment in der Luft schweben und sagte: »Ich wollte dir sowieso von Liz erzählen.«

»Ich weiß.«

»Ganz ehrlich. Und dann wollte ich dich noch etwas fragen…«

Yuki hatte eine Gabel voll Hühnchen im Mund. Es schmeckte köstlich. Dann wandte sie sich Brady zu. »Mmmm-hmmm?«

»Kommst du nachher noch mit zu mir?«

97

Die Wettervorhersage hatte Niederschläge angekündigt, aber die kamen erst, als Cindy Feierabend machte. Sie stand unter ihrem roten Schirm am Straßenrand, während kalter Regen auf den Saum ihres Regenmantels prasselte und ihre neuen Schuhe durchnässte.

Sie zog ein paar zusammengeknüllte Papiertaschentücher aus ihrer Tasche und schaffte es gerade noch rechtzeitig, das lang gezogene, gepresste, fanfarenartige *Haaaa-tschiiiiii* einzufangen, das ihr beinahe den Schädel gesprengt hätte.

Anscheinend war jedes verdammte Taxi in der ganzen Stadt entweder besetzt oder außer Dienst. Cindy rief bei All-City an, dem Taxiunternehmen, dessen Dienste sie sonst immer in Anspruch nahm, aber nachdem sie sich eine Weile Hintergrundmusik und Werbespots angehört hatte, wurde ihr mitgeteilt: »Tut uns leid, zurzeit sind alle Wagen besetzt. Bitte versuchen Sie es zu einem späteren Zeitpunkt wieder.«

Cindy musste schon wieder niesen, verdammt. Nicht genug damit, dass eine Erkältung im Anmarsch war, sie hatte zudem auch noch mächtig Hunger und sich obendrein verspätet. Sie war mit den anderen im Susie's verabredet. Sie hatte das Hinterzimmer des Susie's, diese Oase der Wärme, plastisch vor Augen, als ihr unvermittelt der Name Quick Express in den Sinn kam.

Das war das Taxiunternehmen, das sie am Anfang der Woche besucht hatte, im Zusammenhang mit ihren Recherchen zu dieser Betäubungs- und Vergewaltigungsgeschichte.

Seitdem hatte es keine Berichte über diesen Serienvergewaltiger mehr gegeben, sodass die Geschichte von der Titelseite verschwunden war.

Das war die gute und die schlechte Nachricht zugleich.

Gut war, dass sie diesen Psycho mit ihrem Dreiteiler an prominenter Stelle offensichtlich abgeschreckt hatte.

Schlecht war, dass er untergetaucht war. Das bedeutete, dass er möglicherweise niemals entdeckt werden würde.

Aber immerhin hatte sie jetzt eine persönliche Beziehung zu einem Taxiunternehmen. Es war kurz vor sechs. Mit ein bisschen Glück war der Disponent, dieser Al Wysocki, gerade im Dienst. Vielleicht würde er ihr einen Gefallen tun.

Cindy suchte die Nummer in der Telefonliste und drückte die grüne Taste. Es klingelte, und dann ertönte eine bekannte Stimme. »Quick Express, Taxi- und Limo-Service.«

»Al Wysocki?«

»Am Apparat.«

»Al, hier spricht Cindy Thomas, von der *Chronicle*. Wir haben uns vor ein paar Tagen kennengelernt, bei meinen Recherchen.«

»Ja, kann mich erinnern. Blond.«

»Genau. Al, ich habe ein Problem. Könnten Sie mir ein Taxi zur *Chronicle* schicken? Ich bin total durchnässt und komme zu spät zu meiner Verabredung.«

»Kein Problem, Ms Cindy. In fünf Minuten ist jemand da.«

98

Cindy war hochzufrieden mit sich selbst. Sie gab Wysocki eine kurze Beschreibung ihres Regenmantels und ihres Schirms durch, steckte ihr Handy in die Tasche und huschte zurück ins Haus, wo sie durch die Fensterscheiben hindurch die Straße im Auge behalten konnte.

Fast auf die Sekunde genau fünf Minuten später hielt ein gelber Crown Victoria am Straßenrand. Das Beifahrerfenster ging auf. Cindy rannte nach draußen und erkannte das rundliche Gesicht des Fahrers sofort.

»Gnädige Frau«, sagte er mit breitem Grinsen. »Sie haben ein Taxi bestellt?«

»Al, so war das doch nicht gemeint. Ich wollte doch nicht, dass Sie sich *persönlich* die Mühe machen, aber trotzdem, tausend Dank. Das ist wahnsinnig nett.«

Cindy klappte ihren Schirm zusammen und machte die hintere Tür auf.

»Ich wollte sowieso gerade Feierabend machen«, meinte Wysocki, als Cindy auf der Rückbank saß. »Schön, dass ich Ihnen behilflich sein kann. Hey! Ich muss das unbedingt jemandem erzählen, der nicht gleich neidisch wird. Wo soll's denn hingehen?«

Cindy nannte ihm die Adresse des Susie's, Ecke Jackson und Sansome Street, und lehnte ihren Schirm an die Tür, sodass das Wasser auf die Fußmatte tropfen konnte.

»Was denn erzählen?«, fragte Cindy, während sie ein Taschentuch aus ihrer Manteltasche fischte und sich schnäuzte.

»Heute ist mein Glückstag«, sagte Al und blieb an der roten Ampel in der Second Street stehen. »Ich hab im Lotto gewonnen.«

»Was?«

»Ja, echt. Fünfhunderttausend Dollar.«

»*Giiiibt's* doch nicht. Sie wollen mich auf den Arm nehmen!«

»Nein, ehrlich, ich hab schon immer getippt, immer die gleichen Zahlen, meine Glückszahlen, und dann – *Tataaaa!!* – Hauptgewinn! Morgen früh kündige ich, sobald ich den Chef sehe. Das hier ist Al Wysockis letzte Fahrt. Ich hab eine Flasche Schnaps dabei. Wollen Sie mit mir anstoßen? Auf mein neues Leben?«

»Ich habe erst vorhin was gegen meine Grippe genommen. Keine Ahnung, ob ich da überhaupt Alkohol trinken darf.«

»Ach, kommen Sie. Bloß ein Schlückchen. Das tut bestimmt gut, bei Ihrer Erkältung.«

»Also gut. Her damit«, meinte Cindy. »Das muss ja Wahnsinn sein. Fünfhundert *Riesen!* Was haben Sie damit vor?«

Wysocki drehte den Schraubverschluss einer Flasche mit Hochprozentigem auf, kippte ein paar Schlucke in einen kleinen Plastikbecher und reichte ihn nach hinten.

»Ich kaufe mir ein Segelboot«, sagte er. Dann stieß er die Flasche an ihren Becher.

»Auf Ihr neues Leben«, sagte Cindy.

»Vielen Dank, Miss Cindy. Tja, seit elf Jahren lasse ich keine Bootsmesse aus. Ich weiß genau, welches ich haben möchte.«

Cindy lächelte und sagte: »Was … für eins … denn?«

»Eine Segeljacht. Nicht besonders groß, handgefertigt, mit Holzrumpf«, sagte Al und betrachtete Cindy durch den Rückspiegel, während die Ampel auf Grün sprang. Dann sagte er: »Alles klar bei Ihnen?«

»Nein …«, erwiderte sie träge und hob den Blick, suchte

Wysockis Abbild im Rückspiegel. Was war denn los mit ihr? Alles war plötzlich so verschwommen. »Mir… ist…«

Wysocki grinste. »Du müsstest dich eigentlich freuen«, sagte er. »Du hast mich gesucht, Missy. Und jetzt hast du mich gefunden.«

99

Claire und ich saßen im Susie's, ganz alleine. Zuerst hatte Yuki uns einen Korb gegeben, und jetzt glänzte auch Cindy durch Abwesenheit. Ließ sich nicht blicken, ließ nichts von sich hören, war einfach spurlos verschwunden. Es war das erste Mal überhaupt, dass wir von beiden gleichzeitig versetzt wurden.

Claire meinte über Yuki: »Mach dir keine Gedanken. Die Kleine muss einfach ab und zu nackt zu einem Mann unter die Decke kriechen. Das weißt du doch, Lindsay. Das tut ihr gut.«

»Aber ich muss es nicht gut finden, dass sie zu Jackson Brady unter die Decke kriecht, oder? Also ehrlich! Warum ausgerechnet er? Es gibt so viele Männer auf dieser Welt.«

Claire lachte. »Es gibt eine Menge Frauen, die einiges dafür geben würden, zu Jackson Brady unter die Decke zu schlüpfen.«

»Das bringt die ganze Hierarchie durcheinander.«

»Die Hierarchie gerät jedes Mal durcheinander, wenn jemand, den du kennst, mit irgendjemandem schläft.«

Ich knüllte eine Papierserviette zusammen und warf damit nach ihr. »Halt die Klappe«, sagte ich.

Sie schickte die Papierkugel mit einem gezielten Schlag zu mir zurück. »Du verrücktes Huhn, du«, sagte sie und lachte erneut.

Ich leerte mein Bier in einem Zug und sagte: »Lass uns schon mal bestellen. Dann hat Cindy eben etwas aufzuholen.«

Claire war einverstanden. Cindy hatte schon öfter bewiesen,

dass sie als Letzte anfangen, einen halben Krug Bier leeren, ein Steak mitsamt Dessert verschlingen und trotzdem als Erste die Ziellinie überqueren konnte.

Ich winkte Lorraine zu uns. Sie zählte die Spezialitäten des Tages auf – Kokosnuss-Shrimps und in Rum sautiertes Hühnchen. Wir bestellten beides und dazu noch Bier.

Kaum war Lorraine wieder gegangen, sagte Claire: »Pass auf, Linds, ich muss dir was erzählen. Gehört ganz klar in die Reihe meiner zehn unglaublichsten Fälle überhaupt. Und fängt mit einem Kerl an, der tot mitten auf der Straße liegt.«

»Fahrerflucht?«

»Auf den ersten Blick ganz klar ein Autounfall, aber ohne Bremsspuren, und das Opfer hatte keine einzige Prellung. Ein paar Meter vom Opfer entfernt lag eine schwarze Baseballmütze mit einem X auf der Rückseite. Das war alles. Keine Zeugen. Keine Aufnahmen aus einer Überwachungskamera. Nichts, bis auf die Leiche und die Baseballmütze.«

»Herzinfarkt? Aneurysma?«

»Der Mann war jung, Mitte zwanzig vielleicht. Und er hat dagelegen wie aufgebahrt, bloß eben nicht in seinem Bett zur Totenwache, sondern mitten auf der Straße«, fuhr Claire fort. »Ich mache also die Obduktion, sehe mir diesen jungen, perfekten Körper genau an. Bei der Ganzkörper-Röntgenaufnahme entdecke ich eine Kugel, Kaliber zweiundzwanzig, und zwar hinter seinem rechten Auge. Aber keine Schusswunde weit und breit.«

»Ich glaube nicht an unsichtbare Kugeln, Schätzchen.«

»Es funktioniert folgendermaßen: Die Kugel dringt im Augenwinkel ein, also hier etwa«, sagte Claire und deutete auf einen Punkt zwischen Auge und Nasenflügel. »Der Augapfel wird durch die eindringende Kugel zur Seite geschoben und schnappt anschließend wieder zurück, sodass keine äußerliche Spur zu erkennen ist.«

»Hmm. Interessant. Das heißt also, es war Mord.«

»Ja. Die Wache Nord ist zuständig und hat mich um Unterstützung gebeten.«

»Können die Ballistiker die Kugel vielleicht zuordnen?«, wollte ich wissen.

»Es kommt noch besser. Bevor wir die Kugel überhaupt ins Labor schicken konnten, haben wir mitbekommen, dass der Besitzer eines Schnapsladens bei einem bewaffneten Raubüberfall niedergeschossen wurde, ungefähr zur gleichen Zeit wie unser Typ auf der Straße. Die Überwachungsaufnahmen aus dem Laden zeigen den Täter – schwarze Jeans, schwarzes Hemd und genau die gleiche Baseballmütze wie die, die wir auf der Straße gefunden haben. Schwarz mit einem großen X«, sagte Claire.

»Die Polizisten von der zuständigen Wache kennen den Typen, der den Schnapsladen überfallen hat, und identifizieren ihn. Er wird überall nur ›Crank‹ genannt. Sie finden ihn zu Hause in seinem Bett, schlafend. Die Polizisten schleppen ihn mit auf die Wache und verhören ihn wegen des tödlichen Raubüberfalls auf den Schnapsladen. Irgendwann haben sie ihn dann so weit, und er fängt an zu singen.«

»Ach, ja? Und welches Lied?«

»Ich hab den Typen aus Versehen erschossen, yo. War ein Unfall, yo. Wollt ich nich', yo.«

»Ach, hör auf«, sagte ich, lachte und machte mich über mein Hühnchen her.

»Ich weiß, aber es *stimmt.* Pass auf, jetzt kommt der Mittelteil der Geschichte«, sagte Claire. »Dabei geht es um einen Beinahe-Unfall.

Crank flüchtet also aus dem Schnapsladen, nachdem er den Inhaber erschossen hat, und schneidet mit seinem Wagen diesen Kerl in einem Honda Civic. Crank steigt aus und will sich entschuldigen, damit der Civic-Typ nicht die Bullen holt. Da sagte der Civic-Typ zu Crank: ›Du fährst wie ein Mädchen und genau so siehst du auch aus.‹ Ich schätze mal, das war das Schlimmste, was ihm gerade eingefallen ist.«

»Oje.«

»Ja, genau. Woher sollte er auch wissen, dass er damit eine wunde Stelle trifft? Crank zieht also die Pistole aus seiner Gesäßtasche und sagt: ›Tja, das Mädchen hat eine Kanone dabei.‹ Dann erschießt er ihn.«

»Oh Mann.«

»Genau. Dabei fällt ihm die Mütze vom Kopf, die bei dem Raubüberfall aufgenommen worden ist. Wenn er also nicht diesen Laden ausgeraubt hätte, wäre er auch niemals mit dem Mord an dem Civic-Typen in Verbindung gebracht worden.«

»Er hat sein Opfer also gar nicht gekannt.«

»Volltreffer. Ein Wildfremder nennt ihn ein Mädchen und Peng!«

»Und darum war es auch ein Versehen, yo.«

»Aus seiner Sicht ist das Opfer jedenfalls selbst schuld …«

Claire blickte mir über die Schulter und hörte auf zu lachen. Ich drehte mich um und rechnete fest damit, Cindy zu sehen. Aber es war Lorraine, die den Tisch abräumen wollte.

»Wollt ihr vielleicht noch einen Kaffee und einen Nachtisch haben?«, fragte sie uns.

»Verdammt noch mal, ja«, sagte ich. »Wir essen schließlich für vier.«

Lorraine lachte und las uns die Dessertauswahl vor. Ich entschied mich für einen Schokoladenkuchen, und Claire nahm die würzige Apfeltarte.

Während wir unseren Kaffee tranken, rief ich Cindy an und hinterließ ihr eine giftige Nachricht. Beim Bezahlen schob ich die nächste hinterher, und dann gab mein Handy-Akku den Geist auf.

Ich weiß nicht, wieso, aber ich machte mir keinerlei Sorgen um Cindy.

Hätte ich aber sollen. Ich hatte nur keine Ahnung.

100

An diesem Abend war ich irgendwann nach acht Uhr zu Hause, ließ meine nassen Schuhe auf der Fußmatte stehen und betrat die Wohnung. Martha kam mir schwanzwedelnd entgegen. Ihr Fell war noch feucht, und als ich mich zu ihr hinunterbeugte, bekam ich eine unfreiwillige Gesichtswäsche.

»Hallo, Liebling«, rief ich, »danke, dass du mit Martha draußen warst.«

Joe saß im Wohnzimmer und telefonierte, umgeben von gefährlich schwankenden Papierstapeln. Ich hörte, dass er seinen Gesprächspartner mit »Bruno« anredete und dass es um irgendwelche Container ging, also redete er gerade mit dem Leiter der Sicherheitsabteilung im Hafen von Los Angeles. Mein Mann war freiberuflich dort tätig. Eigentlich war sein Engagement nur auf einen Monat veranschlagt gewesen, aber jetzt nahm es schon den größten Teil des Jahres in Anspruch.

Joe winkte mir zu, und ich winkte zurück und stellte mich unter die Dusche: eine Luxuskabine mit sechs Duschköpfen und Massagedüsen, die jedem Wellnesstempel zur Ehre gereicht hätte. Ich fühlte mich wie eine Königin und ließ mir viel Zeit in meiner »Autowaschanlage«, schäumte mein Haar mit meinem heiß geliebten Lavendelshampoo ein und ließ, vom Dampf umhüllt, meinen Gedanken freien Lauf.

Ich trocknete mich mit einem mannsgroßen Badetuch ab und schlüpfte in meinen Lieblingspyjama – blaues Flanell mit weißen Wolken.

Joe kam zur Tür herein, nahm mich in den Arm und gab

mir einen Kuss. Anschließend knutschten wir ein bisschen herum. Dann fiel Joe etwas ein und er sagte: »Conklin hat angerufen.«

»Wann denn?«

»Kurz, bevor du nach Hause gekommen bist.«

»Hat er gesagt, worum es geht?«

»Nein. Nur: ›Sag Lindsay, dass sie mich anrufen soll‹, und ›Was sagst du zu den Niners? Wie kann man sich im letzten Viertel bloß so dämlich anstellen?‹«

»Dann rufe ich ihn am besten mal zurück.«

Joe packte mich am Hintern, und ich gab ihm einen Klaps auf seinen, machte mich von ihm los und sagte: »Bis später, Kumpel.«

Dann rief ich Conklin an.

Er nahm beim ersten Klingeln ab. »Cin?«

»Hier ist Lindsay. Was gibt's?«

»Ich erreiche sie nicht«, sagte er. »Sie geht nicht an ihr Handy und ruft nicht zurück.«

Sein Tonfall machte mir große Sorge. Er hatte Angst, und das machte mir wiederum Angst.

»Wir waren zum Abendessen verabredet, aber sie ist nicht gekommen, Rich. Ich habe sie ein paar Mal angerufen und ihr auf die Mailbox gesprochen. Vielleicht ist ja ihr Akku leer. Hast du's schon in der Redaktion probiert?«

»Ja. Da versuche ich's gleich noch mal.«

»Ruf mich an, wenn du was weißt.«

Ich war gerade auf der Suche nach meinen weichen Kuschelsocken, als das Telefon wieder klingelte.

»Ich hab nur die Mailbox erreicht, Linds. Das sieht ihr absolut nicht ähnlich. Ich habe QT angerufen. Ich fahre gleich zu ihm.«

»Hast du irgendeine Vermutung?«

»Höchstwahrscheinlich unbegründete Panik meinerseits,

sodass sie später stinkwütend auf mich sein wird. Aber was soll ich machen? Ich liebe sie nun mal.«

»Wir treffen uns bei QT.«

Ich zog meinen Pyjama aus und hängte ihn an den Haken an der Badezimmertür.

101

Ich war schon oft in Quentin Tazios Kombination aus Wohnung und kriminaltechnischem Computerlabor gewesen. Jedes Mal hatten wir uns in einer kniffligen Situation befunden, die es erforderlich machte, dass er seine Fähigkeiten durch und durch vorschriftswidrig zum Einsatz brachte.

Er wohnt in der Capp Street im Mission District, in einer ehemaligen Maschinenfabrik – einem geduckten, grauen, zweistöckigen Gebäude mit Zementfassade und Rolltoren.

Um halb zehn Uhr abends waren die Bürgersteige hier voll mit Menschen, die in die zahlreichen Taquerias, Galerien, Restaurants und Bars strömten. Der Verkehr kroch im Schneckentempo vorwärts, und die Nerven der Autofahrer waren nicht mehr die besten. Ein Betrunkener pinkelte an einen der jungen Bäume, die den Bürgersteig säumten.

Als ich meinen Wagen in der zweiten Reihe neben Conklins abstellte, sagte ich mir, dass Cindy bestimmt nichts zugestoßen war, dass sie lediglich von irgendeiner Geschichte Wind bekommen und die Zeit vergessen hatte. Es war nicht ungewöhnlich, dass Cindy sich in schwierige Situationen manövrierte und immer versuchte, ihre Angst zu unterdrücken. Darin waren wir uns sehr ähnlich. Aber es gab einen entscheidenden Unterschied.

Ich war eine gut ausgebildete Polizistin mit einer Pistole, einer Dienstmarke und einem Polizeiapparat im Rücken. Cindy hingegen hatte nichts weiter als einen Presseausweis und ein BlackBerry.

Ich legte eine Karte des San Francisco Police Department auf das Armaturenbrett, ging zur Haustür und drückte auf Tazios Klingel.

QTs Stimme drang durch den Lautsprecher, und eine Sekunde später schnarrte der Summer.

Am Ende eines schmalen Flurs bog ich nach links ab und betrat einen großen, kalten Raum, der vom Schimmer diverser Plasmabildschirme erfüllt wurde. Die Wände waren vom einen bis zum anderen Ende mit Monitoren bepflastert, eine durchgehende Arbeitsplatte lief an drei Seiten entlang, und in der Mitte des mit einem Betonfußboden ausgestatteten Raums führte eine Treppe nach oben in QTs Wohnbereich.

Conklin rief mir eine kurze Begrüßung zu, und ich ging zum hinteren Ende des Raums. Dort stand er hinter QTs Schreibtischstuhl.

»Wir sind schon ein Stückchen weitergekommen«, sagte Conklin.

QT grinste mich mit seinen großen weißen Schneidezähnen an. Sein kahler Schädel glänzte. Seine langen, bleichen Finger spannten sich über die geschwungene Tastatur. Er sah aus wie ein Nacktmull, wenn auch ein ausgesprochen attraktiver Nacktmull.

»Cindy hat ein Handy mit GPS-Modul«, sagte QT, »aber im Augenblick sendet es kein Signal. Entweder ist das Handy ausgeschaltet oder unter Wasser. Ich musste mir ihre Sendeprotokolle besorgen, um die letzte Positionsmeldung zu bekommen.«

Ohne richterliche Genehmigung, dachte ich. Egal. Hauptsache, wir machten Cindy ausfindig. Hauptsache, es war ihr nichts passiert.

Ich warf einen Blick über QTs Schulter und sah auf seinem Monitor einen Stadtplan von San Francisco voller kleiner Fähnchen, die jeweils einen Handysender repräsentierten.

Der beste Computerfreak des ganzes Bundesstaats Kalifornien klickte auf das Icon eines Sendemastes im Tenderloin District. Auf dem Bildschirm erschien ein Kreis. Er klickte einen zweiten und dann einen dritten Sender an, Aha, er wollte Cindys Position mithilfe des Triangulationsverfahrens ermitteln. Die entstehenden Kreise überlappten sich in einem kleinen Areal.

»Mit dieser Methode ist die Bestimmung auf ungefähr zweihundertfünfzig Meter genau«, erklärte QT. »Die letzte Positionsmeldung muss also irgendwo hier in der Nähe gewesen sein. Das da ist die Turk Street.« Er zeigte mit dem Cursor darauf.

»Und die Querstraße da?«, wollte Conklin wissen, der wie gebannt auf den Monitor starrte. »Die Jones Street?«

»Ganz genau, Rich. Du hast es erfasst.«

»Dort ist diese Taxifirma.«

»Welche Taxifirma denn? Was soll das denn heißen?«, wollte ich wissen.

»Quick Express Taxi«, sagte Quentin und zoomte sich näher an die Kreuzung heran, ließ den Cursor darübergleiten.

»Ihr Handy ist nicht unter Wasser«, sagte Conklin. »Es ist unter der Erde.«

Ich verstand kein Wort, aber ich sah meinem Partner an, dass wir keine Zeit zu verlieren hatten.

»Komm mit«, sagte er zu mir.

102

Ich setzte mich auf den Beifahrersitz von Conklins Zivilfahrzeug und hatte noch nicht einmal die Tür zugeklappt, da hatte er schon ausgeparkt und trat das Gaspedal bis zum Anschlag durch. Der Wagen machte einen Satz nach vorn und wirbelte eine Sprühnebelwolke von der feuchten Fahrbahn auf.

Rich umkurvte in zweiter Reihe parkende Autos und betrunkene Fußgänger und brauchte sechs Minuten, um durch die verstopften Straßen in eine der härtesten Gegenden des Mission District zu gelangen. Unterwegs erzählte er mir, dass Cindy sich bei verschiedenen Taxiunternehmen nach Minivan-Taxis mit Kinowerbung auf der Heckklappe erkundigt hatte. Bis jetzt war diese eine, vage Beobachtung eines der drei Vergewaltigungsopfer der einzige und ausgesprochen dürftige Hinweis auf die Identität des Vergewaltigers.

»Am Montag war sie ganz alleine in diesem Kellerloch«, sagte Conklin. »Sie hat mit dem Disponenten gesprochen, einem gewissen Wysocki. Wenn sie da heute noch mal hingegangen ist, dann wollte sie noch einmal mit ihm sprechen. Was meinst du, Lindsay? Hat Cindy es einfach übertrieben mit diesem ganzen investigativen Journalismus-Scheiß? Oder liege ich da komplett falsch?«

Da sah ich die blinkenden Neonschilder in der Jones Street vor mir auftauchen: QUICK EXPRESS TAXI und WIR BIETEN FIRMENVERTRÄGE. Noch bevor ich Conklin eine Antwort geben konnte, stellte er den Wagen am Straßenrand direkt vor dem schmierigen Schaufenster ab.

Die Disponentin saß in einem Glaskasten, nur durch ein Drahtgitter von der Straße getrennt.

Ich zeigte ihr meine Dienstmarke und nannte ihr meinen Namen. Sie hieß Marilyn Burns, war vierzig Jahre alt, weiß und zierlich. Sie trug ein blau kariertes Hemd über der Jeans und einen Ehering am Finger und hatte eine raue Raucherstimme.

»Ich habe Al so gegen sechs abgelöst«, teilte sie uns durch das Gitter hindurch mit. »Er hatte es ziemlich eilig. Soll ich ihn anrufen? Das ist kein Problem.«

»Haben Sie diese Frau heute hier gesehen?«, wollte Conklin wissen und holte ein Foto von Cindy aus seinem Portemonnaie.

»Nein, die habe ich noch nie gesehen.«

»In diesem Fall, bitte, ja, rufen Sie Al an«, sagte ich zu ihr.

Conklin und ich hörten sie sagen: »Al, wenn du das abhörst, ruf mal zurück. Die Polizei sucht nach einer Frau, die vielleicht während deiner Schicht da war. Sie hat blonde Locken.«

Die Disponentin legte auf und sagte: »Wenn Sie mir Ihre Nummer dalassen, dann …«

»Wir dürfen uns ein bisschen umsehen«, fiel Conklin ihr ins Wort.

Es klang nicht wie eine Frage, und Burns fasste es auch nicht so auf. Sie machte uns die Tür auf, und wir betraten die schmuddelige Büroetage von Quick Express Taxi. Dann sagte sie: »Ich führe Sie mal herum.«

Mit einem Pfiff signalisierte sie einem Taxifahrer, die Funkzentrale zu übernehmen. Anschließend gingen wir zu dritt an Reihen parkender Taxis und an der Fahrzeugrampe vorbei bis zu der Treppe an der Nordwand des Gebäudes.

Ich stellte Burns alle möglichen Fragen und beantwortete im Gegenzug die eine oder andere, die sie an mich hatte. Conklin leuchtete derweil mit seiner Taschenlampe in die Innenräume der Taxis. Sie erklärte mir, wie der Taxiverkehr innerhalb der Garage geregelt war.

»Ankommende Wagen kommen mit ihrer Magnetkarte durch die Einfahrt von der Turk Street herein«, sagte sie. »Dann stellen die Fahrer das Fahrzeug in einer der drei Etagen ab, gehen die Treppe hoch, geben mir ihr Fahrtenbuch und die Autoschlüssel, und wir machen die Abrechnung. Zu Beginn einer Schicht funktioniert es genau anders herum. Sie holen sich im Erdgeschoss das Fahrtenbuch ab, gehen die Treppe runter, nehmen einen Wagen und fahren die Rampe rauf, machen mit ihrer Magnetkarte das Tor auf und stehen draußen auf der Turk Street. Wir haben auch einen Lastenaufzug, der die unterste Etage mit der Turk verbindet, aber der ist zurzeit leider kaputt.«

»Ist es denkbar, dass Taxis auch rein- oder rausfahren, ohne dass Sie etwas davon mitbekommen?«

»Wir haben unsere Überwachungskameras. Vielleicht nicht gerade Raumfahrttechnologie, aber sie funktionieren.«

Auf allen drei Etagen parkten Taxis entlang der Außenwände sowie in den Zwischenräumen zwischen den Pfeilern, während die Rampe sich in der Mitte befand. Wir sahen in jedem Minivan nach und zeigten einem halben Dutzend Fahrern, die wir unterwegs trafen, Cindys Foto.

Niemand hatte sie gesehen.

Ich ließ mir verschiedene Möglichkeiten durch den Kopf gehen.

Hatte sie vielleicht jemanden getroffen, der eine interessante Geschichte für sie hatte? Interviewte sie diesen Jemand gerade in einem Café und hatte ihr Handy ausgeschaltet? Oder lag sie betäubt auf dem Rücksitz eines Taxis, wie sie zu Tausenden durch die Straßen von San Francisco kurvten?

Ich war es gewöhnt, dass Cindy sich immer wieder in Schwierigkeiten brachte, und genau so war ich daran gewöhnt, dass sie sich auch selbst daraus befreien konnte. Aber so langsam machte sich ein ganz mieses Gefühl in mir breit.

Cindy war jetzt seit über drei Stunden spurlos verschwunden.

Wir sagten uns zwar immer wieder: »Wenn sie ihr Handy ausgeschaltet hat…«

Aber das machte Cindy eigentlich nie. Die letzte Positionsmeldung ihres GPS-Moduls war in einem Zweihundertfünfzig-Meter-Radius rund um dieses Gebäude erfolgt.

Also wo war sie?

Und wenn sie nicht hier und ihr Handy nicht ausgeschaltet war, wo war sie dann? Wo zum Teufel konnte sie bloß stecken?

103

Die Disponentin Marilyn Burns stieß die Treppenhaustür auf und trat in das unterste der drei Tiefgaragengeschosse. Conklin und ich waren direkt hinter ihr.

Es war eine fensterlose Höhle, dunkel und feucht und acht Meter unter der Erde. Die Neonröhren an der Decke waren so trübe, dass das Licht nicht einmal bis in die Ecken reichte.

Ich musste an die minderwertigen Überwachungskameras denken, die unter der Decke und an etlichen Säulen befestigt waren – auf den Aufnahmen war mit Sicherheit außer Schnee nichts zu erkennen. Ich stand am Fuß der Rampe und versuchte mich zu orientieren.

An der Wand hinter der Auffahrt befand sich der große Frachtaufzug. Das Gitter war vorgezogen, und jemand hatte ein handgeschriebenes Pappschild daran befestigt mit der Aufschrift: »Außer Betrieb«.

Zu meiner Rechten befand sich die feuerfeste Treppenhaustür, durch die wir soeben gekommen waren. Links sah ich eine weitere Tür mit einem handgeschriebenen Schild. Die Aufschrift lautete: »Lager«. Die Tür war aus Metall, und ich konnte aus zehn Metern erkennen, dass daran ein nagelneuer, glänzender Riegel befestigt war.

»Was ist denn hinter dieser Tür da?«, wollte ich von Burns wissen.

»Der Raum steht leer. Früher haben wir darin Ersatzteile gelagert, aber die liegen jetzt im Erdgeschoss, weil hier zu viel geklaut wurde.«

Ich ließ den Strahl meiner Taschenlampe über die Tür und unter die umstehenden Taxis gleiten … und dann entdeckte ich etwas, und das Herz blieb mir fast stehen.

Unter einem der Taxis, ungefähr fünf Meter von der Tür zum Lager entfernt, lag ein zusammenklappbarer Schirm. Er war rot und besaß einen Griff aus Bambus. Genau so einen Schirm hatte Cindy.

Meine Hände zitterten heftig, als ich mir Handschuhe überstreifte und den Schirm aufhob. Ich gab ihn Rich. »Der muss aus einem Taxi rausgefallen sein«, sagte ich. »Kommt dir der nicht bekannt vor?«

Conklin starrte den Schirm an, blinzelte ein paar Mal und sagte zu Marilyn Burns: »Haben Sie den Schlüssel für den Lagerraum?«

»Al hat alle Schlüssel. Er schmeißt hier den ganzen Laden.«

Ich klappte mein Handy auf. Die Worte »Kein Signal« blinkten mir entgegen. Das sagte ich Rich, und dann wandte ich mich an Burns. »Gehen Sie nach oben und rufen Sie die Notrufnummer an. Sagen Sie, dass zwei Beamte hier sind, die Verstärkung brauchen. Eine Menge Verstärkung. Los, nun machen Sie schon.«

Ich hielt die Taschenlampe auf die Tür des Lagerraums gerichtet, und Conklin zog seine Waffe und jagte drei Schüsse in das Schloss.

Der Knall vervielfachte sich, als die Echos durch die Tiefgarage hallten. Aber wir warteten nicht ab, bis der Geschützdonner verhallt war.

Ich stellte mich mit gezogener Waffe hinter Conklin in Position, während er die Tür zum Lagerraum aufmachte.

104

Während der Sekundenbruchteile, bevor sich der Strahl meiner Taschenlampe in den dunklen Raum bohrte, jagte die Angst mir alle möglichen Bilder durch den Kopf. Was würden wir vorfinden? Cindy, tot auf dem Boden, und einen Mann, der mir eine Pistole unter die Nase hielt?

Ich fand den Lichtschalter.

Es war ein fensterloser, würfelförmiger Raum mit etwa vier Metern Kantenlänge. Seile und Werkzeuge hingen von Haken an der Wand. Eine mit dunklen Flecken übersäte Werkbank nahm das Zentrum ein. War das der Partykeller des Vergewaltigers?

Waren das Blutflecken?

Ich drehte mich zu Rich um. Im selben Augenblick hörte ich ein gedämpftes Niesen von außerhalb des Lagerraums.

»Hast du das gehört?«, fragte ich ihn.

Jetzt war noch ein zweites, länger anhaltendes Niesen zu hören, eindeutig von einer Frau, gefolgt vom unheimlichen Knirschen mächtiger Zahnräder und Seilwinden. Diese mechanische Kakofonie aus der Mitte des letzten Jahrhunderts konnte nur einen Ursprung haben, nämlich den stillgelegten Lastenaufzug – der sich plötzlich in Bewegung gesetzt hatte.

Ich rannte zum Fahrstuhlschacht, hämmerte wie wild auf die Taste ein, doch die Kabine bewegte sich unaufhaltsam weiter. Burns hatte gesagt, dass der Fahrstuhl nur zwei Zugänge hatte, nämlich hier, wo wir gerade standen, und dann drei Etagen weiter oben, in der Turk Street.

Conklin hämmerte mit dem Kolben seiner Dienstwaffe gegen die Fahrstuhltür und brüllte: *»San Francisco Police Department! Halten Sie den Fahrstuhl an!«*

Keine Reaktion.

Ich versuchte zu verstehen, was hier gerade vor sich ging. Seit Conklin und ich vor einer Viertelstunde bei Quick Express aufgetaucht waren, konnte niemand diesen Fahrstuhl betreten haben. Wer immer jetzt da drin war, er musste schon vor unserer Ankunft da gewesen sein.

Conklin und ich starrten uns einen Sekundenbruchteil lang an, dann stürzten wir zur Treppenhaustür.

Ich stürmte direkt hinter meinem Partner die Treppe hinauf, dem Licht entgegen.

105

Dieses Niesen ließ mich hoffen, dass Cindy noch am Leben war.

Aber Conklin und ich hatten nicht damit gerechnet, dass der Fahrstuhl sich in Bewegung setzen könnte. Falls er unterwegs umkehrte, sodass wir oben im Erdgeschoss ankamen, während die Kabine wieder nach unten schwebte, oder falls er vor uns die Ausfahrt auf die Turk Street erreichte, dann hatten wir kaum eine Chance, denjenigen, der in diesem Fahrstuhl war, aufzuhalten.

Conklin und ich hasteten vorwärts, nutzten das Geländer, um uns mit Schwung um die Kurven zu ziehen. Conklin drückte mit aller Kraft die Brandschutztür zur Turk Street auf – KEIN AUSGANG –, und ein durchdringender Alarmton ertönte.

Ich kam direkt hinter ihm auf die Straße und sah, wie diverse Fahrzeuge der verschiedenen Strafverfolgungsbehörden die Turk und die Jones Street entlanggerast kamen: Feuerwehren, Streifenwagen, Zivilfahrzeuge der Kriminalpolizei und des Rauschgiftdezernats. Sämtliche Polizeibeamte im Mission District hatten auf den Notruf reagiert.

Ich brüllte zwei Streifenbeamten, die ich kannte, zu: »Noonan, Mackey, riegelt die Garage da ab! Niemand kommt rein oder raus!«

Conklin rannte die Turk entlang zur Fahrstuhlausfahrt, und ich musste einen Zahn zulegen, um ihn nicht aus den Augen zu verlieren. Er hatte den Schacht gerade erreicht, als die Fahrstuhltür sich öffnete.

Direkt hinter der Öffnung stand ein gelbes Taxi. Conklin stellte sich breitbeinig davor und packte seine Neun-Millimeter fest mit beiden Händen. Das Taxi fuhr los.

Es war dunkel, aber der Fahrer und der Passagier auf der Rückbank wurden von Scheinwerfern und Straßenlaternen beschienen. Und als das Licht sich in den Locken der Gestalt auf der Rückbank brach, wusste ich, dass es sich um Cindy handelte.

Die Scheinwerfer des Taxis waren voll aufgeblendet.

Der Fahrer musste Conklin sehen.

Conklin brüllte: *»Polizei!«* Er schoss ein Loch in den linken Vorderreifen, aber der Fahrer gab Vollgas, und der Wagen machte einen Satz nach vorn. Conklin stand genau im Lichtkegel der Scheinwerfer, und doch fuhr das Taxi weiter, kam direkt auf ihn zu.

Conklin brüllte: *»Stopp!«*, und jagte dann zwei Schüsse durch die Windschutzscheibe. Er sprang gerade noch rechtzeitig beiseite, um nicht überrollt zu werden, doch das Taxi fuhr weiter. Es war jetzt völlig außer Kontrolle, schrammte an einem Streifenwagen auf der gegenüberliegenden Straßenseite vorbei und prallte frontal gegen einen Hydranten.

Das Taxi bäumte sich auf, verharrte einen Augenblick lang auf zwei Rädern und fiel wieder zurück auf alle vier. Wasser spritzte nach allen Seiten. Die Leute kreischten.

Conklin riss an der Beifahrertür, aber sie ließ sich nicht öffnen.

»Kann mir vielleicht mal jemand helfen!«, schrie er.

Ein paar Feuerwehrleute kamen mit Metallscheren angelaufen und brachen eine der hinteren Türen auf. Cindy lag zusammengerollt auf dem Boden des Taxis, eingeklemmt zwischen der Rückbank und der Trennwand. Conklin beugte sich ins Wageninnere und sprach sie an.

»Rich, wie geht es ihr?«, rief ich ihm von hinten zu.

»Sie lebt«, sagte Conklin. »Gott sei Dank, sie lebt.«

Er legte Cindys Arme um seinen Nacken und hob sie heraus. Cindy war angezogen, und ich konnte kein Blut entdecken. Mit brechender Stimme sagte Conklin: »Cindy, ich bin's. Ich bin bei dir.«

Sie machte die Augen einen Spalt weit auf und sagte: »Heeeyyy.«

Conklin drückte sie so fest an sich, dass ich Angst hatte, er könnte ihr die Luft zum Atmen nehmen.

Und dann schloss sie die Augen und fing leise an zu schnarchen, eine Wange an seine Schulter gelehnt.

106

Marilyn Burns kreischte aus voller Kehle: »Ogottogott, ich glaub es einfach nicht. Was ist denn passiert?«

Sie linste zwischen den Fingern ihrer Hand hindurch und identifizierte den toten Mann mit einem sauberen Loch in der Stirn und einem zweiten im Hals als Albert Wysocki.

Ich stellte mich neben Conklin, der den Sanitätern behilflich war, Cindy auf die Trage zu schnallen und in den Krankenwagen zu schieben. Er rang um Atem und war kreidebleich im Gesicht, und mir war klar, dass er sie am liebsten ins Krankenhaus begleitet hätte. Aber er hatte gerade einen Menschen erschossen, mit dreißig Polizeibeamten als Augenzeugen. Er musste sich genau an die Vorschriften halten und warten, bis die Gerichtsmedizin, die Kriminaltechniker und Brady vor Ort waren.

Ich legte ihm die Hand auf die Schulter, und unsere Blicke begegneten sich. Seine Miene war ausdruckslos, ohne jede Regung.

Ich wusste, wie es ihm ging. Auch ich habe schon einmal einen Menschen getötet. Auch ich habe erlebt, wie das Adrenalin durch den Körper rauscht und alle Wut und alle Angst überlagert, auch ich kannte die emotionale Leere, die der Schock verursachte.

»Ist Wysocki tot?«, wollte mein Partner wissen. »Habe ich ihn erschossen?«

»Es war ein Entweder-Oder, Richie. Du oder er. Du hast Glück, dass du noch am Leben bist.«

»Ich bin froh, dass ich den Drecksack erwischt habe.«

»Heeeyyy… Lindsaaayyy«, rief Cindy mir aus dem Inneren des Krankenwagens zu.

»Ich bin hier, Süße«, erwiderte ich.

»Fährst du mit ihr ins Krankenhaus?«, bat Conklin mich.

Ich nickte und stieg ein. Dann nahm ich Cindys Hand und sagte ihr, dass ich sie sehr lieb hatte und dass alles wieder gut werden würde.

»Hab ich die Geschichte gekriegt?«, wollte sie wissen.

»Na klar.«

Conklin stellte sich vor die Heckklappe. »Lindsay?«

»Ich bleibe bei ihr, bis du ins Krankenhaus kommst«, sagte ich zu ihm. »Sie ist bestimmt bald wieder auf den Beinen.«

107

Als ich unsere Wohnung betrat und Martha begrüßte, fielen schon die ersten Strahlen der aufgehenden Sonne durch die Fenster. Ich streifte meine Jacke, mein Pistolenhalfter und meine Schuhe ab und ging auf Zehenspitzen den Flur entlang zum Schlafzimmer. Dann stellte ich mich in die »Autowaschanlage«, ließ mich vom heißen Wasser berieseln, bis meine Haut rosa war, und schlüpfte in meinen Wolkenpyjama, der am Haken an der Tür hing, dort, wo ich ihn vor einer gefühlten Ewigkeit hingehängt hatte.

Schon wieder ein Déjà-vu.

Vorsichtig kroch ich unter die Decke. Joe wachte auf und breitete die Arme aus, und das war gut so, weil ich ihm alles erzählen wollte, was passiert war, seitdem ich ihn aus dem Krankenhaus angerufen hatte.

»Hey«, sagte er und gab mir einen Kuss. »Wie geht es Cindy?«

»Ganz ehrlich? Als wäre überhaupt nichts passiert«, erwiderte ich. »Sie ist praktisch eine Minute, nachdem sie ins Taxi eingestiegen ist, eingeschlafen, und fünf Stunden später in einem Krankenhausbett wieder aufgewacht.«

»Ist denn … alles in Ordnung bei ihr?«

»Er ist nicht dazu gekommen, sie zu vergewaltigen«, sagte ich. »Gott sei Dank.«

Ich kuschelte mich in Joes Armbeuge, schmiegte mich dicht an ihn, legte mein linkes Bein über seines, meinen linken Arm auf seine Brust. »Der Arzt sagt, dass nichts zurückbleiben wird, sobald die Wirkung des Betäubungsmittels abgeklungen ist.«

»Was hast du über den Täter herausgefunden?«

»Das war so ein seltsamer Sonderling. Ohne Freunde, unverheiratet, ein psychopathischer Einzelgänger, fünfundfünfzig Jahre alt. Er hat praktisch achtzehn Stunden am Tag bei Quick Express gearbeitet. Anscheinend hat er auch die Hälfte seiner Nächte dort in seinem Auto verbracht.«

Ich erzählte Joe, dass der Besitzer der Firma in Michigan lebte und Wysocki als Geschäftsführer den ganzen Laden gemanagt hatte. Er hatte über alles genau Bescheid gewusst, hatte die Schlüssel gehabt, die Fahrtenbücher verwaltet und die Dienstpläne gemacht.

»Niemand hat seine Entscheidungen infrage gestellt. Also hat er dieses Schild an den Lastenaufzug gehängt und das Ding zu seiner ganz privaten Residenz gemacht.«

»Eine Art Hecht im Goldfischteich«, meinte Joe.

»Ganz genau. In seiner Jackentasche haben wir ein ›Date-Buch‹ gefunden. Das steht tatsächlich auf dem Cover – ›Date-Buch‹. Darin hat er eine Liste für jedes seiner sechs Opfer angelegt … die genauen Zeiten, Datum, Ort des Geschehens, was sie angehabt haben. Cindys Name stand auch da drin. Mir ist richtig schlecht geworden, als ich das gesehen habe.«

»Und er hat es wirklich ›Date-Buch‹ genannt?«, sagte Joe erstaunt. »Dann hat er sich vielleicht auch so benommen wie bei einem Date.«

»Ich schätze mal, irgendwie ergibt das einen Sinn, aus der Warte eines Psychopathen betrachtet. Er gabelt eine junge Frau auf, gibt ihr Drogen. Bringt sie zurück in sein kleines, privates Reich namens ›Außer Betrieb‹. Ich schätze mal, er wartet, bis seine Opfer halb bewusstlos sind, dann vergewaltigt er sie, bevor die Wirkung nachlässt. Ach, genau. Und als Gentleman der alten Schule bringt er sie natürlich auch nach Hause – oder zumindest in eine Gasse ganz in der Nähe. Ein perfekter Abend, genau nach dem Geschmack von Al Wysocki. Zumal er am nächsten Tag nicht mal einen Blumenstrauß zu schicken braucht.«

»Wie geht es Conklin?«

»Er ist völlig am Ende. Ein Wrack. Als er ins Krankenhaus gekommen ist, hat er zu Cindy gesagt: ›Mach das ja nicht noch mal!‹ Und sie hat gesagt: ›Was denn? Ein Taxi nehmen?‹«

Wir mussten beide lachen.

Meine unerschütterliche Freundin Cindy.

Joe drehte sich auf die Seite und küsste mich. Ich schmolz dahin.

»Ich liebe dich so sehr«, sagte ich. »Ich glaube, ich habe dich schon geliebt, bevor wir uns überhaupt gekannt haben.«

Er lachte, aber ich konnte die Tränen in seinen Augen deutlich erkennen.

108

Der Blick in Joes himmelblaue Augen erinnerte mich an den Tag, als unsere Blicke sich zum allerersten Mal begegnet waren. Wir bearbeiteten gemeinsam einen Fall. Ich war auf der Hierarchieleiter des Ermittlerteams ganz unten angesiedelt, während er, der stellvertretende Direktor des Heimatschutzes, ganz oben an der Spitze thronte.

Sein Aussehen sprach mich an – die dichten braunen Haare und der kräftige Körperbau –, aber er war außerdem auch intelligent und strahlte eine zwanglose, ungezwungene Selbstsicherheit aus.

Als er mir seine Visitenkarte gab, berührten sich unsere Finger. Funken sprühten, und wir zuckten beide zusammen. Es dauerte nicht lange, bis wir ein Paar wurden, aber dann war das Knistern zwischen uns monatelang immer wieder durch verpasste Flugzeuge und gegenläufige Dienstpläne ins Stocken geraten.

Joe wohnte damals noch in Washington, D.C., ich in der Stadt an der Bay, und wir hatten beide eine frische emotionale Verletzung zu verdauen. Bei ihm war es eine hässliche Scheidung und bei mir der Verlust einer engen Freundin, die im Dienst erschossen worden war.

Das nun folgende Jahr mit seinen frustrierenden Aufs und Abs brachte uns mehr als einmal an unsere Grenzen, zumal unsere Fernbeziehung später noch durch eine ziemlich verrückte – und nicht ausgelebte – Verliebtheit zwischen Conklin und mir zusätzlich belastet wurde.

Aber in all der Zeit war Joe ein Fels in der Brandung gewesen, und ich hatte mich mit aller Kraft an ihm festgeklammert. Ich wusste genau, was gut für mich war. Und ich wusste, dass ich Joe liebte. Aber ich schaffte es einfach nicht, mich auf eine dauerhafte Beziehung einzulassen.

Schließlich hatte Joe von meiner Wankelmütigkeit die Nase voll gehabt und mich zur Entscheidung gezwungen. Dann kündigte er seinen Job und zog nach San Francisco. Irgendwie hatten wir in dem ganzen Hin und Her schließlich doch uns selbst gefunden.

»Ich liebe dich einfach so sehr«, sagte ich zu ihm und küsste seine Augenwinkel. Er legte die Hand auf meine Wange, und ich küsste sie auch.

»Und ich liebe dich fast zu sehr, Linds«, sagte er. »Ich halte es kaum aus, wenn du nicht da bist und ich im Dunkeln liege und mir ständig Sorgen machen muss, dass irgendjemand auf dich schießt. Solche Gedanken sind furchtbar.«

»Ich passe sehr gut auf mich auf«, sagte ich. »Also mach dir darüber keine Gedanken.«

Ich beugte mich über ihn, um ihn zu küssen, und meine Haare fielen wie ein Vorhang um unsere Gesichter. Es war ein tiefer, inniger Kuss, und er erregte mich. Genau wie er Joe erregte.

Wir lächelten einander an und sahen uns tief in die Augen. Es gab nichts, was uns trennte.

»Ich würde wahnsinnig gerne mit dir ein Baby machen, Joe«, sagte ich.

Es war nicht das erste Mal, dass ich das aussprach. Um ehrlich zu sein, seit einer ganzen Weile sagte ich das jeden Monat wieder. Aber jetzt, in diesem Augenblick, war es mehr als nur eine gute Idee. Es war das überwältigende Verlangen, der Liebe zu meinem Ehemann auf eine vollkommene und dauerhafte Weise Ausdruck zu verleihen.

»Glaubst du etwa, ich kann auf Kommando Babys machen, Blondie?«, erwiderte Joe und knöpfte mein Pyjamaoberteil auf. »Glaubst du etwa, dass ein Mann Ende vierzig einfach so loslegen kann? Hmmm?« Er knöpfte mir das Hosenband auf, während ich mich an seiner Boxershorts zu schaffen machte.

»Weil ich dann nämlich befürchten müsste, dass du mich für ständig verfügbar hältst. Dass du mich womöglich sogar für deine Zwecke ausnützen willst.«

»Tja«, sagte ich. »Ich schätze mal, genau das habe ich vor.«

Joes Hände lagen auf meinen Brüsten, setzten meine Haut in Flammen und brachten mein Blut zum Kochen. Ich streifte das Flanell ab und senkte mich auf ihn.

»Du kannst ja versuchen, mich aufzuhalten«, sagte ich und seufzte auf.

109

Es war Anfang Dezember gegen 22.00 Uhr, ein kalter, ungemütlicher Abend in Pacific Heights. Conklin und ich saßen in einem Geländewagen des San Francisco Police Department, hatten versteckte Mikrofone und Kevlarwesten angelegt und warteten auf das Startsignal.

Sechs Zivilfahrzeuge standen rund um die Kreuzung von Broadway und Buchanan Street verteilt am Straßenrand, als Unterstützung für die Beamten, die aktiv an diesem Einsatz beteiligt waren.

Auf den Dächern der Nachbarhäuser rund um das achtgeschossige Jugendstil-Apartmenthaus mit der weißen Granitfassade kauerten Scharfschützen.

Ich starrte jetzt schon so lange auf dieses Haus, dass ich die Haustür mit den Bronzeradierungen, die aufwendigen Motive und Verzierungen sowie die kunstvoll in Form gebrachten Buchsbaumhecken zwischen der Hausecke und der Straße in- und auswendig kannte. Ich kannte jede Falte im Gesicht des livrierten Türstehers, der in Wirklichkeit niemand anders war als Lieutenant Michael Hampton vom Dezernat für Gewaltverbrechen.

Vor dem Haus stand ein Schild mit der Aufschrift ABSOLUTES HALTEVERBOT, BE- UND ENTLADEN VERBOTEN, und wir hatten freie Sicht auf jeden Fußgänger, der vorbeiging oder das Haus betrat.

Falls der Tipp, den das Dezernat für Gewaltverbrechen bekommen hatte, stimmte, dann würden unsere Planungen und unser gewaltiger personeller Aufwand zur Verhaftung eines fast schon als legendär geltenden Verbrechers führen.

Falls der Informant jedoch falsch gelegen oder falls uns irgendjemand verpfiffen hatte, dann würden wir voraussichtlich nie wieder eine solche Gelegenheit bekommen.

Ich streckte erst das eine Bein und dann das andere aus, um die Muskeln ein wenig zu lockern. Conklin ließ seine Knöchel knacken. Eine dichte Atemwolke hing direkt vor meiner Nase. Für eine Tasse Kaffee hätte ich ohne mit der Wimper zu zucken die Hälfte meiner Pension geopfert, und für einen Schokoriegel auch die andere Hälfte.

Um halb elf, als ich gerade dachte, ich würde nie wieder gehen können, kam eine lang gestreckte Cadillac-Limousine angerollt und blieb vor dem Haus stehen. Adrenalin wurde in meine Blutbahnen gepumpt und vertrieb die Krämpfe und die Lethargie.

Der »Türsteher« verließ seinen Posten und öffnete den Passagieren die Fahrzeugtür. Sie kamen gerade aus der Oper und waren entsprechend gekleidet.

Nunzio Rinaldi, Capo der dritten Generation einer berühmt-berüchtigten Mafiafamilie, stieg aus. Er trug einen eleganten schwarzen Anzug und eine silbergraue Krawatte. Er reichte seiner Frau Rita die Hand. Ihre platinblonden Haare wären selbst bei einem plötzlichen Stromausfall noch deutlich zu erkennen gewesen. Der Wagen glänzte im Licht der Straßenlaternen, und Rita Rinaldis Juwelen funkelten.

Die Rinaldis gingen nun von ihrem Wagen auf das verschwenderisch geschmückte Vestibül ihres Apartmenthauses zu. In diesem Augenblick bog ein Mann mit einem dunkelbraunen Regenmantel um die Ecke. Er hielt eine Einkaufstüte in der Hand und führte einen kleinen Jack-Russell-Terrier an der Leine.

Ich sah ihn nur aus dem Augenwinkel – ein Fußgänger

unter vielen, während gleichzeitig etliche Autos das Sichtfeld zwischen mir und dem Türsteher durchkreuzten. Aber plötzlich lief der kleine Hund frei herum, und der Mann hatte seine Einkaufstüte fallen gelassen und eine Pistole aus der Innentasche seines Mantels gezogen.

Das ging so schnell, dass ich meinen Augen kaum traute. Dann sah ich, wie die Straßenbeleuchtung sich in dem Pistolenlauf spiegelte.

Der Lauf war auf die Rinaldis gerichtet.

Ich holte Luft und brüllte »SCHUSSWAFFE!« in mein Funkmikrofon. Vermutlich brachte ich damit etliche Trommelfelle entlang des Broadways zum Platzen.

110

Bei meinem Schrei stürzte sich Lieutenant Hampton auf den Mann mit der Pistole. Er schlug dessen Arm nach unten, zerrte und drehte den Beinahe-Attentäter herum und ließ sich schließlich mit seinem ganzen Gewicht auf ihn fallen.

Drei Schüsse wurden abgefeuert. Fußgänger kreischten, doch kaum war das Echo verklungen, war das Ganze auch schon vorbei. Der Attentäter lag entwaffnet auf dem Boden.

Conklin und ich rannten über die Straße und waren dort, noch bevor die Handschellen zuschnappten. Keuchend stand ich vor dem Mann mit der Kapuze und sagte: »Haben wir dich, du Arschloch. Der Tag hat sich jedenfalls gelohnt, schönen Dank auch.«

Wenige Meter entfernt presste Rita Rinaldi ihre mit Juwelen bestückten Hände an die Wangen und weinte. Sie musste davon ausgehen, dass die schwarz gekleideten Männer wegen ihres Mannes gekommen waren.

Nunzio Rinaldi legte schützend die Arme um seine Frau und sagte zu Conklin: »Was zum Teufel soll denn das? Wer ist dieser Mann?«

Conklin erwiderte: »Bitte entschuldigen Sie die Aufregung, Mr Rinaldi, aber wir mussten Ihr Leben retten. Wir hatten keine andere Wahl.«

Ich hingegen hatte noch ein paar Fragen, und wer weiß, vielleicht würde ich sogar ein paar Antworten bekommen.

Ich riss dem Kerl die Kapuze herunter, packte eine Strähne seines silberbraunen Haars und hob seinen Kopf.

Er sah mich an. Seine grauen Augen blitzten amüsiert, und auf seinen Lippen lag ein Lächeln.

»Wie heißen Sie?«, sagte ich, obwohl ich mir sicher war, dass ich das bereits wusste. Ich hatte dieses Gesicht schon einmal gesehen, auf einem ziemlich verwackelten Foto. Das war der Mann, der in einem Geländewagen neben einem Candace-Martin-Double gesessen hatte.

Dieser Mann musste Gregor Guzman sein. Musste er einfach.

Ich hatte etliches über Guzman gelesen und erfahren, dass er im Jahr 1950 als Sohn eines russischen Vaters und einer kubanischen Mutter auf Kuba zur Welt gekommen war. Ende der Sechzigerjahre hatte er seine Heimat in einem gestohlenen Fischerboot verlassen und sich nach seiner Landung in Miami im organisierten Drogenhandel nützlich gemacht, um später dann eine Laufbahn als unabhängiger Auftragskiller auf drei Kontinenten einzuschlagen.

Diese grobkörnige Aufnahme von Guzman oder jemandem, der ihm sehr ähnlich sah, hatte jedenfalls eine erneute Suche nach ihm ausgelöst. An den Kontrollstellen der Flughäfen, auf Fahndungsplakaten, FBI-Listen und auf meinem Schreibtisch, überall war sein Bild zu sehen.

Hatten wir ihn geschnappt?

War das der Mann, der sich wenige Wochen vor Dennis Martins Ermordung mit Ellen Lafferty getroffen hatte? Hatte Caitlin Martin tatsächlich ihren Vater umgebracht? Oder war dieser Auftragskiller irgendwie an der Tat beteiligt gewesen?

»Verraten Sie mir Ihren Namen, dann verrate ich Ihnen meinen«, sagte Guzman.

»Sergeant Boxer, San Francisco Police Department.«

»Sehr angenehm, schöne Frau«, erwiderte der Killer.

Na klar würde er mir alles verraten, gleich hier, mitten auf der Straße. Wohl kaum. Ich ließ seine Haare los, und sein Kopf plumpste zurück auf den Bürgersteig.

Ich sah zu, wie Lieutenant Hampton Guzman festnahm und ihm seine Rechte vorlas.

111

Gregor Guzman war wegen versuchten Mordes an Nunzio Rinaldi festgenommen worden, aber selbst im Fall einer Verurteilung würde das nicht reichen, um ihn für alle Zeiten hinter Gitter zu bringen. Darum waren die Strafverfolgungsbehörden von der Bryant Street in San Francisco bis nach Rio de Janeiro dabei, ihn mit allen möglichen Vorwürfen zu überschütten, in der Hoffnung, dass wenigstens ein paar Brocken an ihm hängen blieben.

Kurz nach zwei Uhr morgens hatte Guzman einen Rechtsanwalt und bereits ein Verhör durch Lieutenant Hampton hinter sich. Wenn er etwas sagte, dann immer nur: »Sie können mir gar nichts nachweisen«, und das, obwohl er bei seiner Festnahme mit einer geladenen Halbautomatik auf Nunzio Rinaldi gezielt hatte.

Lieutenant Hampton ließ sich von Guzman nicht aus der Ruhe bringen.

Er hatte eine Menge richtig gemacht. Er hatte Fahndungsergebnisse ausgewertet und genutzt, die Falle gestellt und den Auftragskiller schließlich eigenhändig zur Strecke gebracht. Die Anklageschrift schrieb sich im Prinzip von ganz alleine. Und jetzt, wo wir ihn mitsamt Fingerabdrücken und DNA bei uns im Gewahrsam hatten, gab es auch die Möglichkeit, ihn mit allen möglichen ungelösten Verbrechen aus den letzten dreißig Jahren in Verbindung zu bringen.

Was mich jedoch sehr viel mehr beschäftigte, war ein Verbrechen, das erst ein gutes Jahr zurücklag.

Ich klopfte an die Glasscheibe des Verhörzimmers.

Hampton kam heraus, fuhr sich mit der Hand über die stoppeligen Haare und sagte: »Okay, Lindsay, ich bin fertig. Wenn du willst, komme ich noch mal mit rein, zur Unterstützung.«

Ein langer Monat und eine noch längere Nacht lagen hinter Hampton, und er wäre liebend gern nach Hause zu seiner Frau gegangen, aber er hielt mir die Tür auf, betrat nach mir das Zimmer und sagte: »Sergeant Boxer, Sie kennen Mr Guzman bereits?«

»Ja, es war mir ein Vergnügen.«

»Das Vergnügen war ganz meinerseits«, sagte Guzman mit seiner schmierigen Stimme.

»Das hier ist Mr Ernesto Santana. Rechtsanwalt«, sagte Hampton.

Ich begrüßte Guzmans Anwalt, nahm mir einen Stuhl und ließ eine Aktenmappe auf den Tisch fallen. Sie enthielt einen kleinen Stapel mit Fotos, zwanzig mal fünfundzwanzig Zentimeter, die ich aus dem Bereitschaftsraum mitgebracht hatte.

»Wem muss man hier eigentlich einen Arschtritt verpassen, damit man einen Kaffee kriegt?«, ließ sich Guzman vernehmen. Er bekam keine Antwort.

Ich sagte: »Mr Guzman, wir beschuldigen Sie des vorsätzlichen Mordes an Dennis Martin.«

»Was?«, erwiderte Guzman. »Wer zum Teufel soll das denn sein?«

»Dennis Martin.« Ich legte ihm eine Aufnahme des Gerichtsmediziners vor, die den Toten im Foyer seines sündteuren Hauses zeigte. Rund um die Leiche hatte sich eine große, dunkle Blutlache gebildet.

»Den habe ich noch nie im Leben gesehen«, sagte Guzman.

Ich holte das nächste Foto heraus. Darauf war Dennis Martin quicklebendig. Er stand auf einem Segelboot, und der

Wind blies sein volles Haar nach hinten, legte seine attraktiven Gesichtszüge frei. Er hielt eine hübsche Rothaarige namens Ellen Lafferty im Arm.

»Vielleicht klappt es ja hiermit besser«, sagte ich.

Ich glaubte, einen Funken des Erkennens in Guzmans Blick gesehen zu haben. Seine Pupillen zogen sich kurz zusammen.

»Nein, immer noch nicht«, sagte er. »Jetzt mal ehrlich, Ernie. Muss ich hier noch länger rumsitzen, oder kann ich endlich in meine Zelle gehen?«

Ich registrierte seinen leichten spanischen Akzent, seine sorgfältig gepflegten Hände, seine unverhohlene Aggressivität.

Santana sagte: »Sergeant, das sind doch keine Beweise. Das ist doch gar nichts. Also, worum geht es hier eigentlich? Ich verstehe das nicht.«

»Mal sehen, ob Sie's jetzt verstehen.« Ich nahm eines von Joseph Podestas Überwachungsfotos aus der Mappe: Ellen Lafferty mit blonder Perücke, wie sie neben Guzman in einem Geländewagen saß.

Der Kubaner warf einen Blick auf das Foto. Lächelte. Sagte: »Zuerst einen Kaffee.«

Hampton seufzte: »Wie hätten Sie ihn denn gern?«

»*Con leche*«, erwiderte Guzman. »Kein Zucker. Serviert von einer Oben-ohne-Bedienung. Am liebsten blond.«

112

Zehn lange Minuten verstrichen. Ich saß einem Auftragskiller gegenüber, der nichts weiter war als menschlicher Abschaum, während dieser mich nur ansah und lächelte. Als ich kurz davor war, selbst aufzustehen und ihm seinen verdammten Kaffee zu holen, ging die Tür auf, und ein uniformierter Kollege trat ein, stellte einen Becher mit milchigem Kaffee vor Guzman auf den Tisch, rückte die Kamera über dem Türrahmen gerade und ging wieder hinaus.

Guzman nahm einen Schluck und sah sich dann das Foto etwas genauer an. »Sehr schlechte Qualität«, sagte er.

»So schlecht nun auch wieder nicht«, entgegnete ich. »Unsere Software hat jedenfalls eine große Übereinstimmung mit Ihrem nagelneuen Fahndungsfoto festgestellt.«

»Also gut, ich habe mit einer Dame in einem Auto gesessen. Was soll denn das, verdammt noch mal? Wollen Sie mich etwa wegen Heterosexualität vor Gericht zerren? Ich bekenne mich schuldig, ich stehe auf Frauen. Ernie, was sagt man dazu?«

»Hören wir uns mal an, was sie sonst noch so haben«, sagte Santana.

»Die Frau auf diesem Foto ist Dr. Candace Martin«, sagte ich. »Und sie hat Sie, Mr Guzman, dafür bezahlt, ihren Ehemann umzubringen. Ich schätze, sie wird Sie mit dem größten Vergnügen identifizieren, um für sich ein paar Vorteile herauszuschlagen.«

Natürlich war das eine Lüge, aber ich bewegte mich damit

voll und ganz im Rahmen des Gesetzes. Und Guzman reagierte genau so, wie ich es gehofft hatte.

»Das ist nicht Candace Martin«, sagte er.

»Doch, das ist sie, Guzman, Dr. Candace Martin. Die Witwe von Dennis Martin. Das wissen Sie so gut wie ich.«

Guzman leerte seinen Kaffee, knüllte den leeren Becher zusammen und sagte zu seinem Rechtsanwalt. »Ich habe Dennis Martin nicht umgebracht. Die wollen mich verarschen. Ich sag ihnen, was ich weiß, wenn sie die Vorwürfe fallen lassen. Da will mich jemand in die Pfanne hauen.«

»Die Vorwürfe fallen lassen? Sind Sie verrückt geworden?«, sagte ich. »Wir haben einen Augenzeugen für die Tat. Wir haben ein Foto, das beweist, dass Sie sich mit der Frau, die den Mord beauftragt hat, getroffen haben. Und wir haben eine Leiche. Und da wir Sie auf frischer Tat dabei erwischt haben, wie Sie Mr Rinaldi erschießen wollten, brauchen wir jetzt nur noch eins und eins zusammenzuzählen.«

»Sie sollten Schauspielerin werden, gnädige Frau. Sie haben gar nichts in der Hand.«

Ich nahm die Fotos an mich, klappte die Aktenmappe zu und sagte: »Gregor Guzman, Sie sind hiermit festgenommen. Sie werden des Mordes an Dennis Martin verdächtigt. Sie haben das Recht zu schweigen, aber das wird Ihr Anwalt Ihnen sicherlich noch erklären.«

Jetzt brach die Wut auf Guzmans Miene durch. Am liebsten wäre er mir über den Tisch hinweg an die Gurgel gegangen, mit seinem ganzen Lebendgewicht von dreiundsechzig Kilogramm. Ich malte mir den Schlag aus, den ich ihm verpassen würde, wenn ich die Gelegenheit dazu bekommen hätte.

»Kein Wort mehr, Gregor«, sagte der Anwalt und legte seinem Mandanten die Hand auf den Arm.

»Keine Sorge, Ernie. Das ist alles totaler Quatsch.«

»Also dann, klären Sie mich auf«, sagte ich und legte die gefalteten Hände auf die Mappe mit den Fotos.

»Das kann ich gerne machen, Sergeant Boxer, aber nicht, weil ich mich gerne reden höre. Ich will, dass Sie diese völlig aus der Luft gegriffene Mordanklage fallen lassen.«

»Das überlegen wir uns, wenn Sie uns Hinweise geben, die uns zu Dennis Martins Mörder führen. Und wenn wir es anschließend auch beweisen können.«

»Hören Sie zu. Ich habe Dennis Martin nicht getötet. Sie werden niemals eine Verbindung zwischen mir und diesem Mord finden, und ich bin nicht bereit, Ihre Arbeit zu machen, gnädige Frau. Ich bin bereit, Ihnen bestimmte Informationen zu liefern, um zu verhindern, dass ich zu Unrecht verurteilt werde, nur weil den Geschworenen meine Nase nicht passt. Das ist alles. Das ist das, wozu ich bereit bin.«

»Okay. Abgemacht«, sagte ich zu Guzman. »Sie sagen mir, was Sie wissen, und wenn mir Ihre Geschichte gefällt, kommt es nicht zur Anklage.«

Santana sagte: »Sergeant, verstehen Sie mich nicht falsch. Aber wenn Sie wollen, dass Mr Guzman Ihnen Informationen gibt, die zur Festnahme des Mörders dieses Mannes führen, dann wollen wir das in Form einer schriftlichen Vereinbarung haben. Von der Staatsanwaltschaft.«

»Aber es ist halb drei Uhr nachts.«

»Lassen Sie sich Zeit«, sagte der Rechtsanwalt. »Wir können warten.«

Mein Vater hat immer gesagt: »Man muss Heu machen, solange die Sonne scheint.« Nun, im Moment brannte die Sonne nur so vom Himmel.

»Ich bin hier und Sie auch«, sagte ich. »Ich besorge uns jemanden von der Staatsanwaltschaft.«

113

Yuki war beim ersten Klingeln am Telefon.

»Wir haben ihn weichgeklopft und den Grill angeschmissen«, sagte ich. »Das willst du dir nicht entgehen lassen.«

»Streich schon mal ordentlich Marinade drauf. Ich bringe meinen Appetit mit«, erwiderte sie.

Eine Stunde später führte ich die stellvertretende Bezirksstaatsanwältin Yuki Castellano in das Verhörzimmer im zweiten Stock der Hall of Justice. Ernesto Santana erhob sich und gab ihr die Hand, genau wie Lieutenant Hampton.

Guzman raunzte Yuki an: »Und Sie wollen Staatsanwältin sein? Wie alt sind Sie denn? Zwölf?«

»Alt genug, um zu merken, wenn mir jemand einen Bären aufbinden will«, entgegnete sie. »Fangen wir an, okay?«

Ich nahm die Fotos noch einmal aus der Mappe, und Guzman sagte: »Das Mädchen da – ich weiß nicht mehr, wie sie heißt … Jedenfalls wollte sie mich engagieren. Sie hat irgendwelche Beziehungen an die Ostküste und hat über ein paar Ecken mit mir Kontakt aufgenommen. Ich war mit einem Treffen einverstanden. Da hatte sie dann eine blonde Perücke auf. Das weiß ich, weil hinten ein paar lange rote Haare unter dem Ding vorgeschaut haben. Sie hatte einen Briefumschlag dabei, lauter kleine Scheine, Zehner und Zwanziger. Ungefähr tausend Dollar. Sie wollte, dass ich die Ärztin umbringe. Diese Candace Martin.«

»Sie behaupten also, dass sie ein Attentat bei Ihnen bestellen wollte?«

»Ja, genau. Sie hatte Geld und ein Foto dabei.«

Ich fand Guzmans Version glaubwürdiger als Ellen Lafferty mit ihrer Behauptung, Dennis Martin habe sie als Botin losgeschickt und sie habe gar nicht gewusst, wer Guzman war oder was der Umschlag enthielt.

»Und weiter?«, sagte ich.

»Ich habe zu der Kleinen gesagt: ›Vielen Dank, aber du musst verrückt sein. Keine Ahnung, woher du meinen Namen hast, aber so was mache ich nicht.‹«

»Okay, Mr Guzman. Wir überprüfen das.«

»Überprüfen? Was denn überprüfen? Glauben Sie etwa, die kleine Schlampe gibt zu, dass sie die Frau Doktor umlegen lassen wollte? Candace Martin lebt, oder? Welchen Beweis brauchen Sie denn noch?«

»Ms Castellano«, sagte ich. »Haben Sie genügend Material, um Ellen Lafferty der Anstiftung zum Mord anzuklagen?«

»Auf jeden Fall«, erwiderte sie. »Und genau das werde ich morgen früh in die Wege leiten. Mr Santana, ich lege die Mordanklage gegen Ihren Mandanten vorläufig zu den Akten. Schlafen Sie gut, Mr Guzman.«

114

Schweigend verließen Yuki und ich die Hall of Justice. Im Fahrstuhl fassten wir uns kurz an den Händen und gingen dann zu Yukis Wagen, den sie vor der Gerichtsmedizin abgestellt hatte. Wir stiegen ein und starrten ins trübe Licht der Laternen.

Ich hatte in einem ziemlich gewaltigen Ausmaß gegen meine Dienstvorschriften verstoßen. Falls mein Plan nicht aufging, würde Brady meinen Skalp an die Tür des Bereitschaftsraums nageln – und falls er aufgehen *sollte,* vielleicht auch. Indem ich im Fall Martin auf eigene Faust weiter ermittelt hatte, hatte ich die Anweisungen meines Vorgesetzten in krasser Weise missachtet, und der Satz: »Hab ich ja in meiner Freizeit gemacht«, klang selbst in meinen Ohren mehr als dürftig.

Yuki hing ihren eigenen Gedanken nach.

Gerade, als ich das Schweigen brechen und sie bitten wollte, mit mir zu reden, wurde am anderen Ende des Parkplatzes eine Autotür zugeknallt.

»Okay, sie ist da«, sagte ich.

Eine Minute später ging die hintere Tür auf, und Cindy schlüpfte auf die Rückbank.

»Kaum zu glauben, dass Richie dich um vier Uhr morgens aus dem Haus gehen lässt«, sagte Yuki.

»Mich *lässt*? Sehr witzig. Also, was ist los?«

Ich erzählte Cindy das mit den falschen Vorwürfen gegen Guzman und was er uns im Gegenzug alles verraten hatte: dass Ellen Lafferty versucht hatte, ihn zum Mord an Candace Martin anzustiften, und dass er die kleine Ms Lafferty in hohem Bogen vor die Autotür gesetzt hatte.

»War das glaubwürdig?«

»Er hatte großes Interesse daran, glaubwürdig zu sein.«

»Gute Arbeit, Linds«, sagte Cindy. »Aber was haben wir vorzuweisen?«

»Ich denke, wir können Guzman als Mordverdächtigen im Fall Dennis Martin ausschließen.«

»Einverstanden.«

Ich fuhr fort: »Ellen lügt, sobald sie den Mund aufmacht. Hat sie vielleicht gewusst, dass Caitlin misshandelt wurde? Und wenn ja, warum hat sie nichts dagegen unternommen?«

»Glaubst du wirklich, dass Ellen Dennis umgebracht hat?«, schaltete sich Yuki ein.

»Sie hatte die nötigen Mittel, ein Motiv und die Möglichkeit«, sagte ich. »Und sie ist schlau, wenn auch auf eine grausame, unbedarfte und ziemlich dämliche Art und Weise.«

»Aber es stimmt nicht, dass sie eine Möglichkeit hatte, Dennis zu ermorden«, wandte Cindy ein. »Sie hat nämlich für die Tatzeit ein bombensicheres Alibi. Rich und ich waren gestern Abend noch einmal bei ihr. Da hat sie noch einmal gesagt, dass sie das Haus der Martins um 18.00 Uhr verlassen hat – also genau das, was sie von Anfang an behauptet hat. Ab sechs Uhr hat sie mit ihrer Freundin Veronica gesimst, und zwar so lange, bis sie sich um Viertel nach sechs getroffen haben. Sie hat uns die ganzen Nachrichten gezeigt, alle während des theoretisch möglichen Tatzeitraums. Ellens Freundin Veronica hat bestätigt, dass sie sich um 18.15 Uhr zum Essen im Dow's getroffen haben, und der Kellner kann sich noch ziemlich gut daran erinnern, weil nämlich ihr Tisch noch nicht fertig war. Und an die beiden jungen Frauen erinnert er sich, weil sie gut aussahen und mit zwei Typen an der Bar geflirtet haben. Um 18.32 Uhr hat Ellen die Getränke an der Bar mit

Kreditkarte bezahlt«, fuhr Cindy fort. »Auf der Quittung steht ihre Unterschrift.«

»Also gut, vergessen wir Ellen Lafferty. Was ist mit Caitlin?«, wandte ich mich an Yuki. »Hat sie ihren Vater mit dessen Waffe erschossen?«

»Ich habe in… ähm, fünf Stunden einen Termin mit dem vom Gericht bestellten psychiatrischen Gutachter. Danach kann ich dir sagen, was er dazu meint.«

Ich wandte mich an Cindy: »Ich brauche nicht extra zu betonen, dass du das so lange zurückhalten musst, bis wir dir das Startsignal geben, oder?«

»Ich hab ja noch nicht einmal eine Geschichte.«

»Natürlich nicht.« Ich grinste, und wir klatschten uns ab.

Yuki beugte sich vor und ließ den Motor an.

Cindy und ich legten jeweils die Hand an einen Türgriff.

Yuki sagte: »Linds. Ich war mir so sicher, dass Candace Martin ihren Mann umgebracht hat. Und wenn Caitlin nicht ausgesagt hätte, dass sie es gewesen ist, dann hätte ich ihre Mutter wohl hinter Gitter gebracht. Das macht mir Angst. Was, wenn ich wirklich falsch gelegen habe?«

115

Ohne auf die Proteste des Sicherheitschefs des Metropolitan Hospital zu achten, nahmen Conklin und ich auf zwei leeren Stühlen an der Rückwand einer runden Empore über einem Operationssaal Platz.

Der Raum war voller Assistenzärzte und Spezialisten. Auf zwei Monitoren waren Nahaufnahmen des Operationstischs zu sehen, der sich fünf Meter unterhalb der Tribüne befand, und Kameras schickten ihre Aufnahmen als Videostream an medizinisches Fachpersonal überall im ganzen Land. Jeder, der sehen wollte, wie Candace Martin einen legendären, fünfundsiebzig Jahre alten Violinisten des San Francisco Sinfonieorchesters namens Leon Antin am Herzen operierte, konnte es sehen.

Der Patient lag unter einer blauen Decke. Sein Brustkorb war geöffnet und sein Herz im gleißend hellen Schein der Lampen gut zu sehen. Candace Martin wurde von anderen Ärzten, Krankenschwestern und einem Anästhesisten, der die Herz-Lungen-Maschine bediente, unterstützt.

Rechts neben mir saß ein junger Assistenzarzt. Sein Namensschild wies ihn als Dr. Ryan Pitt aus, und er war gerade dabei, mich mit den notwendigsten Informationen zu versorgen.

Nach seinen Angaben war diese Operation auch unter günstigsten Bedingungen eine sehr komplexe Angelegenheit, aber angesichts des Alters des Patienten in diesem Fall umso mehr.

»Die Operation wird seine Lebenserwartung nicht entscheidend verbessern«, erläuterte Pitt. »Auf der ASA-Skala wird er mit Stufe vier klassifiziert, das heißt, er gilt als Patient mit einer ständigen, lebensbedrohenden Erkrankung. Das bedeutet ein hohes Risiko. Aber der Patient ist dieses Risiko bewusst eingegangen, jetzt, wo Frau Dr. Martin verfügbar war. Er wollte sich unbedingt von ihr und nur von ihr operieren lassen. Die beiden sind gut befreundet.«

Pitt führte aus, dass während der drei vorangegangenen Stunden zwei Adern aus Antins Oberschenkeln entnommen und bereits drei von insgesamt vier Implantaten in die Herzarterien eingefügt worden waren. Dr. Martin war gerade mit dem letzten Implantat beschäftigt.

Ich starrte auf den Bildschirm über meinem Kopf. Mit einem Mal wurde es hektisch im OP. Grüne Streifen zuckten auf den Monitoren, und Candace Martin schrie den Anästhesisten an, während sie gleichzeitig mit beiden Händen Antins Herz massierte.

Ich sprach den Assistenzarzt an. »Was ist das denn? Was ist los?«

Pitt sprach reinstes Mediziner-Kauderwelsch, aber so ungefähr bekam ich trotzdem mit, worum es ging. Das Herz des Patienten war schwach und ausgelaugt und verweigerte den Dienst. Dr. Martin bedachte zwar jeden Winkel des Operationssaals mit Flüchen, aber sie gab nicht auf.

Spritzen wurden in Infusionskanülen gesteckt. Defibrillator-Elektroden wurden auf Antins Herz gelegt, und dann massierte Candace Martin das Herz erneut von Hand, flehte ihren alten Freund an, sie nicht zu verlassen. Befahl es ihm.

Nachdem selbst mir klar geworden war, dass der Patient nicht wieder aufwachen würde, zog eine Krankenschwester Candace sanft beiseite, und ein Arzt stellte den offiziellen Todeszeitpunkt fest.

Candace riss sich die Maske vom Gesicht und stürmte auf

direktem Weg zur Tür. Die Videokameras wurden abgeschaltet.

Ich hörte, wie jemand meinen Namen sagte, wandte mich zum Ausgang und sah, dass der Sicherheitschef mir und Conklin zuwinkte.

Er sagte: »Kann ich den Haftbefehl vielleicht noch einmal sehen?«

Conklin holte ihn aus der Innentasche seines Jacketts.

Der Sicherheitschef las ihn sich durch und sagte dann: »Frau Dr. Martin ist im Umkleideraum. Bitte folgen Sie mir.«

Wir entdeckten Candace Martin auf einer Bank im Umkleideraum. Sie trug immer noch ihre blutverschmierte Schutzkleidung und starrte auf eine Wand aus lauter Schranktüren. Ich bat sie, aufzustehen. Sie sah mich an, als würde sie mich gar nicht wahrnehmen. Conklin zeigte ihr den Haftbefehl und erklärte ihr, dass sie hiermit festgenommen war. Wegen des Mordes an ihrem Ehemann.

Alle Kraft schien aus ihr gewichen zu sein.

116

Yuki und ich saßen an einem schmalen Metalltisch. Auf der gegenüberliegenden Seite saßen Candace Martin und Phil Hoffman. Hoffman sah aus wie immer: beherrscht und so gekleidet, dass er auf der Stelle eine Pressekonferenz hätte abhalten können. Candace Martin wirkte, als hätte man sie an den Haaren einmal quer durch die Hölle gezerrt.

Ich war wütend und gleichzeitig ruhig. Es war die Ruhe vor einem emotionalen Sturm. Zum ersten Mal war ich wütend auf mich selbst, weil ich mich von Hoffman dazu hatte drängen lassen, mich in diesen Fall einzumischen. Aber ich hatte es getan, hatte Candace Martins Lügen Glauben geschenkt, und wenn ich nicht das komplette nächste Jahr im Streifenwagen durch den Mission District patrouillieren wollte, dann musste ich dafür sorgen, dass dieses ganze Schlamassel zu einem vernünftigen Abschluss gebracht wurde.

Yuki sagte: »Frau Dr. Martin, es ist vorbei. Wir haben mit Caitlins Psychiater gesprochen. Sie hat ihre Aussage zurückgenommen. Sie behauptet jetzt nicht mehr, dass sie ihren Vater erschossen hat. Sie bleibt zwar dabei, dass ihr Vater sie misshandelt hat, aber sie sagt, dass Sie, Frau Dr. Martin, ihn erschossen haben. Die Staatsanwaltschaft ist jederzeit bereit, die Verhandlung fortzusetzen. Oder aber, Sie sagen uns hier und auf der Stelle, was wirklich geschehen ist.«

»Ich muss mich erst mit meiner Mandantin besprechen«, wandte Hoffman ein. »Und außerdem braucht sie ein bisschen Zeit, um sich wieder zu sammeln. Schließlich hat sie gerade einen schwerwiegenden persönlichen Verlust erlitten.«

Ich stand fast in Flammen vor Empörung und Zorn, ein loderndes Feuer von der Sorte, die man zwar kontrollieren kann, aber einfach nicht will. Ich erwiderte: »Phil, Sie haben mich angelogen, Ihre Mandantin hat mich angelogen, und außerdem hat sie uns auf eine falsche Fährte gelockt, um einen unschuldigen Menschen mit diesem Mord zu belasten. Was glauben Sie, wie sehr mich ihr persönlicher Verlust interessiert? Kein. Biss. Chen. Diese Frau hat ihren Mann umgebracht. Sie ist geliefert, und das hier ist ihre einzige Chance, noch irgendetwas für sich herauszuholen.«

Candace schüttelte mit schmerzverzerrtem Gesicht den Kopf. »Ich verstehe das nicht.«

Ich blieb ungerührt.

Yuki machte weiter: »Phil. Der Richter hat uns eine Frist von sechzig Tagen gesetzt. Innerhalb dieser Frist sollten wir entscheiden, ob wir den Prozess fortsetzen wollen oder nicht. Heute ist der siebenundfünfzigste Tag. Entweder teilen wir am Montag Richter LaVan mit, dass die Angeklagte auf schuldig plädiert, oder aber wir ziehen wieder vor Gericht. Die Kinder werden dieses Mal nicht aussagen, aber Caitlins Psychiater wird ganz in der Nähe sein. Und wenn Sie auch nur den Hauch einer Andeutung fallen lassen, dass Caitlin ihren Vater umgebracht haben könnte, dann wird Dr. Rosenblatt den Geschworenen das Tonband vorspielen, auf dem Caitlin ihre Aussage widerruft. Also, Frau Dr. Martin, es liegt ganz bei Ihnen. Wir oder die Geschworenen. Entscheiden Sie sich. Aber, um ehrlich zu sein: Bei uns haben Sie die besseren Karten.«

»Candace«, sagte Hoffmann. »Es ist Ihre Entscheidung.«

»Ich bin müde, Phil«, sagte sie. Und dann fing sie an zu schluchzen.

Phil nickte und reichte ihr ein Taschentuch.

Candace trocknete sich damit die Augen, schnäuzte sich die Nase und sagte: »Phil, es tut mir leid, dass ich Sie angelogen habe. Ich wollte nur meine Kinder schützen. Sie haben doch niemanden außer mir.«

»Dann legen Sie mal los«, sagte Yuki.

117

»Sie wollen hören, dass ich Dennis erschossen habe?«, begann Candace Martin. »Ja, das habe ich getan. Nach jahrelangen Demütigungen und Qualen hat dieser Drecksack mich endlich so weit gebracht, dass ich die Beherrschung verloren habe.«

»Und wie genau hat sich das geäußert?«, wollte ich wissen.

Die Augen der Ärztin waren knallrot. Ihre Hände zitterten, genau wie ihre Stimme. Anstatt der beherrschten Chirurgin, die ich damals im Oktober in ebendiesem Zimmer kennengelernt hatte, saß mir nun eine Frau gegenüber, die ihr zwar noch ähnlich sah, die aber innerlich gebrochen und bereit war, die Wahrheit zu sagen.

»An jenem Abend war ich in meinem Arbeitszimmer«, sagte sie. »Ellen hatte schon Feierabend gemacht und war gegangen. Kurze Zeit später habe ich einen erstickten Schrei gehört, der nur von Caitlin stammen konnte. Ich bin also aufgestanden und den Flur entlanggerannt. Da habe ich gesehen, dass Dennis aus ihrem Zimmer gekommen ist. Er sah irgendwie seltsam aus. Und als er mich gesehen hat, ist er richtig zusammengezuckt. Dann hat er mich angeschrien: ›Was schleichst du denn hinter mir her?‹ Ich konnte nicht einmal antworten, da kam Caitlin aus ihrem Zimmer gerannt und hat sich in meine Arme geworfen. Sie war nackt und knallrot im Gesicht. Sie hat geweint, und die Innenseiten ihrer Schenkel waren *nass. ›Mommy, Mommy, Mommy!‹*, hat sie geschrien. Noch nie habe ich ein solch entsetzliches, abgrundtief verzweifeltes Weinen gehört. Er hatte sie vergewaltigt«, sagte Candace, und auf ihrem Gesicht lag tödlicher Schrecken. »Mein Mann hatte mein kleines Mädchen vergewaltigt.«

Yuki und ich saßen vollkommen regungslos und ohne einen Ton zu sagen da.

»Ich habe sie festgehalten und ihr gesagt, dass ich sie liebe und dass ich sie immer lieben würde«, setzte Candace ihren Bericht fort. »Ich habe gesagt, sie soll duschen und sich anziehen und dass ich gleich wieder bei ihr bin. Und dann bin ich in unser Schlafzimmer gelaufen. Dennis war auch da, hat Geld in sein Portemonnaie gestopft und gesagt: ›Glaub ja nichts von dem, was sie dir erzählt hat. Caitlin lügt.‹ Dann hat er seine Autoschlüssel genommen und ist zur Schlafzimmertür hinaus. Er hat mich schon viele Jahre lang betrogen, aber jedes Mal, wenn ich ihn verlassen wollte, hat er gesagt, dass er mir die Kinder wegnehmen und mich als unfähige Mutter hinstellen würde. Mir war klar, dass er das auch wirklich versuchen würde. Obwohl er nie zu Hause war, obwohl er ein furchtbarer Vater war … Aber ich wusste, dass er einen Weg finden würde, um sie mitzunehmen, und sei es nur, damit ich sie *nicht* bekomme. Er hat vermutlich nicht gehört, dass ich nach Hause gekommen bin. Er hat sie vergewaltigt, während ich *im Haus* war! Wie konnte er so etwas bloß tun? Ich habe mich so gehasst, weil ich nichts geahnt, weil ich die Zeichen nicht gesehen habe. Aber Dennis habe ich noch mehr gehasst. Ich konnte einfach nicht zulassen, dass er damit durchkommt. Und dann habe ich mich an diese Pistole im Haus erinnert und sie geholt.«

Ihre Stimme wurde immer leiser, und schließlich saß sie einfach nur da, den Kopf in die Hände gelegt, und starrte stumm auf den Tisch.

Phil erhob sich und machte die Tür des Verhörzimmers auf. Ich hörte, wie er jemanden um ein bisschen Wasser bat.

Während der Wartezeit sah ich mir noch einmal die Bilder

an, die Candace in meinem Kopf hatte entstehen lassen. Ich konnte alles klar und deutlich vor mir sehen, so, als wäre ich selbst dabei gewesen, als hätte ich das Grauen miterlebt.

Es klang alles sehr plausibel, aber ein paar Fragen hatte ich trotzdem noch.

118

Phil stellte mehrere Wasserflaschen auf den Tisch. Mit heftig zitternden Händen trank Candace eine davon in einem Zug halb leer. Danach versicherte sie Phil, dass es wieder ging und dass sie bereit war, weiterzumachen. Und so setzte sie ihre Geschichte des fortgesetzten vorsätzlichen Betrugs fort.

»Dennis wollte zur Haustür, aber ich war direkt hinter ihm. Ich habe ihn angebrüllt, dass er stehen bleiben soll, habe ihn mit Schimpfwörtern überhäuft, aber er hat nur den Kopf gesenkt und ist weitergegangen. Ich wollte ihn nicht umbringen. Das müssen Sie mir glauben. Ich wollte ihn nur aufhalten. Ich konnte an nichts anderes mehr denken als daran, dass er mein Kind vergewaltigt hatte, seine einzige Tochter. Und ich wollte auf keinen Fall zulassen, dass er das noch einmal macht.«

»Was ist dann passiert, Candace?«, bohrte ich.

Candace Martin hatte sich in ihren Erinnerungen verloren. Ich wiederholte meine Frage, und sie kehrte zu ihrer Geschichte zurück.

»Ich bin also hinter Dennis hergerannt. Als ich an Caitlins Zimmer vorbeikam, stürzte sie heraus und packte mich wieder am Handgelenk. Ich habe sie getröstet, aber Dennis hat mich immer weiter provoziert. Im Foyer hat er sich dann zu mir umgedreht und gesagt, dass Caitlin eine Lügnerin sei und ihre Hysterie nur vorgetäuscht. Aber ich wusste, was er getan hatte. Ich wusste ganz genau, was er meinem kleinen Mädchen angetan hatte. Da hat er die Pistole in meiner Hand bemerkt, und mir ist erst in diesem Augenblick wieder eingefallen, dass ich sie hatte. ›Bleib stehen‹, habe ich zu ihm gesagt. ›Ich rufe jetzt die Polizei.‹ Er hat mich bloß ausgelacht. Da habe ich mit der Pistole auf ihn gezielt, und zum ersten Mal, seit ich ihn kannte, habe ich Angst auf seinem Gesicht gesehen – aber nur eine Sekunde lang. Ich habe zweimal geschossen, einmal, als er noch stand, und einmal, als er schon am Boden lag. Caitlin hat sich an mir festgekrallt, hat geschrien und geweint, und dann war auch Duncan da. Er hat seinen Vater tot auf dem Boden liegen sehen. Ich habe Caitlin zur Seite geschoben, Duncan auf den Arm genommen, ihn zum Fuß der Treppe getragen und ihm gesagt, er soll in Cyndis Zimmer laufen und dort bleiben.« Dann war Candace wieder in der Gegenwart und wandte sich direkt an mich. »Sergeant, für mich war die Sache völlig klar. Ich musste meine Kinder beschützen. Wer, wenn nicht ich? Also bin ich ins Foyer zurückgegangen, habe die Pistole aufgehoben und noch mal nach draußen geschossen. Danach habe ich die Notrufnummer gewählt. Als die Polizei da war, habe ich gesagt, dass jemand ins Haus eingedrungen war und meinen Mann erschossen hat. Sie haben meine Hände auf Schmauchspuren untersucht. Da habe ich gesagt, dass ich dem Eindringling durch die geöffnete Haustür hinterhergeschossen habe. Die Polizisten haben mich hierhergebracht. Und den Rest kennen Sie ja. Es tut mir leid, dass das alles so passiert ist, aber in diesem Augenblick habe ich vollkommen instinktiv gehandelt. Ich konnte nicht zulassen, dass Dennis weiterhin in derselben Welt lebt wie Caitlin.«

119

Yuki und ich baten Candace noch einmal zurück an den Anfang der Geschichte, und sie war uns dabei behilflich, die ekelerregenden Lücken auszufüllen. Sie sagte, dass Dennis Martin ein verkommener Schürzenjäger gewesen war, der allen möglichen Frauen nachgestellt, sie verfolgt und emotional gepeinigt hatte. Gleichzeitig hatte er in der Gesellschaft einen guten Ruf genossen und war sehr wortgewandt gewesen. Candace war überzeugt gewesen, dass er im Fall einer Scheidung das Sorgerecht für die Kinder bekommen hätte.

Sie sagte: »Hätte ich gewusst, dass er Caitlin misshandelt, dann hätte ich mir die beiden Kinder geschnappt und sofort die Polizei geholt. Ich hätte nicht zugelassen, dass meine Kinder seinen Tod mit ansehen müssen.«

Als Candace dann in einer Zelle saß und Phil sich auf den Heimweg nach Oakland gemacht hatte, sammelten Yuki und ich unsere Notizen zusammen und packten die Videobänder ein. Und dann waren wir alleine.

»Das war ja furchtbar …«, begann ich.

»Grässlich. Wenn das die Geschworenen gehört hätten, sie hätten sie womöglich laufen lassen, nur damit sie sich um ihre Kinder kümmern kann.«

»Hat Caitlin dem Psychiater erzählt, dass Dennis sie vergewaltigt hat?«

»Ja. Und zwar wiederholt, über einen längeren Zeitraum hinweg. Aber warum hätte ich das Candace auf die Nase binden sollen?«

»Und? Welches Strafmaß willst du beantragen?«

»Wenn ich das wüsste«, meinte Yuki.

Sie hastete die Treppe hinauf, um sich mit Red Dog zu beraten, und ich ging vier Stockwerke nach unten, um mit Jacobi zu sprechen, meinem ehemaligen Partner, langjährigen Vertrauten und neuen Polizeichef.

Jacobi öffnete zwei Coladosen und fragte, nachdem ich ihm die neuesten Entwicklungen in Bezug auf Candace Martin erzählt hatte: »Was sagt Yuki dazu?«

»Sie und Parisi kauen das Ganze gerade durch. Und Brady wird mich in den Streifendienst versetzen. Ich hab's einfach nicht geschafft, die Finger von dem Fall zu lassen.«

»Soll ich mal mit ihm reden?«

»Ja. Würdest du das für mich tun?«

Jacobi nickte und fing an, mit den Fingern auf die Tischplatte zu trommeln. Er wartete, bis ich ihn aufgefordert hatte, es endlich auszuspucken, dann sagte er: »Lindsay, ich habe heute Morgen etwas erfahren. Keine schöne Neuigkeit.«

»Was ist denn? Was ist passiert?«, wollte ich wissen.

»Es geht um deinen Vater.«

»Meinen Vater?«

»Er ist gestorben, schon im August. Die Pensionskasse hat es erst jetzt erfahren. Es tut mir leid, Linds.«

»Nein«, brach es aus mir heraus, und ich stand auf. Überrascht stellte ich fest, dass mir schwindelig wurde, dass meine Beine mich nicht tragen wollten. Ich hielt mich an der Stuhllehne fest. Marty Boxer war eigentlich nie ein richtiger Vater gewesen. Um ehrlich zu sein, war ich mir nicht einmal sicher, ob er mich überhaupt geliebt hatte. Hatte ich ihn geliebt?

Das Nächste, woran ich mich erinnern kann, ist, dass Jacobi um seinen Schreibtisch herumkam und mich in die Arme nahm und dass meine Tränen sein Jackett durchnässten.

»Ich wollte es dir persönlich sagen. Er hatte einen Herzinfarkt. Er hat dich an deiner Hochzeit also nicht im Stich gelassen. Da war er schon nicht mehr am Leben.«

120

Claire wohnt in Mill Valley, und zwar in einem Traum von Haus: holzgetäfelte Zimmer mit Fachwerk und Dachbalken an den domartigen Gewölbedecken, dazu Steinfußböden und ein offener Kamin über zwei Stockwerke. Sämtliche Schlafzimmer bieten freie Aussicht auf die Berge, und von der Terrasse hat man einen atemberaubenden Blick auf einen fantastischen grünen, baumbestandenen Rasen.

Edmund Washburn, ein großer, gemütlicher Teddybär, hatte den Grill angeheizt, während Joe, Brady und Conklin mit einem Football auf dem Gras herumtollten.

Yuki, Cindy, Claire und ich hatten es uns auf den Teakholz-Liegestühlen unter Wolldecken gemütlich gemacht, während die kleine Ruby in ihrem Schaukelstuhl neben Claires Ellbogen lag und schlief.

Eine Mozart-Sinfonie drang aus den Lautsprechern, und Yuki sah zu den Jungs auf dem Rasen hinüber, ganz besonders zu Brady. Schließlich sagte sie: »Ich bin ein hoffnungsloser Fall. Nur, damit ihr Bescheid wisst. Sehr romantisch veranlagt. Und total verknallt in Jackson Brady.«

Wir lachten laut und ohne dass wir etwas dagegen machen konnten. Yuki wünschte sich eine feste Beziehung, und es sah ganz danach aus, als hätte sie eine. Mit meinem Chef.

Brady registrierte ihre Blicke, warf den Football weg und kam auf uns zu. Er zog Yuki hoch, warf sie sich über die Schulter und stürmte auf die beiden Setzlinge zu, die die Torpfosten bildeten.

Yuki kreischte und schlug theatralisch um sich, während Brady triumphierend um die beiden Bäumchen tänzelte, bevor er sie auf die Füße stellte und küsste. Eng umschlungen und lachend kamen sie anschließend zurück zur Terrasse.

Mann. Widerlich, wie glücklich die beiden waren.

Aber ganz ehrlich – ich war wirklich kein bisschen neidisch auf Yuki. Mit ihrer und Jacobis Fürsprache hatte Brady meinen Alleingang mit einem Klaps auf die Finger zu den Akten gelegt.

Verdammt. Es war gut, Freunde zu haben.

Joe rief nach mir. Er hatte den Ball, also stand ich auf, rannte los und wedelte heftig mit den Armen, bis er ihn zu mir passte. Cindy warf ihre Decke ebenfalls beiseite und lief in Position, wobei sie mit den Hüften ein paar kleine Bewegungen vollführte, die keines Menschen Auge jemals zuvor auf einem Footballfeld gesehen hatte.

Ich warf ihr den Ball zu – einen geraden und wirklich sehr präzisen Pass, wenn ich das bemerken darf –, und sie juchzte und schrie vor Begeisterung, als sie ihn gefangen hatte. Conklin löste sich von der Seitenlinie und riss sie zu Boden, und dann kam Joe und riss mich zu Boden, obwohl ich den Ball gar nicht hatte. Er umschlang mich und rollte sich dann ab, sodass ich auf ihm zu liegen kam, ohne einmal den Boden zu berühren.

Wir benahmen uns wie ein Haufen Kinder. Und wissen Sie was? Das hatten wir auch dringend nötig. Es war wundervoll, einfach nur ausgelassen und fröhlich zu sein und aus vollem Herzen zu lachen. Genau darüber dachte ich nach, während ich neben dem Grill stand. Eine Minute später nahm Brady mich beiseite und flüsterte mir etwas ins Ohr.

»Boxer, du arbeitest in den nächsten sechs Wochen Nachtschicht, weil du dich den Anweisungen deines Vorgesetzten widersetzt hast.«

Ich hielt die Luft an, aber ich wusste, dass er im Recht war. Ich hatte gegen die Vorschriften verstoßen.

Was konnte ich also sagen? »Okay, Lieutenant, ich verstehe.«

121

Wir aßen, als würden wir nie wieder etwas zu essen bekommen.

Als von Joes Rippchen mit Geheimsoße nichts mehr, in der Salatschüssel nur ein hauchdünner Olivenölfilm und von den Backkartoffeln nur ein Klumpen Aluminiumfolie im Recyclingmüll übrig war, gingen wir ins Haus.

Claire holte den Kuchen hervor, während Edmund eine Flasche Krug köpfte – einer der besten Champagner der Welt. Die Flasche hatte mindestens hundert Dollar gekostet.

»Hiermit präsentiere ich meinen original Käsekuchen mit weißer Schokolade, Vollrahmquark und Orangenscheiben zwischen den einzelnen Schichten«, sagte Claire und stellte ihr Werk auf den Wohnzimmertisch. »Die Glasur besteht aus gebackenem Sauerrahm und Grand Marnier in einer Vollkorn-Cracker-Kruste. Voilà! Lasst es euch schmecken.«

Spontaner Beifall brandete auf, und ich wurde nach vorn geschoben, bis ich neben meiner besten Freundin stand. Zehn Kerzen steckten in dem Kuchen, zur Feier des zehnten Jahrestags unseres Kennenlernens.

Es war ein unvergessliches Ereignis gewesen: ich in meiner ersten Woche bei der Mordkommission und Claire am Fußende der Hierarchie des Gerichtsmedizinischen Instituts. Man hatte uns ins Männergefängnis gerufen, wo ein Skinhead eingezwängt unter seiner Koje lag. Hundertfünfunddreißig Kilogramm Muskelmasse mit Hakenkreuz-Tattoos und in Handschellen. Und ohne zu atmen.

Der Wärter vor der Tür war in heller Panik. Er hatte dem

Gefangenen die Handschellen angelegt und ihn in seine Zelle gesperrt, weil er völlig durchgedreht war, und jetzt war er tot.

»Er konnte die Schlüssel für die Handschellen nicht finden«, sagte Claire. »Und wir konnten die Leiche nicht umdrehen.«

Sie lachte, als ich erzählte, wie sie zuerst die Tasche mit ihren Instrumenten vor der abgeschlossenen Zellentür stehen und anschließend ihre Kamera fallen gelassen hatte, sodass die Linse gesprungen war.

»Claire bückt sich also nach der Kamera, und ich weiche rückwärts aus und stolpere über die Toilette. Ich will mich festhalten, ganz egal wo, und erwische die Schnapsdestille, die dieser Typ unter dem Waschbecken versteckt hat. Der ganze Schnaps kippt aus, und ich bin *klitschnass*.«

Edmund lachte sein dröhnendes Lachen und goss Champagner in die guten Kristallflöten.

Ich wollte einen Schluck nehmen, doch dann stellte ich das Glas wieder ab.

Claire kicherte hemmungslos, und Yukis zwitscherndes Gelächter lieferte die Trillertöne dazu.

»Wir fahren also zurück in die Leichenhalle«, fuhr Claire fort, »und stinken beide nach Schnaps.«

»Richtig widerlich«, setzte ich die Erzählung fort. »Aber die Todesursache war ja klar.«

»Klar?«, meinte Claire. »Für dich vielleicht. Du konntest ja auch schön nach Hause fahren und dich umziehen, während ich mit der Obduktion beschäftigt war.«

»Eine Überdosis?«, wollte Brady wissen.

»Da gehört nicht viel dazu«, meinte Claire. »Wenn man Schnaps in Blechbüchsen destilliert – und genau das hat er gemacht –, dann wird der Schnaps in Methanol umgewandelt. Schon weniger als ein Zehntel Liter ist absolut tödlich.«

»Die Geschichte *kann* ich gar nicht oft genug hören«, sagte Cindy und prustete erneut los. Sie zog die Kerzen aus dem

Kuchen, eine nach der anderen, und leckte die Unterteile sorgfältig ab. Conklin schüttelte lachend den Kopf.

Yuki legte Teller und Gabeln zurecht, und Edmund reichte mir meine schlafende Patentochter, Ruby Rose Washburn, die so süß und niedlich war, dass es kaum in Worte zu fassen ist.

Claire nahm mich fest in den Arm, mit dem Baby in unserer Mitte.

»Alles Liebe zum Jahrestag, Linds«, sagte meine beste Freundin.

Alle möglichen Gedanken und Bilder jagten mir durch den Kopf, Morde und durchgemachte Nächte, in denen Claire und ich auf der Jagd nach irgendwelchen Straftätern gewesen waren. Und jedes einzelne Mal war eine Feuertaufe gewesen.

»Auf viele weitere gemeinsame Jahre«, sagte ich.

Eine Stunde später, als es Zeit zum Aufbruch war, lachten wir immer noch. Nachdem ich alle meine Freunde zum Abschied umarmt und geküsst hatte – und, jawohl, auch meinen wundervollen Lieutenant –, fuhren Joe und ich zurück in die Stadt.

Es war wunderbar friedlich in unserem Auto.

Ich sagte zu Joe: »Es ist mir schwergefallen, es niemandem zu sagen.«

»Ich weiß. Aber ich finde, wir sollten es noch ein bisschen für uns behalten, Blondie.«

Mein gut aussehender Ehemann lächelte mir zu. Tätschelte mir das Bein.

»Sechs Wochen Nachtschicht, hmm?«, sagte er dann.

»Ich habe seine Anordnungen missachtet. Ich hab's nicht anders verdient. Aber trotzdem … es war richtig.«

»Das heißt also, dass ich zweiundvierzig Nächte lang das Bett für mich alleine habe. Und das jetzt, wo ich endlich verheiratet bin.«

»Wir können ja morgens noch ein bisschen rummachen, wenn ich um halb neun nach Hause komme.«

Ich beugte mich hinüber und gab Joe einen Kuss auf die Wange, als wir auf die Lake Street einbogen. Die Zentrifugalkraft und jede Menge Liebe pressten uns aneinander.

»Huuuiii!«, kreischte ich.

Verdammt, war ich glücklich.

Epilog

Win-Win

122

Yuki und Red Dog Parisi gingen den grünen Terrazzokorridor entlang, der zu Richter LaVans Amtszimmer führte. Yuki dachte gerade: Alles kann schiefgehen, und die Geschichte zeigt, dass es wahrscheinlich genau so kommen wird. Da sagte Red Dog: »Ich habe meine Meinung geändert.«

»Was haben Sie gesagt?«

»Sie brauchen mich nicht. Machen Sie einfach Ihr Ding, Yuki. Das ist Ihre Party. Rufen Sie mich an, sobald Sie fertig sind.«

»Ich fasse es nicht. Sie wollen sich drücken!«

Parisi lachte. »Ja, genau, so bin ich eben. Ein alter Drückeberger. Also, hören Sie zu: Machen Sie sie fertig. Ich bin nach der Mittagspause in meinem Büro zu erreichen.«

»Feigling«, rief sie ihm hinterher.

Parisi lachte.

Yuki klopfte an und hörte den Richter sagen: »Herein.« Sie machte die Tür auf und betrat Richter LaVans Amtszimmer. Phil Hoffman und Candace Martin waren bereits da, und der Richter saß an seinem Schreibtisch. Er hatte seinen Talar übergestreift, um den offiziellen Charakter dieses Treffens deutlich zu machen.

Die Gerichtsschreiberin, Sharon Shine, saß an einem eigenen, kleinen Tisch. Sie legte ihr Telefon beiseite, begrüßte Yuki und erkundigte sich, wo der zuständige Staatsanwalt sei.

»Len hat einen unvorhergesehenen Termin außerhalb wahrzunehmen. Ich berichte ihm später«, sagte Yuki und versuchte durch ihre Körpersprache deutlich zu machen, dass Parisis Nichtanwesenheit kein Problem war.

»Euer Ehren, hiermit sind alle anwesend«, sagte die Gerichtsschreiberin.

»Also dann, schalten Sie Ihre Maschine ein, Sharon. Hiermit eröffne ich das Verfahren. Frau Dr. Martin, ist Ihnen klar, weshalb Sie hier sind?«

»Ja, Euer Ehren.«

»Sie haben uns mitgeteilt, dass Sie sich entschlossen haben, sich schuldig zu bekennen. Ist das richtig?«

»Ja, Sir.«

»Mr Hoffman, haben Sie dagegen irgendwelche Einwände?«

»Nein, Herr Richter.«

»Ms Castellano?«

»Euer Ehren, wir schlagen vor, das Strafmaß nach der vollständigen Aussage der Angeklagten festzulegen.«

»Also gut, Frau Dr. Martin. Sie sind dran. Sie erklären sich also schuldig im Sinne der Anklage, das heißt des Totschlags an Ihrem Ehemann. Ist das richtig?«

Candace Martin erwiderte: »Ja, Euer Ehren. Ich habe ihn umgebracht, aber nicht vorsätzlich. Es war nicht geplant.«

»Dann erzählen Sie mir mal die ganze Geschichte«, sagte LaVan. »Ich will wirklich jedes Wort hören.«

Yuki hatte den Eindruck, als hätte Candace Martin Beruhigungsmittel genommen. Sie sprach mit gleichbleibend sanfter, fester Stimme, selbst dann, als sie die fürchterliche Szene schilderte, die den Schüssen vorausgegangen war. Als sie fertig war, ließ sie sich gegen die Stuhllehne sinken und stieß einen tiefen Seufzer aus.

»Mr Hoffman, haben Sie schon mit der Staatsanwaltschaft gesprochen? Sind Sie zu einer Übereinkunft gelangt?«

»Ja, Sir.«

»Ms Castellano?«

Mit solch überwältigenden Gefühlen hatte Yuki nicht gerechnet.

Candace Martin war fast eineinhalb Jahre lang ein fester Bestandteil ihres Lebens gewesen. Natürlich hatte sie in dieser Zeit auch mit anderen Fällen zu tun gehabt, aber der Fall Martin hatte sie nie ganz losgelassen, und sie hatte dem betreffenden Ordner in ihrem Computer ununterbrochen neue Informationen hinzugefügt.

Sie hatte diesen Fall in Gedanken durchgespielt, gelebt, geatmet und geträumt, und selbst, als er ihr im Gerichtssaal um die Ohren geflogen war, als alle anderen aufgegeben hätten, hatte sie weiter daran festgehalten. Und jetzt war er so gut wie abgeschlossen.

Sie sagte zum Richter: »Euer Ehren, angesichts der Tatsache, dass Frau Dr. Martins Tochter sexuell missbraucht wurde und dass die Angeklagte durch ihre Tat ihr Kind vor weiterem Schaden bewahren wollte, beantragen wir eine Haftstrafe von zehn Jahren. Zum Wohl der Kinder ist es erforderlich, dass sie ihre Mutter regelmäßig sehen können, daher beantragen wir eine Unterbringung in der Frauenhaftanstalt von San Mateo. Sie liegt nur dreißig Kilometer vom Wohnort der Kinder entfernt, hat relativ niedrige Sicherheitsauflagen, und Frau Dr. Martin würde dort auf der Krankenstation arbeiten. Vorausgesetzt, sie bekommt nach den ersten fünf Jahren ihrer Haft eine gute Führung bescheinigt, sind wir mit einer Entlassung auf Bewährung einverstanden.«

LaVan drehte sich auf seinem Schreibtischstuhl einige Male hin und her, dann sagte er: »Hört sich gut an. Hiermit beschlossen und verkündet.«

Phil beugte sich vor und streckte Yuki die Hand entgegen.

Sie schlug ein und spürte seinen ehrlich gemeinten Respekt, als er sagte: »Danke, Yuki. Und Gratulation.«

Das war der Moment, in dem es ihr zum ersten Mal richtig bewusst wurde.

Sie hatte gewonnen.

123

Der Verkehr um die Mittagszeit war fürchterlich. Claire saß am Steuer, weil wir Verspätung hatten und sie unerbittlich darauf beharrt hatte, dass sie nicht neben einem »Cowgirl« auf dem Beifahrersitz sitzen wollte. Mit diesem angeblichen Cowgirl war ich gemeint.

Ich hatte nichts dagegen, dass sich zur Abwechslung einmal Claire mit dem Durcheinander auf den Straßen herumschlagen musste, und wechselte ziellos die Radiosender, während wir in die Sansome Street fuhren.

»Wenn du auf meine SMS reagiert hättest, dann hätten wir zehn Minuten früher losfahren können«, knurrte Claire. »Ich hasse es, zu spät zu kommen.«

»Es sind ja höchstens ein paar Minuten.«

Vor uns bremste ein Taxi abrupt ab und zog dann mit einem scharfen Ruck an den Fahrbahnrand, um einen Fahrgast aufzunehmen. Claire drückte auf die Hupe. Ein paar andere stimmten ein – und dann fuhren wir plötzlich doch im Cowboy-Stil weiter. Ich lachte.

»Hü!«, sagte ich.

»Kann ich auf die rechte Spur?«

»Alles frei.«

Wir ließen den schlimmsten Stau auf der Folsom Street hinter uns und hatten freie Fahrt von der Third Street bis zur Kearny Street, die direkt zu einem Bürogebäude im Finanzbezirk führte.

»Nicht schlecht«, meinte ich nach einem Blick auf meine

Armbanduhr. »Ich würde sagen, wir sind sogar pünktlich auf die Minute. Und du hast nicht einmal die Sirene gebraucht.«

Der Wind blies durch die Hochhausschluchten und hätte uns um ein Haar am Eingang des sechzehnstöckigen Granitgebäudes vorbeigepustet, das einen langen Schatten auf die Kreuzung von Sansome und Halleck Street warf.

Das Büro des Rechtsanwalts befand sich im zehnten Stock. Der Fahrstuhl war zwar ziemlich schnell, aber es dauerte trotzdem lange, bis wir die richtige Tür gefunden und den Empfang erfolgreich hinter uns gelassen hatten. Eine attraktive Rechtsanwaltsgehilfin in Bleistiftrock und einer malvenfarbenen Rüschenbluse führte uns in ein Konferenzzimmer.

Auf dem Stuhl gleich bei der Tür saß Avis Richardson. Sie hatte sich richtig herausgeputzt und eine ernste Miene aufgesetzt, aber trotzdem sah sie zum ersten Mal, seitdem ich sie kannte, tatsächlich aus wie ein fünfzehnjähriges Mädchen.

Ich begrüßte sie und ihre Eltern und stellte ihnen dann Claire vor, die um den Tisch gegangen war, um Toni Burgess und Sandy Wilson zu umarmen, die beiden Devil Girlz, die wir in Taylor Creek, Oregon, kennengelernt hatten.

Beziehungsweise: die ehemaligen Devil Girlz.

Keine Spur von Leder mehr. Stattdessen trug Toni ein Kleid und eine Hausfrauenfrisur und sagte, dass sie wieder anfangen wollte, als Lehrerin zu arbeiten. Sandy sah einfach nur niedlich aus.

Jetzt stellten sich noch andere Menschen vor: die Rechtsanwälte der beiden Parteien und der Ehrenwerte Marlon Sykes, Richter aus Portland, der aus Anlass der hier stattfindenden juristischen Jahrestagung in der Stadt war.

Die Babyschale mit dem kleinen Tyler Richardson stand auf einem Stuhl neben dem hellen Konferenztisch. Er trug einen blauen Strampler mit einem kleinen Entenaufnäher. Seine

Augen waren weit geöffnet. Er war sehr klein, aber er beobachtete seine Umgebung äußerst aufmerksam.

Ich lächelte Tyler an und wusste genau, welch enorme Bedeutung dieser Tag für das Leben dieses kleinen Jungen hatte.

124

Claire und ich nahmen am Konferenztisch Platz, und die Verhandlung wurde eröffnet.

Die Rechtsanwälte schoben Richter Sykes irgendwelche Papiere zu: den Bericht des Jugendamts, der sich für die Frauen aus Taylor Creek aussprach. Eine Urkunde, auf der die offizielle Annullierung der Ehe zwischen Avis Richardson und Jordan Ritter bestätigt wurde. Und Ritters Verzicht auf sämtliche elterlichen Rechte im Tausch gegen eine Reduzierung der zwanzig Jahre Haft, die er wegen Unzucht mit minderjährigen Schutzbefohlenen und Entführung zu erwarten hatte.

Außerdem verzichtete auch Avis auf sämtliche elterlichen Rechte, und dann waren da noch die Adoptionsunterlagen, in denen Toni und Sandy, die über das ganze Gesicht strahlten, zu Tylers rechtmäßigen Eltern eingesetzt wurden.

Avis unterzeichnete die Papiere ohne jedes Zögern. Toni und Sandy unterschrieben sie mit mühsam beherrschtem Entzücken, und dann standen sie auf und umarmten Avis. Sie reagierte zuerst reserviert, doch dann färbte sich ihre Nase rosa, und sie fing an zu weinen.

Fotos wurden gemacht, und Claire und ich wurden ebenfalls auf das Gruppenfoto gebeten. Etliche Leute bedankten sich bei uns für unseren Anteil an diesem letztendlich so versöhnlichen Ausgang des Ganzen. Avis gehörte auch dazu.

»Es tut mir leid, dass ich Sie angelogen habe, Sergeant Boxer«, sagte sie. »Ich weiß, dass das, was Sie getan haben, gut ist für Tyler. Und jetzt hat alles seine Richtigkeit.«

Das Baby lag in Sandy Wilsons Armen und lachte vor Aufregung. Ich streckte ihm den Finger hin, er umschloss ihn mit seiner winzigen Hand und sah mich aus großen braunen Augen an.

Mein Herz machte einen Sprung.

Ich wünschte diesem Jungen nichts sehnlicher, als dass er sein neues Leben endlich beginnen konnte.

Zurück im Auto schrieb Claire eine SMS an Cindy und Yuki und teilte ihnen mit, dass der Club der Ermittlerinnen sich an diesem Abend um sechs zum Essen im Susie's traf. Und sie fügte hinzu: »Seid pünktlich!«

»Ach übrigens, ich trinke heute Abend keinen Alkohol«, sagte ich wie nebenbei.

Claire ließ ihr Handy sinken, sah mich an, spitzte die Lippen und sagte: »Wird auch langsam Zeit, dass du's mir sagst, Süße.« Sie packte mich am Oberarm. »Ich seh's dir doch an der Nasenspitze an.«

Dann brachen wir beide in schallendes Gelächter aus.

So gut kannte Claire mich. Ich musste ihr nicht einmal sagen, was meine Welt so unwiderruflich und fantastisch verändert hatte.

Joe und ich bekamen ein Baby.

Danksagung

Unser Dank gebührt Rechtsanwalt Philip R. Hoffman aus New York, Captain Richard J. Conklin vom Police Department in Stamford, Connecticut, sowie Dr. Humphrey Germaniuk, Gerichtsmediziner in Trumbull County, Ohio, die so großzügig ihre Zeit und ihren Erfahrungsschatz mit uns geteilt haben.

Außerdem geht ein herzlicher Dank an unsere exzellenten Rechercheure Ingrid Taylar, Ellie Shurtleff, Melissa Pevy und Lynn Colomello und natürlich an Mary Jordan, die, wie immer, auf dem Kontrollturm die Stellung gehalten hat.